D0919190

VIDAS
IM/PROPIAS

Purdue Studies in Romance Literatures

PSRL   volume 19

VIDAS IM/PROPIAS

Transformaciones

del sujeto femenino

en la narrativa española

contemporánea

María Pilar Rodríguez

Purdue University Press
West Lafayette, Indiana

04   03   02   01   00   5   4   3   2   1

∞The paper used in this book meets the minimum requirements of
American National Standard for Information Sciences—Permanence of
Paper for Printed Library Materials, ANSI Z39.48-1992.

Printed in the United States of America
Design by Anita Noble

Library of Congress Cataloging-in-Publication Data
Rodríguez, María Pilar, 1964–
      Vidas im/propias: transformaciones del sujeto femenino en la
narrativa española contemporánea / María Pilar Rodríguez.
          p.   cm. — (Purdue studies in Romance literatures ; v. 19)
      Includes bibliographical references and index.
      ISBN 1-55753-164-1 (cloth ; alk. paper)
      1. Spanish fiction—Women authors—History and criticism.
2. Spanish fiction—20th century—History and criticism. 3. Bildungsroman. 4. Women in literature. 5. Maturation (Psychology) in
literature. I. Title. II. Series.

PQ6055 .R63 1999
863'.6409352042—dc21   99-049703

A mis padres, Pilar y Javier

Índice

Prólogo

El propósito del presente estudio es explorar las transformaciones del sujeto femenino en la narrativa española contemporánea en el período que va desde los comienzos de la posguerra hasta la actualidad. A partir de una indagación del género literario conocido originalmente como *Bildungsroman,* la introducción analiza los cambios en los sistemas de pensamiento en lo que concierne al desarrollo individual desde la concepción clásica del héroe masculino propio de la Ilustración hasta el cuestionamiento de la posibilidad misma del desarrollo entendido como tal en el modelo filosófico de la postmodernidad.

El desarrollo femenino en los textos españoles contemporáneos se aparta considerablemente de la noción de *Bildung* en el sentido clásico. Los seis textos que analizo en este libro: *Nada* de Carmen Laforet (1945), *La playa de los locos* de Elena Soriano (1955), *La plaça del Diamant* de Mercè Rodoreda (1962), los relatos *Te deix, amor, la mar com a penyora* y *Jo pos per testimoni les gavines* de Carme Riera (1975, 1977), *Los perros de Hécate* de Carmen Gómez Ojea (1985) y *Efectos secundarios* de Luisa Etxenike (1996), se inscriben y se alejan, continúan y cuestionan el modelo tradicional del *Bildungsroman.* La principal característica que se aprecia en la escritura de los nuevos modelos de desarrollo femenino es la de dar voz a sentimientos, pasiones, deseos y opiniones que las escritoras del estado español habían reprimido/suprimido en épocas anteriores. En la narrativa anterior a la muerte de Franco (en 1975) y a la transición española hacia la democracia, autoras como Laforet, Rodoreda y Soriano muestran, a través de sus protagonistas, los delicados equilibrios y las penosas negociaciones del desarrollo femenino en el momento histórico de la dictadura franquista. Los relatos de Riera, escritos en 1975 y 1977, entran dentro de una nueva etapa, la de la transición política española hacia la democracia, que sigue a la muerte de Franco. Las dos últimas novelas corresponden a las dos últimas décadas de la narrativa peninsular y participan de una mayor libertad en todos los órdenes.

Gilles Lipovetsky se interroga acerca del nuevo lugar de las mujeres y sus relaciones con los hombres en un momento en el que medio siglo de historia ha introducido más cambios en la condición femenina que todos los milenios anteriores, y afirma: "No cabe duda de que ninguna conmoción social de nuestra época ha sido tan profunda, tan rápida, tan preñada de futuro como la emancipación femenina. [. . .] El gran siglo de las mujeres, el que ha revolucionado más que ningún otro su destino y su identidad, es el siglo XX" (9). Ante estos cambios se suceden las teorías que van desde la proclamación de la muerte del feminismo hasta la aparición del problema de la masculinidad, que por una parte se siente atemorizada ante estos cambios y por otra reacciona defensivamente desde posiciones que anteriormente le conferían un poder absoluto y que ahora se le escapan de las manos. En la sociedad española estos cambios adquieren particularidades propias tanto en lo referente a los modelos ideológicos de pensamiento como en lo que atañe a la vida de los afectos y de los deseos.

La tarea que emprendo en este estudio es la de prestar atención a estos cambios desde los escritos de las mujeres que los han ido testimoniando en sus narraciones a lo largo de seis décadas, y si bien no renuncio a escuchar las voces de las autoras más jóvenes, que con valentía anuncian opciones vitales imposibles para sus predecesoras, tampoco deseo en modo alguno contribuir a la triste práctica de la amnesia histórica para otros momentos menos amables para la experiencia femenina.

El presente proyecto propone una noción dinámica e interactiva de la identidad basada en la experiencia femenina. Este concepto del desarrollo me incita a considerar mi propia posición y a reevaluar cuestiones de metodología y de perspectivas. Como mujer cuya "anatomía política" participa de la interacción entre países y culturas diferentes, como sujeto analítico que aspira al conocimiento y que se halla simultáneamente inmerso en la experiencia del propio estudio, quisiera evitar distinciones excesivas entre la teoría y la práctica, el sujeto y el objeto, la conocedora y lo conocido. Me apoyo, en este sentido, en la capacidad de reformular e incorporar teorías previas en mi propia escritura, mostrando la solidez del proyecto, tal como la describe Jane Gallop: "not in the polemic sense of ability to stand one's ground, but in the psychoanalytic sense of capacity for change, flexibility, ability to learn, to be touched and moved by contact with others" (*The Daughter's Seduction* xi). Con esta disposición, emprendo el análisis de estos seis textos.

Agradecimientos

Para la escritura de este libro he contado con la ayuda de varios/as profesores/as y colegas. Luis Fernández Cifuentes inspiró la idea original y con sus acertadas críticas ayudó a mejorar la escritura. A Brad Epps debo agradecerle sus numerosas sugerencias y consejos, especialmente en lo que se refiere al marco teórico. Isolina Ballesteros contribuyó con sus comentarios y su detallada lectura a la revisión del manuscrito. Alice Jardine me proporcionó una valiosísima ayuda a través de variadas lecturas feministas y conversaciones. José Manuel del Pino y Cristina Ortiz revisaron, respectivamente, los capítulos quinto y sexto del libro. Patricia Grieve me proporcionó la información acerca de los antecedentes literarios de Tarsiana, protagonista de *Los perros de Hécate*. Gonzalo Sobejano y Howard Mancing leyeron cuidadosamente el manuscrito y me proporcionaron valiosas recomendaciones en cuanto al estilo de la escritura. Mi más profundo agradecimiento por su esfuerzo y su dedicación y a Susan Clawson por su ayuda fundamental en la edición del libro.

Sin el apoyo constante de profesores/as, colegas, estudiantes y compañeros/as de las Universidades de Deusto, Southern California, Harvard, Syracuse, Barnard y Columbia este estudio nunca hubiera llegado a realizarse. Y sin la presencia fiel de mis amigos y amigas, mi propio proyecto de desarrollo vital e intelectual no hubiera sido tan feliz. Ana de la Maza, Asun Gárate, Edurne Barrio, Araceli Rodríguez, Tina Inda, Lourdes Viguera, Ana Fadrique, Isolina Ballesteros, Anca Papadopol, Irene Mizrahi, José Manuel del Pino, Alejandro Varderi, Ignacio Prado, Isabel Estrada, Jaume Martí-Olivella, Chema Naharro-Calderón, Cristina Ortiz, Annabel Martín, Bruno Bosteels, Allan Maca, Helena Establier, Erika Haber, Gus Puleo, Luisa Etxenike, Debbie Cohn, y Roxana Pagés-Rangel: mil gracias por vuestra amistad y por ser para mí interlocutores insustituibles. Finalmente, mi gratitud a mis hermanas, Olga y Patricia Mónica, por haberme proporcionado innumerables ratos de diversión, y a Josu, por estar ahí.

Una primera versión más corta del capítulo sobre Carme Riera apareció publicada en *Confluencia* 11.2 (Primavera 1996): 39–56 con el título "La (otra) opción amorosa: *Te dejo, amor, la mar como una ofrenda,* de Carme Riera." Aparece aquí con permiso del editor.

Introducción

I would like to imagine the way to womanhood
not as a single path to a clear destination but as
the endless negotiation of crossroads. Women take
various routes depending on what class of woman
they are; each woman, at the same time, is divided
among several routes, so that she lives her gender
as a continuous movement in contradictory
directions, some more sanctioned than others.

Susan Fraiman
Unbecoming Women

Ninguna confirmación puede asegurar que la
persistencia en una creencia, mito o idea guarde
relación alguna con la madurez.

Cristina Peri Rossi
La nave de los locos

Una breve panorámica del género literario: el *Bildungsroman* y la crítica

El término *Bildungsroman* es el origen de un género literario que posteriormente ha adquirido diversas formulaciones, tales como novela de aprendizaje, de desarrollo, de formación, etc. La idea del desarrollo surgió como preocupación fundamental en el siglo dieciocho, asociada a la confianza propia de la Ilustración en el perfeccionamiento del individuo y la sociedad. La mayoría de los trabajos críticos acerca de la narrativa de este período tienden a señalar ciertas nociones de progreso lineal y de florecimiento gradual de una identidad coherente. En el siglo diecinueve se añade una visión romántica de la niñez como preludio del progreso hacia un estado adulto creativo y artístico, junto con una mayor demarcación de períodos y etapas, tanto en el terreno personal como en el colectivo.

En el siglo veinte, la transformación de los sistemas de pensamiento y de la concepción filosófica y ontológica del universo se traduce en una visión diferente de la personalidad del individuo, que no es ya una unidad compacta y coherente. Las nuevas instancias del desarrollo vital participan del carácter complejo y problemático que acompaña al desorden psicológico y a la autoconsciencia. A la par que las corrientes de pensamiento filosófico y literario se apartan de la noción de identidad en términos teleológicos y totalizadores, se mina igualmente la posibilidad de desarrollo y realización según la concepción original. Para una mejor comprensión de este concepto y de las vicisitudes que el género literario al que dio nombre (*Bildungsroman*) ha experimentado en la historia de la crítica literaria, presento seguidamente una breve panorámica de su evolución.

La mayoría de los/las críticos/as y estudiosos/as del *Bildungsroman* están de acuerdo en considerar a Wilhelm Dilthey como introductor de este término, que él propuso en su biografía de Friedrich Schleiermacher como denominación para las novelas alemanas escritas bajo la influencia directa de la obra de Goethe *Wilhelm Meisters Lehrjahre* (1796). En 1906 Dilthey presentó una definición más elaborada del término en *Das Erlebnis und die Dichtung* (*Experiencia y poesía*), a la que adscribe ciertas obras de Goethe, Tieck, Novalis y Holderlin, entre otros:

> Beginning with Wilhelm Meister and Hesperus, they all depict the youth of that time, how he enters life in a blissful daze, searches for kindred souls, encounters friendship and love, but then how he comes into conflict with the hard realities of the world and thus matures in the course of manifold life experiences, finds himself, and becomes certain of his task in the world.[1]

Sin embargo, Karl Morgenstern ya había usado el término hacia 1803, y publicó tres ensayos sobre el *Bildungsroman* entre 1817 y 1824. Como en 1993 indica Todd Kontje (*German "Bildungsroman"* 16), la aportación principal de este estudioso fue la de profundizar en el desarrollo interior del héroe, estableciendo una conexión paralela con el proceso de educación del lector.

El héroe alcanza el desarrollo personal tras superar una serie de obstáculos en diversas fases de su vida y logra finalmente la integración en la sociedad, convirtiéndose en un hombre maduro y en un ciudadano útil. La obra de Goethe mencionada se ha convertido, a partir de Dilthey, en el modelo representativo y a ella vuelven una y otra vez los/las estudiosos/as a la hora de establecer los principios constitutivos del género. Kontje liga incluso el nacimiento del *Bildungsroman* a la necesidad de crecimiento y desarrollo del canon de la literatura alemana, ya que existía la esperanza de que este progreso inspirara el avance de la unificación del país. No obstante, la noción de *Bildung,* que dio nombre al género literario, ha sido y continúa siendo fuente de polémica y desacuerdos. Kontje encuentra el origen de este término en las palabras latinas *forma* y *formatio,* que se refieren respectivamente a la forma externa o apariencia del individuo y al proceso de conformar o dar forma. Pero señala que en el siglo dieciocho el concepto se modifica significativamente: ya no hay recipientes pasivos de una forma preexistente, sino que el individuo desarrolla gradualmente su potencial innato a través de la interacción con su entorno: "Organic imagery of natural growth replaces a model of divine intervention" (Kontje, *German "Bildungsroman"* 2). En esta acepción, el proceso de *Bildung* desempeñó un papel central en los trabajos de Goethe, Schiller y Humboldt, quienes promovieron la idea de que el individuo debía desarrollarse, hasta alcanzar su potencia más alta, por medio de la interacción activa con el mundo a su alrededor. La creencia optimista en el progreso y la confianza en el perfeccionamiento del individuo y de la sociedad se traslucen en estas formulaciones.

Más recientemente, algunos/as críticos/as del *Bildungsroman* en el siglo veinte incorporan nuevos matices, pero retienen la idea del desarrollo orgánico y de la realización y maduración del héroe tras haber superado una serie de etapas previamente establecidas. Mikhail Bakhtin, por su parte, indica que en el siglo diecinueve, Wieland y Goethe, entre otros, proclamaron como contrapeso a la novela de la prueba, "la nueva idea de la novela formativa" (*Teoría y estética* 207). Así define este nuevo tipo de novela en la que la idea de la formación y de la educación permite la organización de los materiales vitales en torno al héroe de una forma distinta en la que predomina el proceso y el cambio por encima de la inmutabilidad:

3

> La vida, con sus acontecimientos, ya no sirve de banco de
> prueba y medio de verificación del héroe ya formado (o, en
> el mejor de los casos, de factor estimulante de la evolución
> de la naturaleza del héroe, ya desde antes formada y prede-
> terminada); ahora, la vida con sus acontecimientos, ilumi-
> nada por la idea de la formación se revela como experiencia
> del héroe, como escuela, como medio que está formando y
> modelando por primera vez el carácter del héroe y su con-
> cepción del mundo. (*Teoría y estética* 207)

Susanne Howe (1930) insiste en la idea del aprendizaje: la vida
es un arte, y el héroe, que comienza siendo un adolescente,
termina por alcanzar el conocimiento y convertirse en maes-
tro. Jerome Buckley (1974) delinea el camino del desarrollo a
través de una serie de hitos constitutivos: infancia, conflicto
generacional, encuentro con la ciudad o con una sociedad más
amplia, educación, dos o más encuentros amorosos, descubrimiento de la vocación y filosofía del trabajo. Así se logran la
madurez y el éxito, que se demuestran finalmente por medio
de la vuelta al hogar: "His initiation complete, he may then visit
his old home, to demonstrate by his presence the degree of his
success or the wisdom of his choice" (Buckley 17).

Para alcanzar ese estado de maestría final, patente en el apellido del protagonista de Goethe ("Meister"), el héroe necesita
ayuda y dirección. Tanto Howe como Buckley mencionan a los
"mentores" como elementos necesarios del aprendizaje. También François Jost (1969), que privilegia la adolescencia como
momento fundamental para el desarrollo, insiste en la acción
formativa de los acontecimientos en el carácter del personaje:
"Quels aspects? L'action formatrice des événements sur le carac-
tère de l'individu. Quelles tranches de vie? L'adolescence, le
début de l'âge d'homme, l'époque, précisément, durant laquelle
l'homme se forme" (103).

Sin embargo, a medida que esta creencia positivista en la
posibilidad de perfeccionamiento del individuo se va erosio-
nando, comienza a cuestionarse la certeza de alcanzar una síntesis entre el mundo exterior y el mundo interior en ese momento
final de resolución de todas las tensiones. Ya en 1974 David
Miles ve algunos cambios importantes en nuevas configuraciones del *Bildungsroman,* tales como una mayor tendencia
hacia la introspección y hacia las formas que dicta el tiempo

psicológico de la memoria, como la autobiografía o el diario. Acerca del futuro de este género literario en el siglo veinte, sólo ve dos alternativas:

> There are virtually only two alternatives lying open to the modern writer: either to take a final step into the world of total breakdown and psychic disorder [. . .] from which all reality becomes problematic; or, in a less dramatic move, to raise the entire narrative to the saving plane of self-parody. (990)

A medida que se proponen nuevas lecturas de tipo literario, histórico, sociológico, psicoanalítico o sexual[2] y mientras se produce un cambio de *episteme* en el que las corrientes de pensamiento filosófico y literario se apartan de la noción de la identidad en términos orgánicos y totalizadores, se mina igualmente la posibilidad de desarrollo y realización completa. Jeffrey Sammons (1981) se pregunta si, en realidad, tal posibilidad existió incluso en los textos "canónicos," ya que nunca fue posible conocer el resultado último de esa supuesta integración: siempre quedaba suspendida en un final que constituía un nuevo principio, de modo que ni siquiera la tan traída y llevada obra de Goethe se ajusta al patrón que ella misma creó (229).[3]

Simultáneamente se ha venido produciendo una expansión geográfica y temporal de este género literario, hacia otras naciones y hacia épocas más recientes. Pero la expansión que resulta más significativa para mi estudio es la que se ha llevado a cabo durante los últimos veinte años en lo que se refiere al sexo de las escritoras y protagonistas de las novelas. Frente a la casi total ausencia de menciones a escritoras o protagonistas femeninas en la mayoría de los estudios mencionados, en los que el héroe se concibe siempre en términos masculinos, durante los últimos veinte años han proliferado libros y ensayos críticos que buscan explorar las cuestiones directamente relacionadas con el género sexual previamente marginadas.

Kontje informa acerca de la situación de este tipo de estudios en Alemania (*German "Bildungsroman"* 103): ya en 1979, Barbara Becker-Cantarino y Wulf Köpke comenzaron a reexaminar el papel de los personajes femeninos en las obras de autores como Friedrich von Schlegel en una antología de ensayos titulada *Die Frau als Heldin und Autorin* (*La mujer como heroína y autora*). La mujer, como encarnación de la naturaleza en la amante, permanece como un ser estático, funcionando únicamente como una "etapa" del desarrollo masculino. También menciona Kontje el estudio de Jeaninne Blackwell: *Bildungsroman mit Dame* (*Bildungsroman y mujer*), en el que la autora cuestiona la versión comúnmente aceptada de que es éste un género tradicionalmente masculino, y estudia su vertiente femenina en Alemania desde 1770 hasta 1900. Observa esta autora ciertas características del *Bildungsroman* femenino que otras críticas posteriores confirmarán:

> Blackwell does not discover a series of strong, confident heroines striding toward positions of public responsibility in her survey of the female *Bildungsroman*. Characters fare best when they deny their independence and submit to the demands of society. Those who do not do so risk ostracism, madness or death. (Kontje, *German "Bildungsroman"* 106)

En los años setenta y ochenta, una serie de críticas norteamericanas como Elaine Showalter, Sandra Gilbert, Susan Gubar y Nancy Miller comienzan a llamar la atención acerca de la exclusión de las mujeres del panorama de la historia literaria. Se ha producido en las últimas décadas una extraordinaria proliferación de artículos y ensayos, en Europa y América, que estudian el *Bildungsroman* femenino desde diferentes perspectivas. Esbozo en este apartado algunos comentarios acerca de cuatro libros fundamentales para comprender el estado de la cuestión en cuanto al estudio de este género literario en la crítica feminista.

El primero de ellos es *The Voyage In: Fictions of Female Development* (1983), editado por Elizabeth Abel, Marianne Hirsch y Elizabeth Langland, compuesto por una colección de ensayos basados en las novelas de escritoras inglesas y alemanas. El libro subraya la influencia extraordinaria que para las protagonistas supone la inserción en una sociedad que restringe las posibilidades de realización intelectual, económica y personal de las mujeres de una forma mucho más severa que la de los correspondientes héroes masculinos. Evita construir una teoría del *Bildungsroman* femenino como contrapartida negativa de la versión masculina pero al mismo tiempo, hace palpables las dificultades que las mujeres han experimentado en su desarrollo debido a la escasez de oportunidades que por lo general se materializan en la necesidad de acomodación activa a la sociedad, o bien en la renuncia a esa acomodación por medio de actitudes de rebeldía o de retiro. Incluso el examen de la vida interior puede suponer una amenaza, como explican las editoras en su introducción: "Confinement to inner life, no matter how enriching, threatens a loss of public activity; it enforces an isolation that may culminate in death" (8). Otro aspecto destacable de este libro es la revisión del concepto de desarrollo que lleva a cabo a través de la teoría psicoanalítica, a partir de los estudios de Sigmund Freud, Nancy Chodorow, Dorothy Dinnerstein, Carol Gilligan y Jane Flax. En su definición del género, las editoras retienen algunas características propias del *Bildungsroman* tradicional a la vez que destacan las diferencias propias de la escritura femenina:

> [. . .] belief in a coherent self (although not necessarily an autonomous one); faith in the possibility of development (although change may be frustrated, may occur at different stages and rates, and may be concealed in the narrative); insistence on a time span in which development occurs (although the time span may exist only in memory); and emphasis on social context (even as an adversary). (14)

Los dos puntos finales resultan de especial interés para el análisis de cualquier novela de desarrollo femenino y serán retomados por las autoras de los tres libros siguientes. Los dos primeros rasgos, por el contrario, resultan más problemáticos, ya que existe una tensión en *The Voyage In* entre la necesidad de mantener, sin clara justificación, ciertos principios del *Bildungsroman* masculino, y el intento de presentar nuevas vías de desarrollo para las mujeres. Parece algo inapropiado el comienzo de la definición basada en una identidad "coherente" ya que, como veremos, el principal cuestionamiento del género viene asociado con la teoría de la postmodernidad, que no concibe tal coherencia en la identidad del individuo. Con todo, las aportaciones de *The Voyage In* son sustanciales para ciertos aspectos de la narrativa contemporánea y suponen un avance importante en el estudio del género.

El segundo libro es *The Myth of the Heroine: The Female "Bildungsroman" in the Twentieth Century* (1987), escrito por

Esther Kleinbord Labovitz. Establece el año de 1900 como punto
de partida para las novelas que va a estudiar, ya que cree que
anteriormente el concepto de *Bildung* no se relacionaba con la
mujer: "For the eighteenth and nineteenth century German fictional heroine, as for the real life figures, the concept of *Bildung*
virtually passed her by" (4). Estudia a ciertas heroínas del siglo
veinte,[4] y propone una imagen activa de la mujer contemporánea que cuestiona las desigualdades basadas en el sexo o en la
clase social. Atribuye a este nuevo género la recuperación de
una cultura femenina ignorada en el pasado. Los aspectos más
destacables de sus aportaciones son: el desplazamiento en la
edad (el momento fundamental no se sitúa necesariamente en
la adolescencia), el concepto de "shedding" ("a significant act
whereby the heroines rid themselves of excess baggage as they
proceed in their life's journey"; 253), y la preocupación de las
protagonistas por la lectura.

Rita Felski emprende el estudio de este género en el capítulo titulado: "The Novel of Self-Discovery: Integration and
Quest" de su libro *Beyond Feminist Aesthetics: Feminist Literature and Social Change* (1989). Considera que la historia de
la narrativa femenina sólo puede ser entendida a través de la
interacción entre las condiciones sociales y materiales que afectan a la vida de las mujeres y las representaciones culturales de lo
femenino. Aunque comienza hablando de novelas de "autodescubrimiento," propone más adelante una nueva definición
de la categoría del *Bildungsroman* que acomode variaciones
históricas y nacionales:

> For my present purposes, the *Bildungsroman* can be con-
> strued as biographical, assuming the existence of a coher-
> ent individual identity which constitutes the focal point of
> the narrative; dialectical, defining identity as the result of a
> complex interplay between psychological and social forces;
> historical, depicting identity formation as a temporal process
> which is represented by means of a linear and chronologi-
> cal narrative; and teleological, organizing textual signification
> in relation to the projected goal of the protagonist's access
> to self-knowledge. (135)

Felski recupera algunos de los elementos del *Bildungsroman*
canónico: insiste nuevamente en la coherencia de la identidad del individuo (como también lo hacían las editoras de *The*

Voyage In), y menciona el aspecto teleológico en la búsqueda del autoconocimiento. En opinión de esta autora, lo que podría considerarse como un enfoque desfasado para el estudio de las novelas masculinas contemporáneas, se convierte sin embargo en un potencial de liberación para la narrativa femenina de autodescubrimiento, ya que ofrece posibilidades anteriormente poco factibles. Felski considera el *Bildungsroman* femenino como un género optimista y cree que puede asumir la nueva función de articular la identidad de las mujeres, que a la larga puede llevar a una mayor participación de éstas en la vida pública. Aunque me resulta difícil compartir sus postulados en lo referente a la coherencia de la identidad y al optimismo del proceso teleológico, hay aspectos de gran relevancia en este capítulo para mi estudio de textos españoles. Lo más pertinente de sus aportaciones reside en la concepción dialéctica entre las fuerzas sociales, psicológicas y culturales, que examinaré en mi presentación a través de las teorías feministas de Teresa de Lauretis y Catharine MacKinnon.

El libro más reciente sobre este tema es el de Susan Fraiman: *Unbecoming Women: British Women Writers and the Novel of Development* (1993). A diferencia de sus predecesoras, quienes proponían la coherencia de la identidad del individuo como uno de los principios fundamentales del *Bildungsroman* femenino, Fraiman cuestiona abiertamente la posibilidad de tal coherencia: "The view I am proposing depends, I have suggested, on a poststructuralist sense of identity as conflicting and provisional, involving not one but many developmental narratives" (xiii). La autora señala la imposibilidad de hablar de un sólo tipo uniforme de novela de desarrollo; propone en su lugar un análisis de formaciones plurales, entendiendo la "integración" del individuo como el resultado de la interacción de numerosos elementos determinantes sociales. Esas formaciones plurales responden además a un reconocimiento de la diferencia en términos de clase, país, raza, tiempo y género sexual. En el caso de escritoras pertenecientes a los períodos georgiano y victoriano de la literatura inglesa,[5] Fraiman desglosa su concepto de "unbecoming,"[6] aplicado a estas narradoras, en dos funciones:

> First, they account for growing up female as a deformation, a gothic disorientation, a loss of authority, an abandonment of goals. Second, they tell this story—alongside conventional

> stories—in what I see as a spirit of protest, challenging the
> myth of courtship as education, railing against the belittle-
> ment of women, willing to hazard the distasteful and inde-
> corous. (xi)

A la formación, la orientación y la finalidad características del
Bildungsroman canónico original opone la deformación, la des-
orientación y el abandono de los objetivos como rasgos propios del desarrollo de las protagonistas de las novelas que ella
estudia. A su vez, añade el elemento de protesta que se inscribe
junto a otras líneas narrativas más convencionales, lo que hace
surgir en los textos elementos que antes eran considerados meramente impropios o indecorosos.

En las últimas décadas, a partir de las aportaciones de los/
las teóricos/as de la postmodernidad, el género del *Bildungsroman* en su concepción original se presenta como un modelo
extinto, anacrónico y obsoleto. En efecto, Jean François Lyotard
sugiere que en la postmodernidad resulta cada vez más difícil
suscribir las metanarrativas terapéuticamente optimistas que
durante la modernidad organizaron el pensamiento occidental.
Menciona entre ellas la historia del desarrollo y adaptación
constante que nace con Darwin y se orienta hacia la evolución.
Lyotard considera postmoderna "la incredulidad con respecto
a los metarrelatos," y afirma: "La función narrativa pierde sus
functores, el gran héroe, los grandes peligros, los grandes peri-
plos y el gran propósito" (10). Para quien conoce la estructura
del *Bildungsroman,* estas "pérdidas" de la función narrativa en
la postmodernidad resuenan con ecos de una modernidad in-
trínsecamente conectada con los rasgos constitutivos del género.
Otra "pérdida" importante que se lleva a cabo en la postmodernidad es la de la fe en la identidad del sujeto como ente
autónomo y auténtico. A ello se añade el descrédito hacia todo
referente, y el reconocimiento de la impertinencia, ineficacia
e incluso imposibilidad de representación de lo que alguna vez
se llamó "el mundo real." En efecto, como señala Gonzalo
Navajas: "La característica más comprensiva del postmoder-
nismo es su oposición al sistema analítico-referencial que ha
predominado en el pensamiento occidental moderno desde la
revolución cartesiana y la aparición de la ciencia experimen-
tal" (*Teoría y práctica* 14).

El siguiente apartado estudia la especificidad de la narrativa española femenina en seis textos escritos en seis décadas diferentes del siglo veinte y propone una nueva contextualización crítica para las nuevas perspectivas de desarrollo femenino.

Nuevas perspectivas de desarrollo femenino en la narrativa española contemporánea

Al ocuparme ahora de estos seis textos —que dudo entre denominar narrativas de desarrollo o sub-desarrollo; de crecimiento o regresión; de aprendizaje o des-aprendizaje; o tal vez nada y todo a un tiempo, "llegar a ser y deshacerse" ("becoming/unbecoming")—, intento mostrar cómo aquéllos devienen en una misma noción. La idea de sucesión implícita en el concepto de desarrollo participa del mismo carácter paradójico de la postmodernidad. Como afirma Jesús Ibáñez: "Si la sucesión modernidad → postmodernidad es irreversible, y la postmodernidad es la reversibilidad (y/o la inversión) generalizada, es que hay un devenir irreversible hacia la reversibilidad" (31). Por ello el desarrollo en estas narraciones es un proceso que no necesariamente implica un progreso, y si lo implica se plantea de forma similar a como lo hace Ibáñez: "El progreso no es progreso, pero es, y tenemos que manejarlo" (59).

En este análisis creo conveniente olvidar la original denominación del género, el término *Bildungsroman,* que parece anclado en un pasado únicamente alemán. Ese término está demasiado cargado de una serie de connotaciones que lo aproximan a la ideología subyacente de la época en que se originó, y actualiza de este modo una de esas metanarrativas que la postmodernidad resiste. La noción de desarrollo, en cambio, entendida como "devenir irreversible," pero volcada hacia la continua reversibilidad y matizada por un proceso desestabilizador de la personalidad, resulta apropiada y conveniente para los textos de que me ocupo.

Estos textos cronológicamente inscritos en diferentes décadas de la realidad peninsular, responden a momentos sociopolíticos y literarios con particularidades propias.[7] *Nada* (1945), de Carmen Laforet, marcó un hito en la novelística española, y supuso un gran éxito de crítica y de público junto con el reconocimiento de una mujer escritora dentro del panorama literario español.[8] Elena Soriano escribió *La playa de los locos* en 1955, pero la novela fue rechazada en su totalidad por la censura, que impidió su publicación, siendo editada por primera vez en 1984.[9] Mercè Rodoreda escribe *La plaça del Diamant* desde el exilio en Ginebra, y la publica en su lengua original en 1962.[10] Dos relatos de Carme Riera (*Te deix, amor, la mar com a penyora* de 1975 y *Jo pos per testimoni les gavines* de 1977) sacan a la luz con inusitada fuerza la "otra" opción amorosa, el lesbianismo, ausente en el discurso oficial y literario hasta entonces. *Los perros de Hécate* de Carmen Gómez Ojea se opone frontalmente a la institución matrimonial y al concepto de la maternidad y en 1985 marca un hito en la reivindicación de la perversión y del exceso como integrantes del placer sexual femenino. La belleza lírica de la novela de Luisa Etxenike *Efectos secundarios* (1996) afirma el poder de las palabras y la necesidad de (re)conocer el cuerpo, a la vez que hace patente la virtualidad de la propuesta de Riera: el lesbianismo como realización afectiva y sexual.[11]

Es ésta una selección de textos en la que predomina la diferencia sobre la homogeneidad. Escritas en sucesivas décadas, en distintas lenguas y bajo diferentes regímenes políticos, han adquirido diversos grados de pertenencia al canon de la literatura española contemporánea: mientras que las novelas de Laforet y Rodoreda se incluyen habitualmente en listas y programas de estudio, las obras de Riera y de Gómez Ojea van adquiriendo un progresivo interés en lectores/as y críticos/as y el reciente texto de Etxenike todavía se encuentra en el estado inicial de descubrimiento por parte del público. El reciente fallecimiento de Soriano en 1998 ha despertado un renovado interés en su obra, que había caído prácticamente en el olvido. Esa urgente proclamación de la diferencia es un motivo recurrente en mi análisis, especialmente atendiendo al momento histórico en que se inscriben estos textos. Este proyecto recoge los frutos de una intensa investigación sobre la legislación franquista en torno a aspectos del desarrollo de las mujeres en España tales como la educación escolar y religiosa, la regulación laboral y la legislación en torno a la política familiar y sexual. Durante el período franquista, el discurso oficial se propuso, como uno de sus objetivos claves, delinear la evolución de la mujer en torno a lo que denomino "mito del paraíso matrimonial" a partir de la formulación de Jo Labanyi "Fall into Paradise," con lo cual se indica la actitud del gobierno de la España esencial del régimen franquista que buscaba reducir a "la mujer española" a perseguir con ahínco su papel de esposa y madre como único desarrollo legitimado. Se quería borrar cualquier diferenciación subjetiva y supeditar las particularidades propias de cada mujer a la generalidad del proyecto sociopolítico de la ordenación de la España franquista. La semejanza, la concordia y la conformidad eran los modelos propuestos como objetivos oficiales para el desarrollo femenino. Tales objetivos se insertan en un programa más amplio, que David Herzberger ha articulado brillantemente en su libro *Narrating the Past,* al que me remito para una elaborada presentación del concepto de "usable past," necesario para el cumplimiento del destino histórico de España y para la legitimación moral del autoritarismo del período franquista.[12]

La interacción del contexto sociopolítico con la experiencia de la subjetividad femenina está en estrecha conexión, en todos los casos, con la inscripción del cuerpo femenino en el texto. A partir de las aportaciones del nuevo materialismo postfeminista (Rosi Braidotti, Susan Bordo y Elizabeth Grosz, entre otras), se hace posible un análisis de la subjetividad femenina a partir de una "anatomía política," que se centra en los procesos físicos y corporales en estrecha interacción con el contexto sociopolítico y cultural en que se inscriben. Como ya indicó Teresa de Lauretis en *Alicia ya no:*

> Desde que una "se convierte en mujer" a través de la experiencia de la sexualidad, asuntos como el lesbianismo, la contracepción, el aborto, el incesto, el acoso sexual, la violación, la prostitución y la pornografía no son meramente sociales [. . .] o meramente sexuales [. . .]; para las mujeres son políticos y epistemológicos. (291)

En los seis textos aparecen descritos procesos corporales como la menstruación, el embarazo, la menopausia, los encuentros heterosexuales y homosexuales, la enfermedad en forma de cáncer y extirpación del pecho, el envejecimiento y la muerte. La reconsideración del cuerpo se propone como superficie de deseo, como cartografía en la que se inscriben el dolor y el placer, y como punto de intersección entre lo biológico y lo social.

La subjetividad femenina se articula en términos de experiencia y de afectos, se liga irremediablemente a la concepción del cuerpo y se inscribe en un entorno sociopolítico y cultural.[13] La escritura se vincula a la memoria, al recuerdo, a la reconsideración de la vida y de la experiencia, y en todos los casos se hace necesario un lapso de tiempo significativo que supere la mera actualidad del presente. En ocasiones utilizo modelos teóricos procedentes del psicoanálisis, principalmente a través de Julia Kristeva y Jacques Lacan, para la indagación de ciertas transformaciones psíquicas de las protagonistas. Con todo ello busco una nueva y más productiva aproximación a la narrativa de nuestro tiempo que ayude a entender mejor las diversas opciones de desarrollo de la subjetividad femenina.

Para el estudio de las estrategias narrativas, parto de ciertas ideas elaboradas por Rachel DuPlessis en su libro *Writing beyond the Ending: Narrative Strategies of Twentieth-Century Women Writers*. DuPlessis interpreta el proyecto de las escritoras del siglo veinte como el examen y la deslegitimación de las convenciones culturales en lo referente al tratamiento de la situación matrimonial y familiar. Para ello, habla del "desplazamiento" hacia la subjetividad femenina tanto en la escritura como en el modelo crítico interpretativo:

> By putting the female eye, ego, and voice at the center of the tale, displacement asks the kind of questions that certain feminist critics have, in parallel ways, put forth: How do events, selves, and grids for understanding look when viewed by a female subject evaluated in ways she chooses? (109)

DuPlessis revela cómo, mediante la utilización de este desplazamiento, se privilegian las historias de amistad femenina; se rompe con la imagen de la familia ideal, proponiéndose en ocasiones familias adoptivas o desplazadas; y se desmitifica la función del esposo como figura patriarcal proveedora de la felicidad. Esto se logra a través de varios procedimientos: se narran las historias desde una perspectiva no canónica o se utilizan modelos alternativos para la escritura. En los textos de que me ocupo existen diversos procesos que caben en esta elaboración del desplazamiento narrativo: en *Nada* los signos de la extrañeza en el estilo y en el lenguaje no son sino la recreación de un mundo problemático, donde la familia nuclear desaparece, sustituida por la "extendida" (tíos y tías, abuela, etc.), y finalmente por otra familia "adoptiva" constituida por los padres y hermanos de su amiga Ena. La epístola narrativa que constituye *La playa de los locos* constata la penosa realidad del sometimiento a la mirada masculina como principio configurador de la subjetividad, a la vez que se rebela contra esa situación de dependencia. La escritura de la carta tiene las propiedades terapéuticas del proceso psicoanalítico, y en esa confrontación con la escritura se realiza la recuperación psicológica —siempre estratégica, parcial y provisional— de la protagonista. En *La plaça del Diamant,* a través de la engañosa simplicidad de la escritura se confronta al/a la lector/a con una voz femenina que ofrece una versión anti-canónica e inhabitual de los acontecimientos. Los relatos de Riera se formulan como cartas de amor que inscriben la realidad del amor y del deseo y que actualizan el acto amoroso lesbiano. La mezcla de estilos, de lenguajes, de géneros literarios y de modelos orales y escritos, vulgares y elevados traduce una visión irreverente de la maternidad y de la institución matrimonial en *Los perros de Hécate.* La economía del lenguaje y la emoción lírica de *Efectos secundarios* dan voz narrativa a un triángulo amoroso poco común en la literatura española anterior.

En el primer capítulo sugiero una revisión de *Nada* que evita separaciones excesivas entre las posiciones de la protagonista como personaje y como narradora. Ciertos análisis críticos oponen la juventud, la inocencia y la ignorancia al estado adulto, el conocimiento y la madurez como rasgos conformadores de cada una de estas posiciones. En mi lectura establezco un puente entre ambas al cuestionar el concepto de inocencia a partir de la interpretación que lleva a cabo Jaume Martí-Olivella de la teoría original de Mary Daly, y al destacar el continuo deseo de aprendizaje y el ansia de experimentación de "una vida nueva," continuamente renovada.

Desde el comienzo la ciudad de Barcelona aparece unida a los sueños de Andrea de tener una vida nueva, y su exploración a través de paseos solitarios conlleva el descubrimiento de mundos y parcelas de la realidad social anteriormente ignorados. La ciudad participa del carácter conflictivo del desarrollo de la protagonista, y en nuevas incursiones urbanas, acompañada ésta por sus amigos y sus familiares, se problematiza lo que en un principio parecía ser el espacio de realización ideal. La amistad es tal vez el elemento fundamental de su desarrollo, ya que el amor es una posibilidad que se insinúa pero que no adquiere la importancia que tendrá en los otros textos. El descubrimiento de la amistad se liga a la percepción de las diferencias de clase económica y social, que resulta dolorosa y enriquecedora a un tiempo. La percepción del cuerpo se recrea en la escritura a través de su propia mirada, de los reflejos especulares y de la mirada de los/las otros/as, que estudio basándome en aportaciones de Lacan. Mediante el concepto de lo siniestro que propone Sigmund Freud, se facilita el análisis del entorno familiar y espacial de la casa de la calle de Aribau. Existe un desplazamiento de la familia nuclear hacia otras que la reemplazan —imagen clara de la situación de orfandad y desamparo creada por los muertos de la guerra civil—, pero a su vez la narradora cuestiona de forma perspicaz ciertos principios patriarcales transmitidos, y defiende la línea matrilineal a través de la revalorización de diversas situaciones de maternidad presentadas en el texto. El momento final puede leerse como una incorporación de la protagonista a los principios burgueses de orden y estabilidad representados por la familia de su amiga Ena; pero en cualquier caso se propone un desarrollo futuro basado en la continuación de la amistad femenina y no en el noviazgo o en el matrimonio, lo que supone una ruptura con anteriores modelos de desarrollo femenino.

En el segundo capítulo estudio *La playa de los locos,* que emplaza el momento de la escritura en una edad más avanzada. Los procesos corporales del envejecimiento y la menopausia se revelan con un sentimiento de frustración e impotencia ante la imposibilidad de recuperación del placer sexual y de la experiencia de la maternidad. La situación de inmovilidad propia del estado melancólico en que se sitúa la narradora ante la pérdida del amado se mantiene durante casi veinte años y le impide una epifanía que sólo parece producirse precariamente al final, desde la escritura, y que favorece una mayor comprensión de la crisis melancólica que había provocado el ensimismamiento de esos veinte años pasados. Entremezclada en el relato de esa vida, se advierte una transposición alucinatoria del deseo en el paisaje, que tiene consecuencias altamente reveladoras para la comprensión del estado psíquico de la protagonista en el terreno sexual, y que analizo basándome en Giorgio Agamben. La rememoración supone un re-aprendizaje y una confrontación con signos externos, tales como el aspecto físico del cuerpo, el maquillaje y las arrugas; y signos internos mediante la introspección y el análisis de su comportamiento psíquico. La propia escritura se convierte en un proceso autoanalítico complejo, en el que también salen a la luz importantes aspectos de la realidad social española, sobre todo en lo relacionado con la educación femenina. La narradora expone las contradicciones que experimenta y se define como un complejo producto de transición y de crisis en todos los órdenes. También existe una reflexión melancólica de las pérdidas humanas ocasionadas por la guerra civil española y un lamento por la situación censora que no permitió la publicación de esta novela en su momento y que actuó de distinta manera en cuanto a las producciones literarias masculinas y femeninas.

La plaça del Diamant (la novela examinada en el capítulo tres) reivindica el poder de la experiencia como arma de conocimiento esencial para la protagonista, que se diferencia de todas las otras por no haber tenido una instrucción formal. La novela construye una serie de premisas que cuestionan la versión transmitida de la adolescencia y la juventud femeninas como momentos de preparación y de aprendizaje dichoso de lo que será el futuro matrimonio. La situación familiar es, una vez más, insuficiente —también las protagonistas de las novelas anteriores son huérfanas—, y se cuestiona de este modo la realidad de un núcleo familiar estable y propiciatorio del desarrollo personal. A las cuestiones relativas al desarrollo individual se unen las que atañen a la identidad nacional y sexual, la lengua y la escritura desde el exilio. El estudio de la metonimia a nivel discursivo a partir de Jane Gallop contribuirá a una mejor comprensión del carácter subversivo del estilo formal engañosamente simple de la novela. La incomprensión, el sufrimiento y las dificultades experimentadas durante la guerra civil se combinan en la protagonista con la alienación que siente hacia su propio cuerpo, especialmente durante el embarazo. Se crea una profusión de metáforas en torno a los procesos internos y externos de ocupación y de vaciamiento, de entrada y de salida, de penetración y de expulsión que se actualizan en torno a actividades corporales como "tragar," "llenarse," "expulsar," o "vaciarse," que son reveladoras de otras funciones más amplias a todos los niveles. En las distintas posiciones de la protagonista se trasluce la carga abrumadora que la guerra le impone con sus aspectos más crudos: el hambre, la muerte y la soledad. La novela abarca un largo período de la vida de la protagonista, desde la adolescencia hasta la escena final en la edad adulta, tras la boda de su hija. Es éste un largo proceso de rememoración que, sin embargo, no participa de las características de simultánea interpretación y autoanálisis, como ocurría en *La playa de los locos*. Este vacío es un dato significativo, y se asocia a la engañosa simplicidad del estilo del texto, que analizo como ejemplo de experimentación formal unida al concepto de experiencia.

En los dos relatos de Riera (que estudio en el capítulo cuatro) el desarrollo personal se define a partir de la experiencia amorosa lesbiana y del fracaso de esa relación afectiva y sexual. Bonnie Zimmerman ha caracterizado el tipo de narraciones de desarrollo lesbiano en los siguientes términos: la protagonista se encuentra a menudo en medio de un territorio inexplorado y descubre con frecuencia, en su crecimiento, un mundo no sólo misógino y sexista, sino también heterosexista y homofóbico, lo que por lo general le acarrea sentimientos de culpabilidad y vergüenza. En *Te deix,* la adolescencia es el momento de aprendizaje de los signos del mundo. El descubrimiento del amor como fuerza poderosa a partir de la cual se modifica la percepción de la vida interna y externa de la protagonista se produce de modo simultáneo a la confrontación de ciertos principios sociopolíticos y morales hostiles a ese camino de desarrollo lesbiano. La experiencia personal adquiere en este caso un valor inusitado; la narradora de *Te deix* hace referencia a la imposibilidad de aprender a vivir la historia de su amor en los libros o en las películas, en clara alusión a un con-texto que ni acepta ni refleja culturalmente otro aprendizaje amoroso que el heterosexual. Los procesos de "conocimiento" y "reconocimiento" siguiendo la teoría de Shoshana Felman (*What Does a Woman Want*), y las nociones de "presencia" y "ausencia" en la situación del lesbianismo según Elizabeth Meese y Brad Epps son

18

elementos relevantes en el análisis de estos relatos. Los finales marcados por la enfermedad, la locura y la muerte son elocuentes con respecto a las dificultades que atraviesan las protagonistas, y plantean la necesidad de cambios sociales. Los procedimientos formales, tales como la escritura epistolar y el lirismo del lenguaje, se articulan, en mi lectura, como elementos subversivos, de acuerdo con la propuesta de Roland Barthes.

El quinto capítulo —sobre *Los perros de Hécate*— explora la inicial perversión y posterior subversión del mito del paraíso matrimonial a través del rechazo del matrimonio y de la maternidad y por medio del voluntario camino de la prostitución para ganarse la vida. A partir de la teoría de Gilles Deleuze y Félix Guattari (*Mil mesetas*), estudio la posición de la protagonista, Tarsiana, como una "línea de fuga," a un tiempo dentro y fuera del sistema, estableciendo una narración que se aleja formal y conceptualmente de la genealogía y de la raíz como principios de desarrollo vital y literario. Tal posición le permite en ocasiones mostrar una feroz subversión del sistema patriarcal, pervirtiendo a través de numerosas ilustraciones los principios de la sociedad y de la novela burguesa, y estableciendo así un comentario metaliterario paralelo sobre la escritura propia y ajena. En otros momentos, por medio de ciertas estrategias narrativas que acercan la escritura al surrealismo, al mito y a la fantasía, se subvierten los principios de lo "conveniente" y lo "apropiado" al proponerse nuevas alternativas al desarrollo femenino habitual. La reivindicación del deseo y de la agentividad sexual de la narradora, prácticamente desde su infancia, va en contra de los modelos tradicionales que perpetúan sentimientos de vergüenza y dolor ante acontecimientos tales como la pérdida de la virginidad en la joven, etc. El análisis de la parodia de la maternidad a partir de la noción de lo abyecto, tal como ha sido elaborada por Kristeva (*Pouvoirs de l'horreur*), contribuirá al estudio de este capítulo.

El sexto capítulo, en que examino *Efectos secundarios,* se centra en un estudio más detallado de la reconsideración del cuerpo como intersección del deseo y del lenguaje; el cuerpo hecho lenguaje, el deseo inscrito en el cuerpo y las palabras que articulan el placer, el erotismo y el amor, a través de las contribuciones de Rosi Braidotti (*Nomadic Subjects*) y Elizabeth Grosz (*Volatile Bodies*). La enfermedad, el cáncer, y la pérdida

19

del pecho como parte de la curación suponen una crisis y un trauma corporal, que remiten a nuevas posiciones vitales y afectivas. El triángulo amoroso, formado por dos mujeres y un hombre se presenta a través de un raro equilibrio narrativo, en el que se busca una mayor tolerancia y comprensión entre los sexos. El lesbianismo, que tan sólo se presentaba virtualmente o condenado al fracaso en los relatos de Riera, adquiere aquí la fuerza de la realización real, creando nuevos espacios y nuevas posiciones para la subjetividad femenina.

Las protagonistas de estos textos, a través de su inserción en diversas posiciones vitales —infancia, adolescencia, estado adulto, vejez—, cuestionan divisiones y periodizaciones estrechas que restringen las opciones de actuación para las mujeres de acuerdo a criterios psicoanalíticos o sociopolíticos obsoletos e inoperantes. Esto contribuye a una más libre inscripción del deseo femenino, que se expresa a través de una reivindicación de la "agentividad," de nuevas formas de obtención de placer y hasta de la perversión en el terreno sexual como principios igualmente válidos en el devenir-mujer. Formalmente, se buscan nuevas estrategias narrativas que logren de modo efectivo superar la mera protesta o descontento con el sistema patriarcal. La subversión de ese sistema se lleva a cabo mediante la instalación de nuevos modelos de escritura más acordes con el desarrollo femenino contemporáneo. Estos textos transforman y recrean el modelo original del género literario y manifiestan esa extraordinaria capacidad de provocar la *Bildung* en nuestra propia lectura, en nuestro propio desarrollo.

Capítulo uno

La impropiedad de lo extraño

El desarrollo femenino como creación en *Nada*

La noche me ofrendaba el tramo de silencio
de una angosta escalera que mi fiebre mullía.
En el rellano estabas —niña yo en ti— mirándome,
resistiéndote al sueño en tus ojos perplejos.
Me detuve un instante para besar tus sienes.
Subí luego, y entré en el cuarto, cómplice.

María Victoria Atencia
"Escalera"

Nada es un libro extraño. El/la lector/a encuentra continuamente adjetivos tales como "extraño," "curioso," "extraordinario," "anormal," "inexplicable," "grotesco," "asombroso,"
"fascinante," "fantasmal," y "confuso" a lo largo del texto.[1] La
palabra *extraño* aparece cuatro veces en las nueve páginas del
primer capítulo, y así mismo sirve para caracterizar a Andrea,
la protagonista de la novela, en su primera descripción física:
"Debía parecer una extraña figura con mi aspecto risueño y mi
viejo abrigo" (12).

Con respecto a los estudios críticos de esta novela de Carmen
Laforet, existe una falta de acuerdo poco común acerca de la
atención que ha recibido. Mientras que Michael Thomas dice
que la novela "[. . .] has attracted relatively little attention since
the late 1940's and early 1950's" (57), Gustavo Pérez-Firmat
afirma: "Few modern Spanish novels have had as much critical
and popular success as *Nada;* even today, more than forty years
after its original publication, *Nada* continues to be read and
discussed" (27). A pesar de esta desconcertante falta de acuerdo
en torno a la cantidad de estudios críticos, existe sin embargo
una coincidencia impresionante en lo que se refiere a la calidad, o mejor dicho, a la profundidad ausente en tales análisis.

Thomas dice: "[. . .] in-depth analyses of the work are surprisingly scarce" (57); Juan Villegas afirma: "Es realmente curioso, sin embargo, que los ensayos que buscan una interpretación en profundidad sean escasos" (177) y, de un modo similar escribe Mirella Servodidio: "[. . .] a good deal of what has been written has simplified the work by seizing on only parts of it and then in surface or biased ways" (57). Estos comentarios parecen indicar una dificultad por parte de la crítica para aprehender la "esencia," y una tendencia a quedarse en la superficie, sin advertir el significado oculto de la novela. En mi lectura, más que intentar un análisis más profundo que los anteriores, me gustaría detenerme en esa extrañeza del texto, en los signos "impropios" tal como los definiré a continuación, y en las ausencias narrativas que se presentan al/a la lector/a como una poderosa indicación del proceso de desarrollo femenino esbozado en *Nada*.

La escritura de lo extraño como estrategia narrativa: la impropiedad de los signos y la crítica del sistema

Ya en 1979, Margaret Jones aludió al espíritu de protesta y de rebeldía de este texto, expresado a través de la insatisfacción, el resentimiento y la alienación con respecto a la realidad social. Más aún, hacía referencia Jones en su artículo a ciertas características formales poco frecuentes que conforman el estilo de la narradora y que, en su opinión, revelan una visión crítica: "She creates a personal set of critical terms and reinterprets the environment through distortion, exaggeration and the inversion of generally accepted symbols" ("Dialectical Movement" 118). Además de los términos particulares que directamente aluden a lo extraño, exagerado, distorsionado e invertido, la "extrañeza" del texto en sí se ha explicado también a raíz de las elipsis y ausencias en la narración. Barry Jordan resume la escena crítica, aludiendo a la reconocida dispersión y fragmentariedad del material narrativo, y hace referencia a "[. . .] *Nada*'s remarkable elliptical quality, that is, its tendency to withhold information, leave gaps open, ends untied, enigmas unresolved as the story unfolds" ("Looks That Kill" 96).

Quisiera detenerme en un largo pasaje altamente revelador de las nociones de lo propio y lo impropio en lo referente al comportamiento de la joven. Esta escena muestra las primeras indicaciones de la necesidad de la protagonista de aferrarse a los silencios y a los signos de lo impropio en la escritura de su desarrollo. En la primera conversación que Andrea mantiene con su tía Angustias, quien se convierte desde el primer momento en la figura censora encargada de regular el desarrollo de su sobrina, la interacción entre las dos mujeres es descrita del modo siguiente:

> (Desde los primeros momentos, Angustias estaba empezando a hablar como si se preparase para hacer un discurso.)
> Yo abrí la boca para contestarle, pero me interrumpió con un gesto de su dedo.
> —No te negaré, Andrea, que he pasado la noche preocupada por ti, pensando . . . Es muy difícil la tarea de cuidar de ti, de moldearte en la obediencia . . . ¿Lo conseguiré? Creo que sí. De ti depende facilitármelo.
> No me dejaba decir nada y yo tragaba sus palabras por sorpresa, sin comprenderlas bien.
> —La ciudad, hija mía es un infierno. Y en toda España no hay ciudad que se parezca más al infierno que Barcelona . . . [. . .] Toda prudencia en la conducta es poca, pues el diablo reviste tentadoras formas . . . Una joven en Barcelona debe ser como una fortaleza. ¿Me entiendes?
> —No, tía.
> Angustias me miró.
> —No eres muy inteligente, nenita.
> Otra vez nos quedamos calladas. (25–26)

En este fragmento se contraponen dos modelos de desarrollo para la joven que me propongo analizar a partir de los dos significados del término *propio*. Por una parte, lo propio es lo "característico, peculiar de cada persona"; lo relativo a la propiedad: "Derecho o facultad de gozar y disponer de una cosa con exclusión del ajeno arbitrio, y de reclamar la devolución de ella si está en poder de otro." Pero también es lo "conveniente, adecuado," siendo lo impropio lo "falto de cualidades convenientes según las circunstancias" (*Diccionario de la lengua española*). Angustias, por medio de sus palabras, de su mirada[2] y de sus gestos, impone el modelo pre-establecido de desarrollo que la sobrina debe seguir. La premonición del "discurso," que sustituye al diálogo, se actualiza en ese gesto del dedo que impone el silencio e impide la expresión. Angustias desglosa su plan: educar a la joven, moldearla en la obediencia. La tía se constituye como sujeto de la empresa ("¿Lo conseguiré?"), pero la colaboración del objeto (Andrea) es fundamental para sus propósitos: ésta debe "facilitar" el proceso. Mientras tanto, la protagonista continúa emplazada en un silencio forzoso, "tragando" esas palabras que la invaden por sorpresa y que no termina de entender. Es ésta una imposición verbal que adquiere carácter fisiológico a través de la penetración brusca de semejante discurso en el cuerpo de la joven. A continuación advierte Angustias acerca de los peligros de la ciudad, y establece por primera vez una conexión con su "alocutora" al preguntarle: "¿Me entiendes?" Ante la respuesta negativa, a la que sigue el apelativo familiar ("No, tía"), ésta despliega su mirada inquisitorial e insulta doblemente a su sobrina, menospreciando su inteligencia e infantilizándola. Andrea va comprendiendo poco a poco la reacción que se espera de ella. Ya no interrumpe ni muestra señales de querer participar en la conversación. De este modo comienza a "facilitar" el camino de su desarrollo en las líneas marcadas por Angustias, quien puede ahora articular su discurso más claramente:

> —Te lo diré de otra forma: eres mi sobrina; por lo tanto, una niña de buena familia, modosa, cristiana e inocente. Si yo no me ocupara de ti para todo, tú en Barcelona encontrarías multitud de peligros. Por lo tanto, quiero decirte que no te dejaré dar un paso sin mi permiso. ¿Entiendes ahora?
> —Sí. (25)

El peligro previamente mencionado —la ciudad como un infierno— adquiere un tono abiertamente sexual, ya que Andrea necesitará en todo momento la supervisión de su tía para no andar "suelta" por la calle. Como afirma Mark Wigley: "A woman's interest, let alone active role, in the outside calls into question her virtue. The woman on the outside is implicitly sexually mobile" (335). Nuevamente infantilizada ("niña"), y caracterizada ahora por calificativos que hacen referencia a su posición social, religiosa y de comportamiento, Andrea queda configurada a través de un modelo genérico de desarrollo pre-establecido a raíz de esa caracterización. La protagonista comprende mejor el discurso al verse físicamente sometida a la vigilancia de la tía, quien literalmente manifiesta su propósito de inmiscuirse en su "camino" de desarrollo, no permitiéndole ni dar un paso sin su permiso. A la negativa anterior sucede ahora un "sí" lacónico, que garantiza su entendimiento del mensaje.

Es éste un intercambio complejo. Angustias fija un modelo de desarrollo basado en lo conveniente y adecuado a la imagen social, en lo "apropiado" para una niña formal como debe ser Andrea. Pero este modelo, paradójicamente, se opone a lo "propio" de las aspiraciones de la protagonista, a su facultad de gozar de su propia vida "con exclusión del ajeno arbitrio." Si algo experimenta la joven al llegar a Barcelona son las ganas de aventura y de exploración de la ciudad mediante paseos sin rumbo fijo, y esto es precisamente lo primero que se le niega. Pero en la exposición de la tía, que continúa más allá del fragmento aquí recogido, se desglosan prácticamente todos los elementos que configuran la identidad de la sobrina según su propia definición, así como el comportamiento que en cada caso se espera de ella. A la configuración del mundo externo: ciudad y universidad, sigue la descripción de lo que deberá ser para ella el entorno doméstico (26, 27). Andrea contesta con las palabras y los gestos de lo apropiado (la afirmación, el beso), sabiendo, sin embargo, que éstos son los signos que le roban lo propio, que encauzan y limitan sus posibilidades de desarrollo, a la par que fuerzan el "moldeamiento," la necesidad de doblegarse al discurso impuesto. Pero incluso esos signos de lo propio aparecen un tanto modificados: la afirmación no se acompaña de ninguna fórmula familiar, y el beso en la mejilla se sustituye por un ligero roce en el pelo de la tía. Sin embargo, lo que resulta más interesante, y lo que propongo en esta lectura, es que Andrea va a escoger la utilización de los signos de lo impropio —la extrañeza, la exageración, la distorsión y lo siniestro— como única manera de subvertir un sistema que impone la palabra, el discurso y la interpretación excesiva. Es en esos márgenes oscuros, habitualmente despreciados, donde la narradora irá construyendo sus posibilidades de expresión crítica, sin olvidar la necesidad de explotar los silencios, las ocultaciones y los enigmas que el sistema le impone. Estos espacios de silencio reemplazan, como veremos, a respuestas afirmativas de conformidad y asentimiento, y se transforman en los huecos propicios para un tipo de expresión poco habitual.

En las primeras escenas de la novela, la crítica social se centra en el reconocimiento de la situación de la posguerra española, marcada por la pobreza, el hambre, la violencia y el odio. Esta crítica se lleva a cabo a través de dos estrategias: el desplazamiento de personajes y situaciones y el reconocimiento de lo siniestro.

Andrea comienza su nueva vida llegando a Barcelona en un tren distinto al anunciado previamente, a una hora diferente, a causa de "dificultades de última hora para adquirir billetes" (11). Así se introduce a la protagonista en el texto, a medianoche, sin que nadie la esté esperando. De esta forma el comienzo de la historia se desplaza y se re-emplaza por otro, debido a esas inexplicadas dificultades de última hora para adquirir billetes. Este desplazamiento se une a otros signos que lo conectan a la imposibilidad de re-conocer lo antiguamente vivido. La extrañeza de esta situación guarda un parecido claro con la descripción que Sigmund Freud hace del "uncanny" ("lo siniestro"), concepto que Freud siente próximo a los de "Lo espantable, angustiante, espeluznante," y que define de la siguiente forma: "lo siniestro sería aquella suerte de lo espantoso que afecta las cosas conocidas y familiares desde tiempo atrás" (2484). Pero no todo lo que no es familiar es espeluznante; tiene que añadirse algo a la nueva situación para convertirla en siniestra. En esta segunda visita de Andrea a Barcelona —lugar que conoció en su infancia— lo familiar se vuelve extraño. Al llegar a la calle de Aribau no sabe distinguir cuáles son los balcones del piso familiar, y mientras sube las escaleras, el espacio se vuelve ajeno: "Todo empezaba a ser extraño a mi imaginación; los estrechos y desgastados escalones de mosaico, iluminados por la luz eléctrica, no tenían cabida en mi recuerdo" (13).

En la escena siguiente, cada miembro de esta familia extendida, desplazada —que sustituye a sus padres (muertos) y, en segundo término a la prima Isabel, quien se ha ocupado de su crianza durante los últimos años— es descrito con un tono sombrío y siniestro. Su abuela es "una viejecita decrépita." Su tío Juan "tenía la cara llena de concavidades, como una calavera." Hay además "varias mujeres fantasmales," y acerca de la criada, Antonia, dice: "Todo en aquella mujer parecía horrible y destrozado." El ambiente general de esta reunión con la familia se describe de la siguiente forma: "En toda aquella escena había algo angustioso, y en el piso un calor sofocante como si el aire estuviera estancado y podrido" (14–15).

Después del reencuentro, Andrea se va a acostar: "Tenía miedo de meterme en aquella cama parecida a un ataúd" (19). La cama está cubierta por una manta negra y parece "un túmulo funerario." Pero en este momento, tras esquivar los muebles logra por fin abrir una puerta y, a través de una galería, se le ofrece la siguiente visión: "Tres estrellas temblaban en la suave negrura de arriba y al verlas tuve unas súbitas ganas de llorar, como si viera amigos antiguos, bruscamente recobrados" (19). Como dice Freud en el estudio del doble, dentro de este mismo artículo ("Lo siniestro"), algo debe añadirse a la imagen anterior para que ésta cobre un aspecto siniestro: "El carácter siniestro sólo puede obedecer a que el 'doble' es una formación perteneciente a las épocas psíquicas primitivas y superadas, en las cuales sin duda tenía un sentido menos hostil" (2495). Andrea no es acogida por la próspera residencia de las memorias de su infancia, sino por la imagen desplazada y distorsionada de la misma en la posguerra. Sus padres están muertos y estos parientes los reemplazan de forma distorsionada, ya que lo siniestro también ha hecho presa de ellos. Poco a poco conoceremos sus historias y las repercusiones que la guerra civil ha tenido para cada uno de ellos. Las relaciones familiares se encuentran en un estado de agitación y la misma configuración física del espacio de ese piso de la calle Aribau resuena elocuentemente con los horrores que la guerra civil ha creado. Tan sólo esas tres estrellas permanecen iguales, inalterables, ajenas a las secuelas de la muerte y de la violencia de la guerra que el país ha vivido. En cualquier caso, estas primeras escenas adquieren un tono "impropio," que lo es aún más al tratarse de la introducción de una joven de dieciocho años en el ambiente familiar de la casa donde vivirá a partir de ahora. La casa, que había sido tradicionalmente el lugar seguro para la mujer, su hogar y su refugio, se transforma ahora, críticamente, en un lugar extraño, difícil y hasta peligroso.

Otro espacio importante para el estudio de lo siniestro es el constituido por el conjunto de imágenes especulares que de algún modo reflejan la configuración física y psíquica de Andrea. Entre las posibilidades de lo siniestro, Freud menciona: "Los miembros separados, una cabeza cortada, una mano desprendida del brazo [. . .] son cosas que tienen algo sumamente siniestro" (2499). En las distintas ocasiones en que Andrea se mira en el espejo, el sentido de la fragmentación y del desmembramiento siempre está presente, en mayor o menor grado. Jacques Lacan también ha estudiado esta fragmentación en "El estadio del espejo," que constituye un drama complejo sobre la articulación del desarrollo humano.[3] Curiosamente también lo asocia con estados que superan la vigilia, más cercanos al sueño y a la alucinación, mencionando tanto las mutilaciones como el doble, que Freud presenta como ejemplos de lo siniestro:

> Para las *imagos*, en efecto [. . .] la imagen especular parece ser el umbral del mundo visible, si hemos de dar crédito a la disposición en espejo que presenta en la alucinación y en el sueño la *imago del cuerpo propio*, ya se trate de sus rasgos individuales, incluso de sus mutilaciones, o de sus proyecciones objetales, o si nos fijamos en el papel del doble en que se manifiestan realidades psíquicas, por demás heterogéneas. (Lacan 88)

La primera vez que Andrea se sitúa frente a un espejo, durante la noche de su llegada a la casa de la calle Aribau, es en el cuarto de baño, mientras se ducha. Su cuerpo sólo aparece mencionado una vez, "entre los hilos brillantes del agua" (17), en medio de una descripción del espacio de ese cuarto de la casa. Todo aquí es deslucido, sucio, apagado. De este modo se acentúan la inversión y la distorsión del aspecto de la casa, que como mencioné reemplazan a la imagen habitual del hogar como símbolo de la armonía y del orden para la mujer. La protagonista ni siquiera se atreve a tocar las paredes, y la imposición del silencio y la represión generalizada parece haber llegado hasta los objetos, que gráficamente se retuercen y abren sus bocas para manifestar sus gritos de protesta:

> Parecía una casa de brujas aquel cuarto de baño. Las paredes tiznadas conservaban la huella de manos ganchudas, de gritos de desesperanza. Por todas partes los desconchados abrían sus bocas desdentadas rezumantes de humedad. Sobre

el espejo, porque no cabía en otro sitio, habían colocado un
bodegón macabro de besugos pálidos y cebollas sobre fondo
negro. La locura sonreía en los grifos torcidos. (17)

Como ha señalado Margaret Jones: "The personification of
objects, the latent menace and overall impression of confusion
transmit the apprehension and alienation that Andrea feels"
("Dialectical Movement" 118). Esta descripción revela las
huellas de lo siniestro, en una perturbadora escena de impotencia y frustración. En la siguiente imagen especular aparece
el reflejo parcial del cuerpo de Andrea junto con la mano de
Angustias:

> Yo veía en el espejo, de refilón, la imagen de mis dieciocho
> años áridos encerrados en una figura alargada y veía la bella
> y torneada mano de Angustias crispándose en el respaldo
> de una silla. [. . .] Una mano sensual, ahora desgarrada, gri-
> tando con la crispación de sus dedos más que la voz de mi
> tía. (103–04)

No es casual la mención de la edad de la joven en este momento junto con esa mano de la tía Angustias, que asume unas
características de opresión muy similares a las atribuidas a su
mirada en una cita anterior a este momento: "Aquella mano
que me apretaba los movimientos y la curiosidad de la vida
nueva [. . .]" (99). El desplazamiento (nuevamente gritan los
objetos o, en este caso, otra parte del cuerpo más que la propia
voz) y las imágenes distorsionadas se ligan siempre a la protesta ante lo que restringe la independencia de la protagonista.
La siguiente imagen se muestra durante el episodio del baile
ofrecido por su amigo Pons. A su sueño de transformación en
"rubia princesa" sucede el reflejo de la figura que muestra el
espejo: "Me ví en un espejo blanca y gris, deslucida entre los
alegres trajes de verano que me rodeaban" (219). Andrea no
tiene dinero para un traje nuevo ni para unos zapatos, y esta
imagen cobra nuevamente el carácter de un desplazamiento.
En este caso se produce a través de la inserción de una instan-
tánea fotográfica, en blanco y negro, en medio del colorido
general. La miseria de la joven se traduce formalmente en una
reducción del colorido, que sin embargo, resulta de gran valor
artístico.

Lo siniestro adquiere un carácter aún más marcado en el siguiente pasaje:

> Al levantarme de la cama vi que en el espejo de Angustias estaba toda mi habitación llena de un color de seda gris, y allí mismo, una larga sombra. Me acerqué y el espectro se acercó conmigo. Al fin alcancé a ver mi propia cara desdibujada sobre el camisón de hilo. Un camisón de hilo antiguo [. . .] que muchos años atrás había usado mi madre. (213)

Andrea se ve como una figura fantasmal, un espectro, fuera de su espacio, despojada de cualquier pertenencia. Su espacio no es el de "una habitación propia," sino que se trata del cuarto de Angustias que ella ha ocupado; incluso el espejo le pertenece a su tía y el camisón es el de su madre muerta. Lo siniestro adquiere en este pasaje una doble configuración, a través de ese paso hasta el rostro desdibujado por la mediación del espectro, y por la acumulación de elementos que marcan lo ajeno más que lo propio. Andrea misma se siente "enajenada," y su reflejo así lo constata. La última proyección nos devuelve a la bañera de la primera imagen. Tras el suicidio de Román, Andrea se ve de la siguiente forma: "En el espejo me encontré reflejada, miserablemente flaca y con los dientes chocándome como si me muriera de frío" (278). Parece existir, sin embargo, una mayor hilazón en la imagen: las gotas de la ducha parecen establecer cierta continuidad entre las distintas partes de su cuerpo, que por primera vez se mencionan como tales: "Las gotas resbalaban sobre los hombros y el pecho, formaban canales en el vientre, barrían mis piernas" (278). A través de todos estos reflejos y del tratamiento de lo siniestro se crea una imagen fragmentada, incompleta e incluso aterradora para la propia protagonista, que habla de la extrañeza de un mundo hostil y de la ausencia de unos lazos familiares fuertes. Como Andrea misma asume tras la contemplación del "espectro": "De todas maneras, yo misma, Andrea, estaba viviendo entre las sombras y las pasiones que me rodeaban" (214).

Junto a este tratamiento de los desplazamientos y de lo siniestro como reflejo de una actitud crítica, es importante analizar también el estado de frustración que experimenta la protagonista, que se manifiesta a través de las ausencias y de los silencios narrativos. Andrea, como personaje, apenas habla. Sus intervenciones son cortas, y actúa más a través de la mirada que de la palabra. Gloria le dice: "Pero no me mires así, no me mires así, Andrea" (107), y a su vez, a través de sus ojos, su tío Román puede leer lo que ha sucedido sin necesidad de palabras: "A la hora de la cena, Román me notaba en los ojos el paseo y se reía" (32). Andrea prefiere la soledad y el silencio, y en ocasiones no responde a las preguntas de sus interlocutores. En uno de sus paseos encuentra a Gerardo, un muchacho a quien conoció en casa de Ena, y éste es un fragmento de su conversación:

> —¿No te da miedo andar tan solita por las calles? ¿Y si viene el lobito y te come? . . .
> No le contesté.
> —¿Eres muda?
> —Prefiero ir sola, contesté con aspereza. (117)

Otra escena similar ocurre en otro diálogo con su amigo Pons, cuando éste le pregunta:

> —¿Qué piensas hacer este verano?
> —Nada, no sé . . .
> —¿Y cuando termines la carrera?
> —No sé tampoco. Daré clases, supongo.
> [. . .]
> —¿No te gustaría más casarte?
> Yo no le contesté. (187)

En ambos casos, para cuando se produce la conversación, Andrea ha recibido ya instrucción previa acerca de esos asuntos. Desde aquel discurso de Angustias comprendió que no podía andar sola por Barcelona. En otro momento, previo a esa segunda conversación con Pons, la tía le instruye acerca de las dos únicas opciones para el desarrollo de la mujer, ligadas a lo inapropiado de andar sola por el mundo:

> —Cuando seas mayor entenderás por qué una mujer no debe andar sola por el mundo.
> —¿Según tú, una mujer, si no puede casarse, no tiene más remedio que entrar en el convento?
> [. . .]

> —Pero es verdad que sólo hay dos caminos para la mujer.
> Dos únicos caminos honrosos [. . .] y Dios sabrá entender
> mi sacrificio. (101)

Andrea emplea el silencio ante la impotencia de no poder
dar una respuesta "propia/adecuada"; a sus deseos de vagabundeo libre y de independencia se oponen los dictados de una
sociedad patriarcal, formulados por boca de Angustias y repe-
tidos en forma de eco por sus compañeros universitarios. Ante
esta situación, la protagonista calla. Andrea no da muestras de
rebeldía frecuentemente, no es su aspiración el enfrentamiento
directo con un sistema injusto. Como ella misma confiesa: "Yo
no concebía entonces más resistencia que la pasiva" (32). Si
reflexionamos acerca de su situación familiar y económica, no
es difícil entender que sea éste el único tipo de resistencia con-
cebible. Y sin embargo, la joven no asiente, no se doblega fácilmente a las preguntas de los otros y prefiere el silencio a
la constatación de esos principios patriarcales. Como afirma
Elizabeth Ordóñez en *Voices of Their Own,* es posible percibir
la voz de la protagonista por debajo de ese otro discurso, más
audible, que impone la ley:

> These strategies here produce two voices: a more dominant
> conservative one telling of the young woman's ultimate
> insertion into socially sanctioned respectability; another,
> more muted one, that also dares to desire along the margins
> of (the Father's) patriarchal law. (34)

La narradora también va desvelando sus misterios a la vez
que mantiene el suspense. Al reproducir la historia del pasado
a través del personaje de Gloria (45–54), se alude varias veces
al carácter novelesco o fílmico de tal historia. No conoceremos ciertos datos acerca de los secretos de los dos tíos de Andrea
(ni tampoco de los de Angustias, de su amiga Ena y de la madre de ésta, Margarita) hasta el final.

Pero de todos los silencios narrativos, el que provoca mayor perplejidad en los/las lectores/as y más desconcierto en la
crítica, es el enorme vacío existente entre el momento de la
partida de Andrea a Madrid al final de la novela y el momento
de la composición de la misma. Nada sabemos del desarrollo
futuro de la protagonista ni de las vicisitudes que ésta ha ex-

perimentado hasta el momento de la escritura. Tampoco tenemos ningún dato relativo a la situación personal, profesional, familiar, o espacio-temporal de la narradora. La brecha narrativa existente entre estos dos momentos se hace visible en una de las citas finales del libro: "Me marchaba ahora sin haber conocido nada de lo que confusamente esperaba: la vida en plenitud, la alegría, el interés profundo, el amor. De la casa de la calle de Aribau no me llevaba nada. Al menos así lo creía yo entonces" (294). Esta reflexión enigmática marca una distancia entre ese momento en que la protagonista marcha para Madrid, y el de la narradora de edad más avanzada (aunque totalmente indeterminada), que rememora contrastando implícitamente su presente con ese "entonces." Ruth El Saffar ve en esta cita la clave para la comprensión del desarrollo de la protagonista y señala la discrepancia entre "[. . .] the young girl who arrives in Barcelona at the beginning of the work and the self into which she has matured as she undertakes to recount the story of the year she has spent there" (119). En su artículo, El Saffar contradice la mayoría de las interpretaciones que ven el momento último del desarrollo personal de Andrea al final de ese año en Barcelona, como las de Villegas: "In the conclusion, one can consider that she knows the world partially and that her initial naiveté and innocence have been overcome" (189), o Marsha Collins: "This event brings on the final phase of her education in which she reconciles herself to the past and tempers her new strength and assertiveness with the maturity to feel warmth, sympathy, and compassion for the other family members" (304). Para El Saffar, también hay cambio, pero éste ocurre entre el punto en que Andrea sale de Barcelona y el momento en que escribe la historia. En todos los casos creo que el modelo de crecimiento y desarrollo presentado es un poco excesivo; se plantea en términos de progresión y desarrollo desde la inocencia hacia la madurez, desde la ingenuidad hacia el conocimiento, desde la infancia hacia el estado adulto. Estos/as críticos/as por lo general no definen términos tales como "madurez," "inocencia" o "progreso," y por ello me es difícil entender sus postulados de desarrollo. A partir de un estudio de la noción del cambio en la novela, el desarrollo de la protagonista de *Nada* se despliega en mi lectura de acuerdo a un proceso de autoconsciencia que facilita en último término la facultad creadora.

El cambio como principio: el desarrollo como creación

El cambio es una constante en toda la novela, y a él se alude, desde un comienzo, a través de imágenes como la de la ciudad de Barcelona, que constituyó un refugio para los abuelos de Andrea y que sin embargo, para ella supone el punto de partida hacia una vida nueva. El cambio en la novela se define a través de la experiencia del proceso interactivo entre la subjetividad personal y el contexto externo.[4] Así se explica esta evolución ocurrida en la percepción de la ciudad por las distintas generaciones: "Porque ellos [los abuelos] vinieron a Barcelona con una ilusión opuesta a la que a mí me trajo: el descanso, en un trabajo seguro y metódico. Fue su punto de refugio la ciudad que a mí se me antojaba como palanca de mi vida" (22).

Nada es un texto lleno de imágenes de movilidad. Cuando Andrea entra en la casa, los muebles están colocados unos encima de otros, "como en las mudanzas" (13). En realidad, aprendemos más tarde que fueron dejados en este estado de "desorden provisional" por los obreros cuando el piso fue dividido en dos, del mismo modo que el país se escindió en dos bandos antagónicos durante la guerra. Continuamente se mueven las mesas, sillas, cuadros y ornamentaciones de un lado a otro de la casa y finalmente, muchos de estos objetos serán vendidos más adelante al trapero, quien los revenderá como objetos de segunda mano a nuevos/as propietarios/as. Una dinámica semejante parece caracterizar la vida de Andrea: "Dentro de unos instantes la vida seguiría y me haría desplazar a otro punto. Me encontraría con mi cuerpo enmarcado en otra decoración" (254).

Collins dice: "The three primary divisions of the text indicate stages in Andrea's growth: arrival at the house in Aribau Street and subsequent disillusionment, the period of freedom with Ena and her friends, and resolution of conflicts and tensions with a final affirmation of life" (298). Yo creo que *Nada* se opone a esta noción de totalidad y resolución absoluta de conflictos y tensiones. Andrea continuamente experimenta su vida "por primera vez." En la página 59, dice: "Este período se acaba. Me vi entrar en una vida nueva. [. . .] Por primera vez en mi vida me encontré siendo expansiva y anudando amistades." Pero esta sensación de "una vida nueva," "nuevos horizontes" y "por primera vez" reaparece una y otra vez a lo largo de las tres partes de la novela.[5] En un momento de angustia se refiere precisamente a lo contrario, a esos días aburridos y tristes en los que debía permanecer en casa bajo la vigilancia de Angustias, y dice: "¡Cuántos días inútiles! Días llenos de historias, demasiadas historias turbias. Historias incompletas, apenas iniciadas e hinchadas ya como una vieja madera a la intemperie. Historias demasiado oscuras para mí" (42). Estas historias carecen de la posibilidad de desarrollo constante y de renovación, y por eso hacen que la vida pierda su sentido.

A partir de esta noción del cambio, quisiera retomar ahora esa brecha narrativa existente entre la protagonista y la narradora. Es esta distancia la que ha dado lugar, como mencioné, a interpretaciones que oponen la juventud e inmadurez de la protagonista con la sensatez y buen juicio de la narradora de edad más avanzada. Es necesario, sin embargo, reconsiderar los términos empleados en estas dicotomías antes de extraer conclusiones sobre el desarrollo. Comenzaré por un análisis de la inocencia, que en este tipo de interpretaciones[6] es uno de los rasgos que caracterizan a la joven protagonista en oposición a la más "experimentada" narradora. El comentario de Daly es de gran utilidad aquí: "The term innocence is derived from the Latin *in,* meaning not, and *nocere,* meaning hurt, injure. We do not begin in innocence. We begin life in patriarchy, from the very beginning in an injured state. From earliest infancy we have been damaged, no matter how 'happy' our childhood appear to be" (413).[7]

En el caso de Andrea, resulta pertinente detenerse en ese concepto de "inocencia," que Angustias insiste en imponer como modelo de desarrollo para la joven. La infancia y adolescencia de Andrea no parecen haberse caracterizado por la felicidad, pero tampoco ella parece menos "lastimada" en la primera parte de *Nada,* o en cualquier otro momento de la historia; más bien, parece experimentar momentos fugaces de felicidad. Andrea es continuamente vejada por la intolerancia de Angustias, la crueldad de Román, la brutalidad de Juan, las desapariciones de Ena, o por la creciente consciencia de las dolorosas diferencias de clase o de sexo. Es precisamente en el baile de sociedad en casa de su pudiente amigo Pons cuando reflexiona la narradora: "Entonces era demasiado fácil herirme" (218).

Esta cita sugiere que no es tan fácil herirla ahora, y que de algún modo, su inocencia inicial ha sido superada. Lo que es perceptible en esta cita es el cambio que denota ahora su distinta posición: a través de sus experiencias durante ese año en Barcelona, y durante los años siguientes (indeterminados) hasta el momento de la escritura, la joven protagonista ha adquirido la facultad de convertirse en escritora. Si insistimos demasiado en esa caracterización de inocencia para Andrea, estamos reduplicando los esfuerzos de Angustias de infantilizarla en esa posición de "niña de buena familia, modosa, cristiana e inocente" (26). Este afán de Angustias de mantener el estado de inocencia en su sobrina le lleva a sentir una angustia profunda —e incluso a sugerir el asesinato como una medida más válida— ante cualquier posibilidad de desarrollo y crecimiento que se aparte de sus premisas: "¡Oh! ¡Hubiera debido matarte cuando pequeña antes de dejarte crecer así!" (103).

Por otra parte, la madurez de la narradora se ha explicado a partir de los comentarios que aparecen en el texto y que indican una referencia al momento de la escritura, habitualmente señalando una diferencia entre el "entonces" y el "ahora." Sin embargo, algunos de estos comentarios, más que separar radicalmente las posiciones de protagonista y narradora, las acercan. La joven Andrea modifica continuamente sus juicios acerca de la gente que le rodea,[8] pero la narradora también declara su incapacidad actual de establecer valoraciones definitivas: "He hecho tantos juicios equivocados en mi vida que aún no sé si éste era verdadero" (27). En este sentido señala Jordan: "Like her younger, narrated self, the creator of the story comes across as a rather vague, shadowy, insubstantial figure who is incapable of offering the reader any clear guidance on how to interpret events" ("Looks That Kill" 96). Existe una diferencia notable, sin embargo, entre la "incapacidad" de ofrecer una guía de interpretación de los hechos, y una decisión consciente de mantener los silencios, los enigmas y la indeterminación como estrategias narrativas.[9] Creo, por el contrario, que esta figura un tanto vaga e inconsistente se acerca, de este modo, a la configuración de la joven protagonista en un intento de evitar una separación radical entre una y otra. Lo que la narradora ofrece desde su posición de desarrollo es una mayor autoconsciencia que le permite entender mejor su configuración subjetiva interna y externa. Si bien la identidad de Andrea se formula de forma fragmentaria a partir de esas imágenes especulares mencionadas, es necesario añadir ahora una parte fundamental a ese estudio, ya que los cambios constantes en la representación están generalmente mediados o modificados por la presencia de los otros. En los mismos reflejos se incluyen presencias como la de la madre (a través del camisón), la tía Angustias (por medio de la mano), o las personas del sueño que la observan. En un plano más amplio, la presencia de los otros llega a constituir un espejo para Andrea; a través de las interacciones con sus parientes y amigos se va configurando la imagen de su personalidad. Andrea reacciona ante los otros, confronta y analiza las versiones de sí misma que los otros le ofrecen y, a su vez, proyecta imágenes de sí misma en ellos.[10] Lacan ha mencionado este deseo de ser reconocido por el otro como el deseo fundamental del individuo: "Para decirlo todo, en ninguna parte aparece más claramente que el deseo del hombre encuentra su deseo en el deseo del otro, no tanto porque el otro detenta las llaves del objeto deseado, sino porque su primer objeto es ser reconocido por el otro" (257). Andrea construye su identidad en contacto con el resto de los personajes del libro; admira la belleza de Gloria y las cualidades de Ena que ella no posee, pero se siente igualmente atraída por el lado oscuro de Román y por el sentido de la rectitud de Angustias. Todos estos personajes modifican sus actitudes y sus comportamientos, y es a través de las caracterizaciones que los otros hacen de ella el modo en que el/la lector/a adquiere una imagen más clara de la protagonista. Román parece incluso prefigurar la futura posición de Andrea como narradora cuando le dice: "Ya sé que siempre estás soñando cuentos con nuestros caracteres" (39). Esos caracteres con quienes Andrea conversa se transforman en los protagonistas del libro de su vida, texto que se hace posible gracias a la labor de escritura de la narradora. Ésta logra finalmente superar la resistencia del espejo y transmitir una imagen —aunque ésta sea fragmentaria, parcial e incompleta— de la joven Andrea, del mismo modo que consigue una descripción pictórica-textual del cuerpo de Gloria que Juan nunca pudo lograr en sus pobres cuadros. Las palabras de la escritura llevan un paso más allá esa labor de observación a través de la mirada que desplegaba la protagonista, quien en algunos momentos se veía reducida a contemplar el mundo: "Yo tenía un pequeño y ruin papel de espectadora" (224).

La narradora muestra, desde esta posición final, la capacidad de crear todo ese mundo de personajes y situaciones, pero no es, sin embargo, una persona "madura," completa, finalizada. El texto mismo resiste esta imagen por medio de la crítica que Román hace de los peores aspectos de Angustias: "Que nos molesta a todos, que nos recuerda a todos que no somos seres maduros, redondos, parados como ella; sino aguas ciegas que vamos golpeando, como podemos, la tierra para salir a algo inesperado" (107). Laforet en una entrevista con Geraldine Nichols contesta a sus preguntas acerca de las adolescentes de sus novelas y dice: "Siempre sienten la necesidad del cambio, además de la aventura de la vida, que siempre es tan importante para mí. Si uno no tiene ochenta adolescencias en la vida tiene que morirse" (*Escribir* 130). Curiosamente, también en *Nada* se dice de las amigas de Angustias que "estaban en una edad tan extraña de su cuerpo como la adolescencia" (105), lo que se acerca más al concepto de posición como recurrencia de estados previos que a la idea de fase terminada e irrepetible. Subyace bajo todo este análisis una crítica a la teoría freudiana de desarrollo femenino, tal como la expone Freud en sus artículos: "Algunas consecuencias psicológicas de la distinción entre los sexos" (1925), "La sexualidad femenina" (1931) y "Feminidad" (1933). Los mecanismos a través de los cuales el/la niño/a adquiere la identidad sexual son los complejos de castración y de Edipo. La teoría de Freud es mucho más clara en lo relativo al desarrollo del niño, que se ofrece como la norma a partir de la cual se mide la diferencia femenina. Para las niñas, la adquisición de la feminidad conlleva el reconocimiento de su castración y la envidia del pene, seguida de la transferencia del deseo hacia la figura paterna. Esa envidia del pene la acompañará toda su vida y sólo se verá mitigada por la satisfacción de engendrar un hijo. Los estadios o fases del desarrollo femenino en Freud adolecen de una caracterización similar marcada por la envidia, la pasividad, la falta del sentido de la justicia y la incapacidad de sublimar sus instintos. Todo ello le lleva a la siguiente observación hacia el final de "Feminidad":

> Un hombre alrededor de los treinta años nos parece un individuo joven, inacabado aún, del que esperamos aprovechará

enérgicamente las posibilidades de desarrollo que el análisis le ofrezca. En cambio, una mujer de igual edad nos
asusta frecuentemente por su inflexibilidad de inmutabilidad
psíquica. Su libido ha ocupado posiciones definitivas y parece incapaz de cambiarlas por otras. No encontramos caminos conducentes a un desarrollo posterior; es como si el
proceso se hubiera ya cumplido por completo y quedara
sustraído ya a toda influencia; como si la ardua evolución
hacia la feminidad hubiera agotado ya las posibilidades de
las personas. (3177–78)

La rigidez de Freud al establecer sus premisas de ese "arduo"
desarrollo femenino ha sido cuestionada por Melanie Klein,
quien recalca la importancia de la madre y disminuye la relevancia de la ansiedad de la castración en la niña: "I cannot agree
with his [Freud's] account of castration as the single factor which
determines the repression of the Oedipus complex" (417). Su
término *posición* se define como una agrupación de defensas
y agresiones que no se limitan al período infantil, sino que reaparecen de forma recurrente a lo largo de la vida. Cuestiona
el previsible desarrollo femenino freudiano asociado a las "etapas" de la vida biológica de la mujer, abre las puertas a la recurrencia de variantes del desarrollo a lo largo de la vida, y de
este modo evita ese principio de "agotamiento" del desarrollo
femenino.[11]

A partir del aprendizaje del reconocimiento de las diferencias sexuales y sociales principalmente, la narración se constituye como un intento de acercamiento entre posturas encontradas
y como una propuesta de tolerancia. Sería posible explicar esta
afirmación a partir de una serie de ejemplos referentes a esas
diferencias señaladas, pero sólo voy a detenerme brevemente
en la caracterización que el texto ofrece del fenómeno de la
maternidad como indicio de ese principio de tolerancia que nace
a través de la autoconsciencia en la narración. En la novela,
Andrea entra en contacto con varias figuras maternas. Su madre biológica está ausente, muerta, y Angustias se convierte en
su madre sustituta; la llama "hijita" (30), y dice más adelante:
"Hubo un tiempo (cuando llegaste) en que me pareció que mi
obligación era hacerte de madre. [. . .] Creí encontrar una
huerfanita ansiosa de cariño y he visto un demonio de rebeldía" (102). Desde el principio Andrea resiste el control que su
tía le impone, y siente: "Que no era natural aquello" (31). Gloria

da a luz a su hijo en medio de los bombardeos de la guerra, y se enferma gravemente. Su esposo, Juan, la acusa continuamente de ser una mala madre: "peor que los animales con sus cachorros" (179). Pero Juan y el/la lector/a descubren más adelante que Gloria es quien mantiene económicamente a la familia, y que su amor y preocupación por el bebé es sincero. La historia se narra a través de ausencias y elipsis —¿Por qué desaparece Gloria cada noche? ¿Adónde va? ¿Es, tal vez, una prostituta?—, pero como dice la abuela en otro momento de la narración, enseñándonos a desconfiar de lo más visible y aparente: "No todas las cosas que se ven son lo que parecen" (83). La madre de Ena complica cualquier noción simplista de la maternidad que pudiera quedar en el texto. Cuando por primera vez se queda embarazada, es en contra de sus deseos: "[. . .] yo no deseaba entonces ningún hijo de mi marido," y se refiere a los dolores físicos del parto como a "una nueva brutalidad de la vida" (238). Se siente incluso peor cuando se entera de que es una niña, ya que estará sujeta, por ser mujer, a los mismos sufrimientos que ella ha experimentado: "No quería verla" (239). Pero después Ena, esta niña, se convierte en la razón de su existencia y en el desencadenante de su propio proceso de autoconsciencia con respecto al amor: "Fue ella, la niña, quien me descubrió la fina urdimbre de la vida, las mil dulzuras del renunciamiento y del amor, que no es sólo pasión y egoísmo ciego entre un cuerpo y alma de hombre y un cuerpo y alma de mujer, sino que reviste nombres de comprensión, amistad, ternura" (240).

A la abuela sus hijos e hijas la acusan constantemente de ser una mala madre y la responsable de todas las desgracias familiares, pero la narradora evita cualquier tipo de juicio hacia esta mujer, presentándola más bien como siempre dispuesta a ayudar a quien más lo necesita. Por todo ello, la maternidad se presenta como una noción compleja, que no puede resolverse en términos de lo bueno y lo malo. La complejidad de las nociones de la maternidad o el desarrollo se presenta como algo enriquecedor, fruto de la autoconsciencia adquirida, y se opone al afán de simplificación excesiva, presente, como veremos, en la sociedad de la época.

La confirmación de la impropiedad del texto: el (con)texto sociopolítico y literario

Este carácter crítico de la novela y la ruptura que propone con respecto a modelos anteriores de desarrollo femenino son, tal vez, aún más radicales al salir la novela a la luz en un momento de la historia española en el que el discurso patriarcal —apoyado y reduplicado de manera efectiva por el sistema educativo y por la iglesia católica— consagraba el sacramento del matrimonio como la meta más preciada a la que debía aspirar el desarrollo de toda mujer. Se ignoraban, por lo tanto, todas aquellas otras opciones —lesbianismo, soltería elegida, maternidad fuera de la institución matrimonial, desarrollo profesional— que de algún modo interfirieran con el modelo familiar patriarcal propuesto por la legislatura. Es importante rastrear el contexto histórico para comprender mejor las formas particulares de configuración de la identidad femenina y para hacer visible el proceso de atribución de las posiciones subjetivas. Como explica Joan Scott haciendo referencia a las palabras de Gayatri Spivak, no se trata de pretender recuperar la realidad de los objetos, sino más bien de estudiar el contexto histórico "trying to understand the operations of the complex and changing discursive processes by which identities are ascribed, resisted or embraced" ("Experience" 33). Resulta fundamental contrastar el discurso oficial con la experiencia de las mujeres españolas que se apartaban de los modelos prescritos. Esta experiencia es descrita en varias obras literarias a lo largo de la posguerra española, y posteriormente recuperada a través de revistas, entrevistas y ensayos críticos tras la muerte de Franco. Frente a las peculiaridades de desarrollo femenino que cada escritora propone en estos seis textos que analizo, la legislación franquista ponía todo su empeño en configurar el destino único de toda mujer como esposa y madre.

El Prólogo de la Ley del 18 de Julio de 1939 declaraba: "Es consigna rigurosa de nuestra Revolución elevar y fortalecer la familia en su tradición cristiana, sociedad natural, perfecta, y cimiento de la Nación" (Scanlon 320). Los hombres debían recibir un sueldo suficiente para poder mantener a la familia y evitar, de este modo, que la mujer tuviera que trabajar fuera del hogar, "apartándola así de su función suprema e insustituible que es la de preparar a sus hijos, arma y base de la Nación en

su doble aspecto espiritual y material" (321). El espacio para
la mujer se reducía inequívocamente al hogar, y para asegurar
el cumplimiento apropiado de los principios del Movimiento,
se crearon dos organizaciones femeninas principales. La educación de las mujeres se puso en manos de la llamada "Sección Femenina," una asociación social y cultural que establecía
una serie de reuniones, obligatorias para las mujeres solteras,
en las que éstas aprendían principios como los siguientes: "Ten
disciplina, disciplina y disciplina"; "No comentes ninguna orden, cúmplela sin vacilar"; "A ti ya no te corresponde la acción, anima a cumplirla"; "No olvides que tu misión es educar
a tus hijos para bien de la Patria"; "Obedece y con tu ejemplo
enseña a obedecer"; "Procura ser siempre tú la rueda del carro
y deja a quien deba ser su gobierno" (citado en Folguera 82).
Tampoco la iglesia católica se andaba por las ramas a la hora
de delinear el papel del desarrollo femenino. Así justificaba el
Padre Ruiz Amado el sometimiento de la mujer a la autoridad
del esposo: "La dignificación de la mujer no puede hallarse por
otro camino que el del matrimonio cristiano, único, indisoluble, en el cual, junto a la subordinación que exige la unidad
social, se halla la igualdad espiritual de los dos sexos" (citado
por Aler Gay 244).

La naturaleza subversiva de *Nada* se aprecia entonces en esa
apertura final de la novela y en la resistencia a delinear un desarrollo posterior de tipo matrimonial para la protagonista. También se encuentra otra indicación del revulsivo social que esta
novela supuso en las reacciones críticas que suscitó su publicación en 1945. Como dice Carmen Martín Gaite, refiriéndose
al ambiente general durante la década de los cuarenta: "La complejidad, como la rareza, no eran bien recibidas en una sociedad que pretendía zanjar todos los problemas tortuosos y
escamotear todas las ruinas bajo un código de normas entu-
siastas" (*Usos amorosos* 39). Sin embargo, ya hemos visto la
complacencia que siente la narradora por los signos de la extrañeza. Por otra parte, en su definición de la vida, la complicación y la simplicidad se aúnan en citas como la siguiente:
"En pocos días la vida se me aparecía distinta a como la había
concebido hasta entonces; complicada y sencillísima a la vez"
(266).

Julio Rodríguez Puértolas, en el sector de su libro que se
detiene en la obra de Laforet, señala que varios/as lectores/as

de la novela condenaron los aspectos extraños y negativos de la sociedad en ella retratada. Carmen Conde se preguntaba por qué había elegido "lo pútrido, lo repugnante, lo hediondo, lo infrahumano, lo detestable, lo infinitamente inferior, en lugar de lo creativo, luminoso, hermosísimo" ("*Nada* o la novela atómica," citado en Rodríguez Puértolas 502). Llegó a existir un ataque directo a la obra de Laforet en forma de respuesta literaria: Gisel Dara —probablemente un pseudónimo— publicó una novela titulada *Todo* (Madrid: Rumbos, [1945]). En la introducción, el autor tachaba la obra de Laforet de inmoral, pesimista y anticristiana. *Todo* responde exactamente al modelo canónico del *Bildungsroman* masculino: es un recuento en primera persona de las memorias de un narrador que, partiendo de una infancia desgraciada, alcanza la resolución final de todo conflicto mediante el éxito clamoroso tras la superación de una serie de etapas en el terreno del trabajo, del amor y de la religión. El protagonista "se hace un hombre" luchando del lado de los nacionales en la guerra, pero finalmente decide consagrar su vida a la religión y convertirse en sacerdote. La obra termina con estas palabras que se conciben, en mi opinión, como un intento premeditado de invertir y anular el estilo de Laforet: "Desaparecían todos mis temores e inquietudes y mi alma se sentía en su elemento, en su verdadero lecho de reposo y nada podría turbarla, porque Dios sólo le bastaba, porque Dios era para mí ¡todo!" (citado en Rodríguez Puértolas 583). Para concluir, es igualmente interesante mencionar ciertos datos acerca de la atención crítica que *Nada* ha recibido en las historias literarias de las últimas décadas. En ocasiones, Laforet es identificada inmediatamente con Andrea, y consiguientemente caracterizada como joven e inexperta. Por lo general su valor como escritora se atribuye al instinto femenino o a la intuición más que al talento o a la inteligencia. Dice Eugenio de Nora: "Este arte habilísimo de urdir o hilar finamente la historia, esta intuición o instinto de lo esencial y necesario constituyen la gracia y la fuerza de C. Laforet, su don inestimable de gran novelista posible" (103). A la concepción de la labor literaria de Laforet en términos de tareas domésticas ("hilar"), de tejer maquinaciones argumentales ("urdir"), se añade su condición de "novelista posible," que anula su realidad como escritora en el presente del crítico. Joanna Russ ha estudiado la caracterización de "anormalidad" con la que frecuentemente se ha descrito la producción literaria femenina, y explica los procedimientos empleados de la siguiente forma:

> The techniques for mystifying women's lives and belittling women's writing [. . .] work by suppressing context: writing is separated from experience, women writers are separated from their tradition and each other, public is separated from private, political from personal; all to enforce a supposed set of absolute standards. (209)

En esta novela y en los textos subsiguientes "la" mujer que el discurso oficial intentaba crear con tanta insistencia se subvierte a través de la presentación del proceso de desarrollo de una joven que críticos/as y lectores/as vieron como "inusual," pero que tal vez no lo fuera tanto, o al menos no para todas las mujeres. No quiero esconder de ningún modo el carácter patriarcal de la familia de su amiga Ena, ni el hecho de que sea el padre de ésta quien proporciona los medios económicos para la futura independencia de Andrea. Pero la protagonista siempre ha buscado el modo de continuar su vagabundeo libre y de subsistir, pasando el mayor tiempo posible fuera de las ataduras del entorno familiar. En contraste con las dos opciones tradicionales que se sugieren —el matrimonio o el convento— que parecen ser abrazadas por todos los personajes femeninos en *Nada*, la posición final de Andrea se apoya en la amistad. Como señala Ordóñez: "Opting to close with a strong affirmation of female bonding and only the shadowy possibility of heterosexual pairing, *Nada* insists on the preeminence of women's friendship as a more positive and self-affirming ending to the narrative of female development than romantic pairing or marriage" (*Voices of Their Own* 51)

En ese final que ha provocado tanto desconcierto, la narradora alude a la apertura del libro, al momento de su llegada a Barcelona y dice: "No tenía ahora las mismas ilusiones, pero aquella partida me emocionaba como una liberación" (294). Su posición en este momento es diferente, ya que las circunstancias han cambiado y sus ilusiones no pueden ser las mismas. Pero su deseo de una nueva vida y de nuevos horizontes reaparece justo al finalizar la historia, en esa partida que se anticipa como una liberación. La posición futura de Andrea a partir de este momento no se narra, y creo conveniente respe-

tar la fuerza de ese enigma creado por la autora, en especial en
todo lo que atañe al futuro éxito o fracaso personal de la protagonista en el plano matrimonial o familiar. Quisiera, por tanto,
evitar lecturas excesivamente optimistas o pesimistas de esta
seductora ausencia narrativa. Resulta pertinente aludir a la posición de Jordan en sus dos artículos del año 1992. En ambos,
rechaza la idea de un desarrollo coherente hacia una personalidad fuerte y rebelde, y concluye en "Laforet's *Nada* as Female
Bildung?":

> The image of Andrea as a resolute, purposeful, radical fe-
> male subject speaks more to the desire of certain feminist
> critics than to the novel's textual and cultural effects. The
> desire to fix Andrea as a powerful, self-motivated persona
> perhaps reveals one of the many pleasures (if not dangers)
> of Laforet's texts, that is, of being dazzled by the spectacle
> of controlled and surrogated rebelliousness. *Nada* is more
> convincingly seen, not as a manifesto of self-creation, but
> as a primer on self-discipline, a deportment book in tune
> with the Franco regime's views on the position of women.
> (117)

Es muy difícil, en mi opinión, leer *Nada* como un manual
de comportamiento femenino, tal como también sugiere en el
otro artículo mencionado: "Looks That Kill" ("alongside the
Victorian conduct book"; 98). Por otra parte, el riesgo que él
tan claramente percibe en las críticas feministas (dejarse seducir
por esa ausencia narrativa), adquiere una nueva formulación
en su propio intento de "adecuar" la narración a un principio
de orden y de control del comportamiento femenino difícilmente
perceptible en el texto. Los deseos de interpretación de Jordan
van incluso más allá de lo narrado, y siente la necesidad de
aquietar cualquier tono discordante del texto. Dice: "Andrea
does not find a man. Why not? The answer seems to be that
she is not in a position, as yet, to take that step. She genuinely
desired romance with Pons, but showed fear of commitment
and having to give up the fantasies of childhood romance"
("Looks That Kill" 100). Con ese "not yet" el crítico nos/se
tranquiliza acerca de la incuestionable heterosexualidad de la
protagonista y de su futuro acoplamiento al noviazgo o al matrimonio tras la superación de esas supuestas tontas fantasías
infantiles. Creo que la lectura de *Nada* nos enseña más bien a

huir de "discursos" e interpretaciones impuestas y a promover la tolerancia en cuanto a las opciones del desarrollo femenino. La experiencia se presenta de forma ambigua a lo largo de la novela; la casa es una prisión infernal pero también representa un mundo de descubrimientos fascinantes. Barcelona, que era en un principio el paraíso de libertad, se transforma en el emplazamiento de una pesadilla la noche en la que Andrea acompaña a Juan al Barrio Chino. Una oscilación similar determina la descripción de los personajes. Angustias es el familiar más odiado por Andrea, pero también "un ser recto y bueno a su manera entre aquellos locos. Un ser más completo y vigoroso que los demás" (99). Ena es percibida como la más preciada de sus amistades y, simultáneamente, como una persona cruel que evita su compañía y se esconde de ella en ocasiones. Es más, podríamos afirmar que los conflictos y problemas que surgen al experimentar estos contrastes son precisamente las cuestiones que confieren interés a su vida, y no tenemos ninguna razón para asumir un futuro en diferentes términos. Al contestar una pregunta acerca del estado de Andrea en este momento de cierre del libro, Laforet lo definió así: "sin desesperanza" (*Mis páginas mejores* 13), en una bella combinación de dos signos negativos que realzan la inevitable precariedad del término. En un momento de la novela en que la protagonista cree comenzar a comprender el proceso físico de desarrollo hacia la maternidad y siente su cuerpo "como cargado de semillas," compara la joven su percepción de ese estado con la esperanza de la siguiente forma: "Aunque todo en mí era entonces ácido e incompleto como la esperanza, yo lo entendía" (240). Es ésta una caracterización similar en la que la esperanza nuevamente se define por medio de calificativos que connotan amargura y fragmentación. También la esperanza para las mujeres en aquel momento suponía el avenirse a la "normalidad," y por eso su desarrollo quedaba restringido a lo truncado e incompleto. La propia escritura ofrece combinaciones de signos negativos y extraños en un intento de dar vida al transcurso de una existencia "peculiar" y de este modo subvertir parcialmente el status quo. El progreso lineal y la resolución total de conflictos se suplantan aquí por la extrañeza y la impropiedad de la contradicción, que parecen estar en la base de la experiencia de Andrea.

Amor y melancolía

La playa de los locos y el fantasma del fracaso

> Pero en tal caso ¿qué sentido tiene decir que la
> mujer es el otro del hombre, que el loco es el otro
> del normal, el salvaje el otro del civilizado?
> ¿Jamás dejaremos de preguntarnos quién es el
> otro de quién?
>
> Jean Baudrillard
La transparencia del mal

La vida y la obra de la escritora Elena Soriano parecen marcadas por la huella del fracaso. En una entrevista del año 1986 realizada por Lola Díaz para *Cambio 16,* la autora responde de este modo a la pregunta de si se considera una persona feliz: "No, porque yo tengo un sentimiento catastrófico de la vida y siempre estoy previendo alguna catástrofe, tal vez porque me han ocurrido experiencias desagradables en la vida" (109). La tragedia ha marcado su vida familiar; su obra *Testimonio materno* (1985), que ella define como su "autobiografía sentimental, moral e intelectual" (Núñez 12), relata el suicidio de su hijo José Juan y describe su situación ante la maternidad, escindida entre la necesidad de representar el papel de madre modelo y "la sensación de esclavitud a la especie, con sacrificio de mi persona como individuo" (*Testimonio materno* 13).

Sin embargo, la insatisfacción de la escritora se manifiesta en sus declaraciones con vigor más intenso en todo lo que atañe a su actividad literaria. Soriano alude una y otra vez a las dificultades que el sistema de creación, publicación y distribución imponía a los escritores en los años cincuenta. Más precisamente, se refiere a las particularidades de censura y marginalidad que condicionaron la producción de las mujeres escritoras en

España. Soriano abiertamente expresa la desigual situación de
la mujer escritora en su conversación con Concha Alborg: "Para
mí ha sido un handicap tremendo el hecho de ser mujer en
España." Y añade: "No sólo la censura era más severa para las
mujeres, sino que la opinión pública, los lectores y la crítica
trataban de distinta manera a las mujeres" ("Conversación" 116).
Para las escritoras españolas no sólo el fracaso, sino también
el éxito ocasional podían convertirse en poderosa arma de doble filo. Soriano reflexiona sobre el anonadamiento que repre-
sentó el éxito de la primera obra de Carmen Laforet y dice:
"Es como un equilibrista atravesando la cuerda floja y en mitad del camino empieza el público a aplaudir de una forma
estrepitosa, pierde el equilibrio y se cae. Es muy peligroso tener
un éxito repentino, porque aturde" (118). La precaria situación
de la escritora en la cuerda floja subraya los múltiples y delicados equilibrios, compromisos y negociaciones de las escritoras de la posguerra. Alrededor de la década de los cincuenta
aparecen obras como *La enferma* y *La careta,* de Elena Quiroga,
ambas en 1955; *Una mujer llega al pueblo* (1956) de Mercedes
Salisachs; *Pequeño teatro* (1954), *Los hijos muertos* (1958) y
Primera memoria (1959) de Ana María Matute, o *Entre visillos*
(1958), de Carmen Martín Gaite. Las protagonistas de estas
novelas experimentan en distinto grado las restricciones sociales
que la ideología franquista imponía. La orfandad, la domesti-
cidad, la enfermedad, la locura y la muerte acompañan a la
heroína en sus precarios intentos de configuración de sus posiciones de desarrollo.

Soriano escribió en 1955 una trilogía llamada *Mujer y hom-*
bre, compuesta por *La playa de los locos, Espejismos* y *Medea*
55, que formaban una unidad temática, pero no argumental. La
primera de estas novelas fue censurada, prohibiéndose tajan-
temente su publicación, como explica Soriano en el prólogo
"Treinta años después," que acompaña a la posterior publicación de la novela en 1984. Manuel Abellán señala este texto
como principal ejemplo de censura literaria en España en el
año 1955. La autora establece en el prólogo mencionado una
conexión intrínseca entre las peripecias sufridas por el libro y
las dramáticas repercusiones que el desenlace de este acontecimiento tuvo para su actividad literaria y su personalidad en
conjunto:

[*La playa de los locos*] Fue rechazada en su totalidad, de principio a fin, a pesar de que recurrí a todos los medios a mi alcance por salvarla, en un absurdo forcejeo solitario con invisibles enemigos en todos los escalones jerárquicos del Ministerio de Información y Turismo, a lo largo de casi un año; mientras en mí se formaba y crecía un "complejo" de culpabilidad, de humillación, de persecución y de impotencia realmente kafkiano: yo no comprendía ni nadie me explicaba mi delito ni escuchaba mis protestas ante mi evidente discriminación con otros escritores. (3)

La invisibilidad y la impersonalidad de la representación oficial de la censura funcionan como armas efectivas para la supresión de la escritura, y aparecen así la incomprensión y la impotencia como respuestas ante la abrumadora situación. La negación del libro impreso, la in-existencia impuesta a la narración, provocan una derrota moral en la que insiste la escritora: "Pero lo más importante de aquella derrota es que me dejó, por mucho tiempo, destrozada y acobardada moralmente, sin estímulo para proseguir mi labor literaria, presa del complejo psicológico antes señalado, en el que llegué a sufrir graves crisis depresivas, hasta con ideas suicidas" (6).

La descripción del poder censor que hace Soriano semeja la configuración del poder que define Michel Foucault como "múltiple, automático y anónimo" (192; mi traducción). La invisibilidad aparente del sistema disciplinario impone en el sujeto un principio de visibilidad obligatorio. Paradójicamente, mientras la escritora es visible ante el poder y es objeto de su vigilancia, desaparece, sin embargo, como escritora, y carece de presencia en el mundo literario. Para Soriano, la instancia particular del ejercicio de la censura se extiende y se complica; llega incluso a determinar la suerte de su posterior actividad artística: "La Inspección de Libros me castigó a mí con la decisión de no autorizar la publicación de ningún otro libro con mi firma, lo que explica, en cierto modo, mi larga abstención profesional" ("Treinta años después," *La playa* 5).

La escritora se refiere en varios momentos a su "complejo kafkiano," y tal caracterización no es trivial. Si bien en los textos de Franz Kafka la ley se presenta, en formulación de Deleuze y Guattari "as a pure and empty form without content, the object of which remains unknowable" (*Kafka* 43), y en el caso de la posguerra española los criterios y contenidos de las leyes fueron formulables y formulados;[1] el mismo Abellán constata el absurdo y la incoherencia de la máquina censora española:

> Lo primero que salta a la vista es la absurda falta de coherencia en el tratamiento al que la producción literaria española ha sido sometida por la censura. En ningún otro cuerpo del Estado se echa tanto de ver la falta de normas o criterios objetivados como en los funcionarios del Servicio de Orientación Bibliográfica. (110)

A mediados de la década de los cincuenta, surge una pluralidad de tendencias dentro del Movimiento, y se produce una complicación de la escena política española con el intento de aparición de ciertas tendencias políticas divergentes. Dice Abellán: "A medida que la diversidad de pareceres fue haciéndose mayor, menor fue el campo de aplicación válido hasta entonces, y la censura —sin criterios— sólo tuvo valor siendo arbitraria" (115). De ahí surgen los sentimientos de impotencia, humillación y debilidad que la escritora atribuye a su complejo kafkiano. No obstante, más allá de la supuesta arbitrariedad atribuida al aparato censor del momento, no deja de ser sumamente curiosa la tajante prohibición impuesta a *La playa de los locos*. Si bien la información referente a todo este proceso es francamente escasa y en su mayor parte viene proporcionada por la misma escritora, no resulta totalmente aventurado plantear la existencia de un fondo temático en la novela que preocupó a los censores. Cuando éstos presentaron objeciones radicales a la publicación de este texto bien pudo ser porque observaron una crítica disimulada, y tal vez no tan velada como hoy nos parece, de una situación sociopolítica que amenazaba la totalitaria legitimación oficial de la guerra civil. Encubierta tras la aparente sumisión de la protagonista a los valores del mundo masculino, late emboscada una versión femenina del topos de la guerra caracterizada por las omisiones, la desaparición y la posterior inmovilidad de la protagonista, como confirma la autora en una reciente entrevista publicada poco antes de su muerte, realizada por Concha Alborg: "Es una sátira feroz de los conceptos que había sobre la mujer entonces" (*Cinco figuras* 62). Esta proyección va a contracorriente de los esenciales principios del "Movimiento," definidos a partir de la actividad necesaria para la reconstrucción física y moral del país y del optimismo simplista, alejado de todo cuestionamiento de la realidad y de toda complejidad psicológica, aún más en el caso de la realidad social de las mujeres.

Desde este punto de vista, *La playa* se convierte en un texto inquietante, oscuro, pesimista, que muestra los efectos devastadores de la guerra en el plano personal, en lo más hondo de la subjetividad femenina. La prohibición de futuras publicaciones pretende erradicar cualquier propósito latente de nuevos textos peligrosos para la sociedad franquista, en plena reconstrucción. A su vez, la repercusión crítica de *La playa de los locos* ha sido muy escasa y más bien reciente, y ha llegado de la mano de revisiones feministas de la literatura española y de entrevistas como las realizadas por Alborg.

Como indica en el mismo prólogo la autora, la extensa labor periodística desplegada como directora de la revista literaria *El urogallo* —revista de crítica literaria en la que colaboraron los principales intelectuales españoles cuyas posiciones se alejaban ideológicamente de las del régimen—, le ayudó a "curar" su complejo y, finalmente, a reanudar la escritura. Tras la publicación de *Testimonio materno* en 1985, emprende la tarea de edición de la trilogía *Mujer y hombre*. Sin embargo la sensación de lo truncado, lo frustrado, lo malogrado y perdido, permanecerá en lo sucesivo también en sus declaraciones: "Ya nada ni nadie puede devolverme mis años perdidos" (*La playa* 6). *La playa de los locos,* publicada treinta años después, aparece como un texto, en palabras de la autora, "posiblemente anacrónico para ciertos lectores" (*La playa* 6). Subraya de este modo Soriano el contexto histórico, que resulta fundamental para combatir el tratamiento de "anormalidad" asociado a la escritura femenina.

Treinta años después, incluso el paisaje descrito en *La playa* ha desaparecido, "destrozado a dentelladas de excavadora" (8) por la expansión turística. La novela se transforma en la sombra fantasmal de sí misma, en una aparición extraña fuera de su lugar y de su tiempo; texto anacrónico, testigo de una vida femenina que la autora califica como "tipo de la España de la posguerra," emplazada en un paisaje devorado por los avances del *boom* turístico de los años sesenta. Este paisaje se constituye como una nueva presencia fantasmal: recreación detallada de un espacio que existe contemporáneamente a la escritura y que se transforma en presencia narrativa sin referente real en el momento de su publicación.

En su conversación con Antonio Núñez en 1986, Soriano insiste en el fracaso de su realización como creadora: "He tenido siempre la sensación de no realizar mi profunda, auténtica vocación literaria por completo; es decir, de no llegar a ser quien soy —o quien creo que soy—, por ser mujer, española, que ha vivido los años centrales de su vida en un régimen político y social que no me permitió desarrollar mi personalidad" (1). La escisión entre la primera y la tercera persona, utilizadas simultáneamente en esta presentación, no deja de ser inquietante. La vocación literaria y la personalidad se sienten próximas al yo, al adjetivo posesivo y a la subjetividad. Su presencia como mujer española, inmersa en un régimen político y social determinado, se adscribe sin embargo a la tercera persona, a esa vida externa que no le pertenece íntimamente y que, sujeta al poder, se escapa del yo.

En estas y otras declaraciones de Soriano se advierte un deseo de autenticidad, de totalidad y de realización como mujer y como escritora, solamente mitigado por tímidas precisiones autoconscientes acerca de la posibilidad de desarrollo total. A la posibilidad de "ser quien soy" se añade ese "o quien creo que soy." Una similar oscilación se presenta en los anhelos de la protagonista de *La playa*. Con la pretensión de alcanzar un estado de plenitud en el desarrollo del amor y de la personalidad, se entreteje un asomo de autoconsciencia de su propia precariedad. A lo largo del texto, se produce la aceptación de la insuficiencia, del dolor de lo perdido, y del conflicto y la contradicción como parte del cosmos vital de la protagonista. Esta aceptación propicia su recuperación psicológica y hace posible la escritura.

El estadio de la vejez y el horror de lo abyecto

"Aquí estoy, vieja y fea, sin remedio" (22). Así se presenta la protagonista anónima de *La playa* al comienzo de su narración. El proceso de envejecimiento está íntimamente ligado en este caso al horror y a la repulsión, la ansiedad y la aprensión que experimenta la protagonista al llegar a la menopausia. Esta presencia acentúa la improductividad del cuerpo femenino y provoca esos sentimientos que Simone de Beauvoir presenta como característicos en *La vieillesse*. La protagonista, que nunca recibe un nombre propio, narra la vuelta al escenario de su enamoramiento juvenil, a la playa de los locos, veinte años después. Toda esta reflexión, la novela misma, se desarrolla desde un espacio natural: el diván pétreo del paisaje de la playa, en el cual se llevaron a cabo esos escarceos amorosos entre ella y su joven amante, y al cual vuelve ahora para desencadenar ese movimiento hacia la recuperación física y la autoconsciencia.

Existen tres posiciones principales de la protagonista narradas en el texto. La primera es la que describe la visita inicial de la joven a ese lugar, durante unas vacaciones de verano en un pueblo de España, tras haber finalizado sus estudios universitarios. Esta primera posición se narra gráficamente en una serie de paréntesis, que se incluyen entre las reflexiones de su posición actual. Las experiencias y los sentimientos del pasado se seleccionan y se rememoran de acuerdo con la posición del presente, pero inversamente; este proceso de rememoración desencadenará un proceso de autoconsciencia que modificará esa posición final. La segunda posición es la de los casi veinte años que transcurren entre ambas visitas, que son descritos por la protagonista en términos de inmovilidad y resistencia al cambio, y que estudiaré a partir del concepto psicoanalítico de la crisis melancólica. En la tercera posición confluyen el desarrollo de la protagonista y el desarrollo del texto; ambos avanzan a la vez en un proceso de reflexión a través de la escritura. En esta última posición se presenta el momento de la vejez y el horror asociado al proceso de envejecimiento. Paulatinamente se produce una recuperación parcial de la enfermedad melancólica gracias al proceso de duelo que se va creando a través de la escritura y de la rememoración y constatación de la vida anterior.

El "estadio de la vejez" define la percepción que tiene la protagonista de sí misma al comienzo de esa tercera posición y corresponde a la forma de presentación del personaje en el texto. Estas primeras presentaciones son de gran relevancia para la noción del desarrollo femenino en general, y en este caso proporcionan además una serie de indicaciones sin las cuales no sería posible comprender las otras posiciones de la protagonista.

Como afirma Lacan: "La palabra, en efecto, es un don del lenguaje y el lenguaje no es inmaterial. Es cuerpo sutil pero es cuerpo. Las palabras están atrapadas en todas las imágenes corporales que cautivan al sujeto" (289). Las palabras constituyen un cuerpo en el que se despliega formalmente el proceso biológico-corporal del envejecimiento,[2] y en el caso de la narradora, la repulsión experimentada hacia su cuerpo se proyecta en el lenguaje, convirtiéndose éste en un cuerpo mutilado de toda percepción de tolerancia o aceptación hacia su configuración física. Para estudiar las causas de tal posicionamiento, es esencial aludir a las aportaciones de Kathleen Woodward en torno a la vejez. Formula Woodward el estadio de la vejez contraponiéndolo al estadio del espejo en la infancia formulado por Lacan. El niño, según Lacan, percibe la imagen de su cuerpo como algo armonioso, a la vez que experimenta la alternancia entre la imagen visual de unidad y la experiencia de la fragmentación, lo que propicia la formación del ego y del sujeto dividido, quien experimenta la alienación y, no obstante, anticipa con placer los sentimientos de totalidad. En el estadio de la vejez, el sujeto también es confrontado con una imagen, pero el proceso es inverso. Esta imagen presenta la desintegración, la fragmentación que viene de fuera y que desde dentro no se siente como tal:

> In the mirror stage of old age, one is libidinally alienated from one's mirror image. If the psychic plot of the mirror stage of infancy is the anticipated trajectory from insufficiency to body wholeness, the bodily plot of the mirror stage of old age is the feared trajectory from wholeness to physical disintegration. (Woodward, *Aging and Its Discontents* 67)

Ya he mencionado anteriormente la necesidad del sujeto de ser reconocido por el otro. El estadio del espejo en la vejez está mucho más arraigado en el drama sociohistórico del sujeto y es más complejo ya que incluye la mirada del otro superpuesta a las imágenes del sujeto. Como señala Beauvoir en *La vieillesse,* el reconocimiento de la vejez viene del otro, de la sociedad aún en mayor proporción que en otras edades o momentos vitales. La noción de la edad es tanto social como biológicamente determinada, y Beauvoir aclara la naturaleza compleja de la vejez en estos términos: "[. . .] elle est un rapport dialectique entre mon être pour autrui, tel qu'il se définit objectivement, et la conscience que je prends de moi-même à travers lui. En moi, c'est l'autre qui est âgé, c'est-à-dire celui que je suis pour les autres: et cet autre, c'est moi" (*La vieillesse* 302).

Este estadio del espejo de la vejez para la protagonista de *La playa de los locos* resulta sumamente complejo. En él se combinan la imagen biológica y social de la menopausia, la contemplación material del cuerpo envejecido y la omnipresente obsesión acerca de la imagen creada en y por el otro: en primer lugar, por ese interlocutor previamente mencionado, pero también por el resto de los personajes de la novela (familiares, amigos, conocidos y desconocidos). El terror que experimenta en el momento de la apertura de la novela hacia su condición menopáusica se expresa, en toda su crudeza, en esta primera parte:

> ¿Puedes tú, hombre, comprender lo que significa para una mujer saberse a punto de dejar de serlo? Voy a convertirme en un ser híbrido, asexuado, sin objeto ni fin entre mis semejantes, sin función en la especie, al margen de la más poderosa ley del mundo. Voy a ser un plus, un elemento superfluo en la Naturaleza, sin ningún valor biológico en ella. (21)

Es ésta una de las muchas citas sorprendentes del texto, en las que parecen combinarse una aceptación sin reservas de ciertos principios patriarcales —como la necesidad de reproducción del cuerpo femenino—, junto a un velado cuestionamiento de tales normas en la formulación de "la más poderosa ley del mundo," o, más claramente, en esa apelación al "tú, hombre," que no sujeto a las mismas leyes biológicas ni sociales, pero autor o generador de ellas, no comprende el alcance de las repercusiones de la menopausia en el cuerpo femenino. La acumulación de elementos negativos —referentes a su condición de mujer, a su papel en la vida, y a su valor personal— están siempre en función de un otro omnipresente y multiplicado en el tú (hombre), la pluralidad (mis semejantes), y en la presencia aún más amplia y abarcadora de la Naturaleza. Ese otro múltiple confecciona a sus ojos la imagen de la negación, la frustración y el horror asociados con la menopausia, que se muestran nuevamente en toda su crudeza en la cita siguiente:

en contraposición a otras mujeres que "han dado sus frutos con largueza" y que "consuelan su tristeza presente con el regosto del placer pasado y con el orgullo de no haber sido seres inútiles y gratuitos," ella se siente como un ser extinto:

> Pero yo me sé condenada a morir del todo, sin posible retorno, sin dejar huella ni en el tiempo ni en el espacio. Y con espanto me resisto a esta frustración total y desesperadamente me aferro a los mismos años que me arrastran gritando: "¿Ya? ¿Tan pronto? ¡No, no es posible! ¡Piedad, compasión, una oportunidad todavía!" . . . (21–22)

Emily Martin ha investigado en detalle la tendencia médica y psicoanalítica a ver la menopausia como un estado patológico. Pone en relación la falta de producción del cuerpo femenino, la falta de pro-creación, con el disgusto experimentado ante ese cuerpo. Critica también la noción patológica de fracaso que se trasluce en los propios términos utilizados en tales estudios. Dice Martin que para muchas mujeres la eliminación de la posibilidad del embarazo supone en principio un alivio más que una carga real, pero el modelo social se impone. La protagonista de la novela nunca expresa deseos de maternidad, ni siquiera de matrimonio. En uno de esos raros momentos en que su crítica a la sociedad patriarcal imperante resulta más abierta, es precisamente la obsesión con la paternidad lo que se pone en cuestión. En una excursión durante el primer viaje, los protagonistas entran en una capilla, donde encuentran una estatua de la Virgen encinta, y la narradora la caracteriza como "extraña y deforme imagen, quizá realizada por encargo de algunos antiguos propietarios obsesos de paternidad" (121). Sin embargo, en el momento de la menopausia, la protagonista experimenta la desesperación de alcanzar el final de la vida "sin dejar huella en el tiempo ni en el espacio" (21).

Existe otro momento significativo en que la protagonista se siente fuera de su sitio, desplazada a causa del envejecimiento. En este episodio se combina la comprobación de la intolerancia que la protagonista siente en su división marcada de dos generaciones (jóvenes/viejos), junto con una nueva crítica al sistema. En la primera noche de su regreso a la playa de los locos, la protagonista se aproxima a la terraza del hotel, donde los jóvenes bailan al ritmo de la música. En este paisaje, las

reflexiones de la protagonista, a la par que ratifican su conformidad con el sistema patriarcal que impone unos criterios de
juventud y belleza permanente en el cuerpo femenino, parecen rebelarse ante esos mismos criterios. Es posible observar
en su velada protesta una crítica a la sociedad que sólo permite ciertos comportamientos en la mujer mayor. Mary Russo,
a partir de Peter Stallybrass y Allon White, habla de momentos de "displaced abjection" hacia el cuerpo grotesco o margi-
nado, y menciona el de la mujer envejecida como ejemplo de
esta abyección. Asimismo establece Russo una conexión entre el espectáculo en sentido peyorativo y el cuerpo femenino:
"making a spectacle out of oneself seemed a specifically feminine danger. The danger was of an exposure. [. . .] For a woman,
making a spectacle out of oneself had more to do with a kind
of inadvertency and loss of boundaries" (213). La protagonista
se preocupa constantemente por su comportamiento inapropiado
a su edad, y literalmente tiene miedo de "dar un espectáculo,"
pero, curiosamente, subvierte la imagen de la máscara y el disfraz en esta escena del baile, desplazándola hacia las gentes
maduras que tal vez sientan los mismos deseos de participar
en el baile —o en la vida— de forma activa y entusiasta, pero
a quienes la sociedad impone el silencio y la digna resigna-
ción. Así, se refiere a "las gentes maduras que, como yo, estaban reducidas a mirar desde fuera, desde abajo, aquel festín
en el pináculo de la vida; pero que más sensatas, más cons-
cientes y más hipócritas que yo, sabían llevar la máscara del
conformismo y la benevolencia" (66).

El estado de la vejez se configura en términos espaciales
caracterizadas por la marginalidad, "desde fuera y desde abajo."
En ésta y en otras citas, la aceptación y la crítica del sistema
patriarcal se combinan en curiosa simultaneidad. Tras este pasaje
mencionado, la protagonista vuelve a establecer una distancia
insalvable entre su propia condición de frustración y fracaso y
la hipotética posición actual de su amado, ese "tú" que en el
momento de la escritura tendría aproximadamente su misma
edad. Sin embargo, dice la narradora: "Ni tú ni nadie, sino quizá
algún hombre viejo, caduco e impotente ya puede compren-
derme: no es el ansia impaciente llena de posibilidades y esperanzas, es la total y helada condenación" (67), estableciendo,
una vez más, una distancia insalvable, y a todas luces injustificada,

entre su persona y su presente y la figura del ausente, figura del pasado que sólo actualiza la memoria con todos los atributos de la juventud que ella ha perdido.

En un texto marcado por la contradicción e incluso la incoherencia, existe otro momento fundamental en que la narradora protesta de forma vehemente contra la construcción social que impone la juventud y la belleza en la mujer como requisito para la atracción o el amor. Contesta a la pregunta de su amado acerca de la resistencia de las mujeres a confesar su edad con las siguientes palabras: "Las mujeres diríamos sin reserva nuestra edad y llevaríamos el rostro sin afeites si a vosotros no os importara tanto nuestra cronología y nuestra apariencia, si no fueran ridículamente decisivos, no ya para vuestro amor, sino para vuestro simple aprecio." Contrapone a continuación el amor del hombre hacia las ruinas muertas con el desprecio que éste muestra hacia las ruinas vivas, sobre todo hacia la ruina femenina: "para vosotros, el espectáculo más grotesco, el menos digno de piedad y respeto" (123–24). Sin embargo, a pesar de esta protesta consciente, la misma narradora es cómplice en la construcción de una visión deplorable y odiosa de la vejez, y participa en la creación del espejo de la vejez en su tono más sombrío. El "cuerpo" del lenguaje es en este caso un cuerpo mutilado, lisiado, incompleto, espantoso, que sólo refleja la decadencia, junto con tímidos asomos de crítica de esa misma formulación. Sus imágenes negativas y continuamente asociadas al fracaso no permiten entender otra posición que la de desesperación y decadencia en esta etapa. Incluso con respecto al hombre, se horroriza al pensar que su amado haya podido "echar panza," y al pensar sobre la niña de las conchas, a quien conoció en su primer viaje y con quien conversaban frecuentemente ella y su amado, dice: "Pero no he querido preguntar a nadie por ella, no quiero saber acaso, que es una de esas gordas mujeres, desgreñadas y malolientes . . ." (53). En eso, la protagonista muestra la misma resistencia al cambio que parece criticar en otras ocasiones.

Durante los últimos veinte años, la protagonista ha visto en el reflejo de su cuerpo la imagen del deseo del otro más que el suyo propio. La dependencia del deseo masculino ha adquirido tales proporciones que ha llegado a invadir y suplantar al deseo femenino en sus propias manifestaciones. Como dice

Jane Caputi: "The first place a woman confronts herself as an object is as an image, an object of sight, someone who is transformed into something to be looked upon, reviewed, displayed, scrutinized and surveyed" (46). La protagonista se ha transformado a sí misma en una doble que conserva la imagen de la veinteañera que, joven y atractiva, sedujo a ese interlocutor a quien dirige la narración: "Intimamente he vivido sin variar y creyendo que en mi apariencia sucedía lo mismo" (19). Pero cualquier proceso supone un desarrollo; incluso la aparente parálisis y la resistencia al cambio que se impone la protagonista no es sino una forma de desarrollo marcada por esa negación. Cynthia Rich ha definido este fenómeno como "passing": la negación del mundo exterior por parte de la mujer que envejece, pero que se niega a admitir o confrontar los signos de tal proceso. Rich cree que, salvo en casos limitados, este fenómeno supone una de las más serias amenazas a la configuración de la subjetividad.

En el caso de la protagonista de *La playa,* la negación del proceso alcanza límites extremos y se liga a la pretensión de perpetuar la imagen juvenil que sedujo al hombre. Su propia concepción del deseo masculino adquiere una importancia desproporcionada. A partir de este momento no existe una alternancia o progresión en la imagen física o psicológica subjetiva que la protagonista se crea de sí misma, sino una recurrencia o repetición rígida e ilusoria de esa posición primera: "Me siento reencarnar plenamente en aquella muchacha espléndida, aplomada en el presente y segura del porvenir, que tú pareciste amar locamente; he vuelto a ser, en cuerpo y alma, joven y vigorosa, bella y atractiva, alegre y apasionada" (20). Esta misma insistencia, tan explícita y tan formulaica, está aludiendo efectivamente a una carencia; el lenguaje (como cuerpo) revela la duplicidad, el equívoco a través de adjetivos demostrativos ("aquella") y de tiempos verbales ("pareciste amar"), que se alejan del presente y que revelan la imposibilidad de la empresa.

Partiendo del estadio del espejo en la vejez que describe Woodward, el horror experimentado en este caso ante la imagen reflejada adquiere un rigor extremo, llegando a provocar reacciones patológicas:

> En tal estado, nadie puede atreverse a retraerme hacia el presente, ni a enfrentarme espejos que reflejen mi imagen

real y lamentable. Si alguien lo hace, caigo en atroces accesos
de histeria, en que la gente me cree malvada o loca y que
me han hecho perder el afecto de todos mis amigos y de
mis propios familiares. (*La playa* 20–21)

En su afán de mantener a toda costa esa imagen juvenil, la
protagonista se servirá de la máscara y el disfraz, que son dos
externalizaciones del fenómeno de "passing," y se presentan
bajo diversas apariencias. Una de las formas de disfraz es el
maquillaje: "Con mucho espacio y atención me puse a prepa-
rarme, a intentar con un minucioso maquillaje la imposible
reproducción del rostro pretérito." El espejo devuelve una imagen que confirma el fracaso de la empresa, convirtiéndose en
arma necesaria y fatal del desengaño: "Hubiera querido pres-
cindir del espejo, y no podía, y casi lo maldije, como la infeliz
madrastra de Blanca Nieves . . ." (51). Al maquillaje se unen
el pelo teñido y la recuperación de la misma vestimenta y de
los mismos gestos juveniles. En su segundo día tras el retorno
al paisaje de antaño, después de un almuerzo "en que procuré
no mirar en torno mío y rehuir más que nunca los espejos crueles
y desalentadores," el disfraz es presentado como tal a través
de la ropa: "Luego reproduje lo más fielmente posible mi propia imagen de hace diecinueve años, incluso estrenando otra
vez iguales prendas: falda-pantalón gris y blusa blanca, sobre
el maillot no completamente seco todavía" (72–73).

Otra forma del disfraz aparece en los signos de feminidad
que se adoptan como defensa ante el miedo al rechazo masculino. Luce Irigaray presenta esta careta de feminidad en *Ce sexe
qui n'en est pas un* como un signo de sumisión a la economía
dominante del deseo, como un intento de permanecer "en el
mercado" a pesar de todo. Un caso significativo es la ansiedad
que experimenta la narradora de recibir piropos, confirmación
verbal a sus ojos de su belleza y atractivo y del deseo que su
cuerpo inspira. En su segundo viaje los hombres ya no le dirigen los piropos de antaño, y ello la hace proyectarse como
sombra de su propio cuerpo: "Yo sé —ahora— que soy la sombra gris de mí misma y que tal vez hace mucho tiempo que los
hombres han dejado de verme." Acerca de la necesidad de recibir
una constatación verbal del atractivo que su cuerpo inspira, dice:

¿Cuándo recibí yo el último piropo? Acaso hace ya años . . .
Acaso llevaba ya otros cuantos fijándome excesivamente en

ellos, recibiéndolos con gratitud inmensa, aguardándolos con anhelo, casi provocándolos; con ese extraño impudor de las mujeres maduras, y recordándolos y atesorándolos después, para regostarme en su sabor áspero y sostener en ellos mis ilusiones, igual que se conserva durante el mayor tiempo posible un ramo de flores echando pastillas de aspirina en el vaso que lo contiene . . . (55)

Esta cita es altamente reveladora del poder adjudicado al deseo y al lenguaje del otro. Los ojos y la voz de los hombres deciden el destino de la vida de las mujeres, que son, como esas flores, de vida caduca y perecedera. Los piropos, como la aspirina, suponen la medicina que detiene o disimula la enfermedad del envejecimiento, aunque ese poder es precario y transitorio. Existe en todas estas afirmaciones de la protagonista una suerte de confianza en el lenguaje como constructor o reconstructor frente al paso del tiempo y a lo biológico. Y sin embargo, el texto continuamente admite su propio fracaso al anteponer los tiempos verbales del pasado a los del presente, los demostrativos que señalan lejanía a los de su posición más cercana, y al proponer una serie de imágenes quebradizas (sombra, maniquíes revestidos de recuerdos, flores marchitas) que imposibilitan una identificación directa entre ambos momentos. A su vez, el lenguaje es el medio que anula esa negación de desarrollo, convirtiendo ese pretendido estancamiento y ese ficticio inmovilismo en un proceso. Es en este sentido en el que el lenguaje es también un cuerpo y un desarrollo, ya que la propia sintaxis se transforma en un doble expresivo de lo que se intenta ocultar o disfrazar en lo biológico. Pero será este cuerpo del lenguaje el que coadyuve a la función terapéutica al forzar la constatación de la diferencia y de la imposibilidad de estancamiento en el desarrollo. Se produce una reduplicación metafórica de esas dos posiciones de juventud y vejez en el mismo proceso de publicación del libro, que sale a la luz "envejecido" con respecto a su momento de escritura, como una especie de versión a posteriori que reproduce lo que una vez hubiera podido ser. Y sin embargo, esa lectura posterior establece puentes, traza un proceso entre uno y otro momento y de alguna manera "salva," "cura" al texto del olvido y del fracaso, como veremos.

Quiero detenerme un poco más en la noción de lo abyecto, tal como la desarrolla Kristeva en *Pouvoirs de l'horreur.* Kristeva formula la manera en que la socialización y la subjetivización apropiada y decorosa se basan en la expulsión o exclusión de lo impropio, lo grotesco, lo sucio y desordenado; todos aquellos elementos de la existencia corporal que representan lo que se considera inaceptable o antisocial. Añade, sin embargo, Kristeva que es imposible expulsar completamente los elementos amenazantes, ya que éstos recurren y reaparecen no sólo en síntomas psíquicos y en el impulso sexual, sino también en formas culturales socialmente aprobadas, tales como el arte y la literatura. Elizabeth Gross reformula así las aportaciones de Kristeva: "Abjection is a reaction to the recognition of the impossible but necessary transcendence of the subject's corporeality, and the impure, defiling elements of its uncontrollable materiality" (87–88). Y añade: "It is an insistence on the subject's necessary relation to death, to animality, being the subject's recognition and refusal of its corporeality" (89).

Las tres principales categorías que señala Kristeva, en torno a las cuales se erigen distintos tabúes individuales y sociales son: la comida, los deshechos corporales, y los signos de diferencia sexual. Menciona el cadáver como el ejemplo más enfermizo del deshecho corporal: la presencia de la muerte infectando la vida; o la menstruación, que supone el reconocimiento de la conexión del cuerpo femenino con la maternidad. El cuerpo de la mujer en la menopausia puede incluirse, a mi parecer, dentro de las categorías propuestas por Kristeva. Si bien ella menciona el horror ante la menstruación, no es menor la repulsión experimentada hacia ese cuerpo estéril, especie de cadáver en vida, calificado por la protagonista de *La playa* como "asexuado," "supérfluo," "sin remedio," "lamentable," "grotesco," etc. Los signos del gasto y del deshecho no sólo vienen dados en forma de detritos externos sino también en forma de carencias o depredaciones: el propio cuerpo está gastado, agotado, exhausto. Su pelo muestra "una ingrata semejanza a las pelucas de pelo muerto que muestran los maniquíes de cera de ciertas viejas peluquerías ciudadanas"; los dientes de oro reemplazan a los perdidos, y sus ojos no preservan reflejos pretéritos, sino "fugaces sombras pasando por aguas turbias" (51). En las categorías de lo abyecto se esconde la incapacidad cultural de aceptar la materialidad del cuerpo, sus límites, sus ciclos naturales y su mortalidad. La protagonista colabora en propagar esta incapacidad; lamenta y hasta denuncia la abyección, pero es cómplice, a la vez que víctima, de la socialización que rechaza cualquier signo que no se adapte a una configuración determinada.

Subyace a estas manifestaciones una escisión total, marcada por una intolerancia hacia la vejez. En lugar de conjugar posiciones encontradas a través de la tolerancia, la protagonista opone ferozmente dos posiciones que contrastan entre sí, se superponen y se enfrentan, pero nunca se combinan de forma armoniosa. La vejez no se representa como recurrencia alterada de previas posiciones, sino como una nueva posición intolerable, incomunicada con el momento anterior. Esta división trasluce un concepto de la vejez que afecta no sólo la vida de la protagonista, sino también su óptica hacia otros personajes. Una reveladora imagen de la falta de conexión entre las posiciones de juventud y vejez es la de la contemplación de los rostros de los dueños del hotel, que son así fílmicamente descritos en el segundo encuentro:

> Las imágenes se superponían, se mezclaban como en los fundidos cinematográficos: al través de la actual carota, ancha y reluciente, de Miluca, palpitaba la pretérita, mucho más fina y pálida, con los ojos más grandes y leales; y bailoteando bajo el rostro astuto de su marido veía los francos y simpáticos rasgos de aquel Toño servicial y afectuoso . . . (32–33)

Un presente y un pasado fijos adquieren preeminencia sobre el proceso; las imágenes de separación en dos planos superpuestos predominan sobre el fundido. Al enfrentamiento cinematográfico de las imágenes sucede más adelante el confrontamiento verbal entre los jóvenes que bailan en la pista. Se concibe un diálogo imaginario entre dos generaciones distintas en el que la violencia y la agresividad no permiten ningún tipo de encuentro, llegando incluso a proponerse una imagen de suplantación de tipo bélico: "[los jóvenes] las cinturas flexibles y las piernas ágiles: avanzando, avanzando arrolladoramente, echando a un lado lo viejo, lo caduco, lo inútil . . ." (68). Nuevamente se asocia la vejez a las nociones de gasto e improductividad, y resuenan los ecos de lo superfluo que la narradora habitualmente asocia con la menopausia. La angustia que su cuerpo le produce adquiere en este caso, al oponerse a la juventud, el tono virulento de lo bélico.

La crisis de la pérdida: la posición melancólica

La narradora de *La playa* insiste de forma abrumadora en el estado de estático ensimismamiento en que se instaló durante esos casi veinte años, mediante expresiones como las siguientes: "Me he negado a medir el paso del tiempo," "No he aprendido nada diferente a lo que sabía y conocía hace casi veinte años," "Me sentía dormir plácidamente, como la bella durmiente del bosque, a través de todos los avatares, sin fatigarme y sin envejecer" (184). La proyección de ese estado de pretendido inmovilismo —ya vimos como todo proceso, aunque muestre una fuerte resistencia al progreso, supone, no obstante, un desarrollo— se manifiesta nuevamente a través de los signos externos, que son la envoltura que trasluce su concepción vital: "Y me importaba bien poco advertir las risas de mis alumnas ante mis ropas, mis peinados, mis gustos y conceptos, mi absoluta ignorancia y mi rotundo desdén hacia toda noticia o dato cultural posteriores a 1936 . . ." (187). Tal fecha no es en absoluto casual, sino que responde a unas coordenadas muy concretas de la realidad española, y las repercusiones de tal mención van más allá del simple dato, como veremos.

La aguda crisis que sufre la protagonista se explica a través de un proceso de encriptamiento melancólico que surge a raíz de la pérdida. Como explica Agamben, melancolía es una transliteración del griego que significa "bilis negra," el humor corporal cuyos desórdenes son capaces de producir las consecuencias más destructivas en la psique humana. Es este humor el responsable del temperamento melancólico, entendido por Aristóteles como una lamentable enfermedad que afecta a todos los grandes hombres.

Freud establece una distinción entre el duelo y la melancolía en los siguientes términos:

> El duelo es, por lo general, la reacción a la pérdida de un ser amado o de una abstracción equivalente: la patria, la libertad, el ideal, etc. Bajo estas mismas influencias surge en algunas personas, a las que por lo mismo atribuimos una disposición morbosa, la melancolía en lugar del duelo. (2091)

Para Freud, el acto del duelo no es solamente la reacción afectiva del dolor como respuesta a una pérdida concreta, como ante la muerte del amado; es también el proceso mismo a través del cual se hace posible la inversión de la libido del ego en nuevos objetos a través de un ritual de conmemoración y despedida. Freud propone síntomas similares en ambos casos: sentimientos dolorosos, falta de interés en el mundo exterior en la medida en que no se asocie éste con el objeto perdido, incapacidad de adoptar un nuevo objeto amoroso, y alejamiento de cualquier esfuerzo activo que no esté conectado con los pensamientos acerca de la persona muerta. Sin embargo, la pérdida de la autoestima está únicamente presente en la persona melancólica, no en la persona en duelo: "El melancólico muestra, además, otro carácter que no hallamos en el duelo: una extraordinaria disminución de su amor propio, o sea un considerable empobrecimiento de su yo" (2093). En el caso del duelo se produce la superación ante la pérdida a través del proceso de "comprobación de la realidad," caracterizado por la rememoración y constatación de todas y cada una de las memorias y esperanzas que unen la libido al objeto perdido. Cuando se completa el proceso del duelo y se produce la eliminación de la adhesión hacia ese objeto, el ego se vuelve libre y desinhibido y la libido puede orientarse hacia un nuevo objeto. Freud duda, sin embargo, al atribuir la reacción melancólica a un objeto determinado, y propone tres soluciones: la muerte del objeto amoroso, la pérdida de tal objeto aunque no necesariamente a través de la muerte, u otro tipo de pérdida en la cual no se advierte claramente cuál sea el objeto.[3] Propone asimismo Freud una identificación del ego con el objeto perdido, y por ello los reproches del sujeto melancólico se dirigen en realidad hacia ese objeto, que ha sido incorporado en el propio ego del paciente. Por todo ello, la relación con el objeto no es simple sino ambivalente, y existen una variedad de conflictos en los que el amor y el odio luchan y se combinan.

Kristeva afirma que en ambos fenómenos, duelo y melancolía, subyace una intolerancia hacia la pérdida y un fracaso del significante a la hora de buscar una salida compensatoria del estado de ensimismamiento en el que se refugia el sujeto, que puede llegar hasta el punto de la inacción e incluso del suicidio. Kristeva lleva un paso más allá la indeterminación que

Freud siente al definir el objeto perdido por el melancólico. Lo que se resiente no es un objeto, sino algo que ella llama "la Cosa": "Le dépressif narcissique est en deuil non pas d'un objet mais de la Chose. Appelons ainsi le réel rebelle à la signification, le pôle d'attrait et de répulsion, demeure de la sexualité de laquelle se détachera l'objet du désir" (*Soleil noir* 22). De acuerdo con Kristeva, los estados de inhibición se alternan con la fase maníaca de exaltación en el sujeto melancólico. La protagonista de *La playa* experimenta accesos de actividad extrema combinados con otros de parálisis e inmovilismo; su estado melancólico se describe en el texto mediante la alternancia de estados de exaltación y depresión, de la siguiente forma: "Poseída de una exaltación feliz incontenible, anhelo amorosas aventuras, busco ocasión de conocer personas y lugares nuevos, deseo cantar y bailar como hace veinte años [. . .] o bien he de meterme en cama durante varios días, no enferma, sino soñadora" (20). Exhibe asimismo la memoria hiperbólica manifiesta en las personas melancólicas, ya que para ella sólo tiene vigencia todo aquello que aconteció antes de la desaparición de su amado. Kristeva define de esta forma el fenómeno: "Un passé hypertrophié, hyperbolique, occupe toutes les dimensions de la continuité psychique" (*Soleil noir* 71).

El principal objeto de pérdida ante el que la protagonista de la novela manifiesta una reacción melancólica es la desaparición física y material del amado, tal vez muerto o desvanecido para siempre, probablemente en la guerra. A partir de este momento se produce el estancamiento de la facultad de amar, con la persistencia de la protagonista en la virginidad y el rechazo de cualquier otro objeto amoroso. La proyección del deseo se formaliza en las descripciones del paisaje y existe, asimismo, la merma de su desarrollo personal ya que sus conexiones interpersonales y sociopolíticas quedan estancadas en una pretendida única posición recurrente. De este modo, si bien su desarrollo se orienta hacia la introspección y el ensimismamiento, desaparecen otras posibles realizaciones de tipo familiar o social. Flota, además en el prólogo de la novela una melancolía con respecto a la pérdida de la actualidad de la escritura en general, y de la escritura femenina en particular, y esta melancolía resuena a través de una serie de metáforas de fracaso e interrupción.

La desaparición física del amado, a quien conoce durante su primera visita a la playa, y con quien pasa "apenas veinte días" (127), está narrada a través de los signos de la ausencia y de la carencia no sólo en el plano temático, sino también en el nivel lingüístico. Esos veinte días remotos están marcados por la presencia constante: "Durante esos veinte días nos separamos únicamente para el sueño; y aún durante éste nos buscábamos y nos hallábamos insaciablemente" (127). La máxima exposición de los cuerpos durante este período se narra con exuberancia a través de la acumulación de enunciados sobre espacios y acciones, en una sucesión que no olvida detalles y que marca un ritmo ascendente, hasta alcanzar el clímax en la exhibición final del amor: "Por todos estos prados, corrimos y gritamos . . ."; "En la pinada de la ría, hicimos ramilletes de azucenas silvestres"; "En el puertecillo, hundimos las manos en los montones de sardinas recién sacadas de las barcazas"; "En la playa grande, escandalizamos a su escasa concurrencia con nuestros insensatos juegos"; "En el baile del pueblo danzamos horas seguidas"; para concluir: "Sí, por todas partes, ante todas las gentes, exhibimos nuestro amor, lo proclamamos, lo alzamos por encima de todo prejuicio y conveniencia, como una roja bandera desplegada . . ." (128–29). En efecto, así se presentan los momentos que la protagonista compartió con su amado, con las mismas connotaciones de ostentación y advertencia de esa bandera ondeando en el viento, y por medio de esa hiperbólica memoria que Kristeva asocia a los momentos compartidos en el sujeto melancólico.

La desaparición del joven es anticipada en la narración por la bella imagen de una interrupción que se convierte en algo definitivo. La protagonista había llevado consigo unos libros para leer durante las vacaciones; menciona entre ellos algunos de poesía, unos ensayos de psicología sexual, y alguna novela extranjera. Momentos antes de la desaparición del amado, ambos leen "conjuntamente" (151) un libro titulado *Flor sombría*. De pronto se produce la interrupción: la niña de las conchas les advierte de la presencia de un auto en el pueblo y de unos hombres que preguntan por el joven. Pero antes de la narración de la escena, la marcha abrupta y las repercusiones de tal desaparición están ya preconizadas en esa interrupción en la lectura. Dice la narradora, refiriéndose a ese libro:

> Lo conservo con la página veinte doblada en un ángulo,
> indicando dónde lo dejamos. No he vuelto a leer ni una sola
> línea más de las que leí contigo. Ignoro la continuación de
> aquella historia apasionada, que ilusamente he traído hasta
> aquí conmigo, con la absurda, inefable esperanza de reanudar
> el hilo roto hace veinte años. (151)

La historia queda detenida en esta reveladora imagen: ya no
existe la posibilidad de conocer la historia futura de esa *Flor
sombría,* que queda parada en el tiempo como la vida de su
lectora, y cuyas continuaciones son parcialmente veladas a
la lectora de *La playa.* Aún más, el afán de coleccionismo de la
protagonista, que ya se había manifestado en otras ocasiones,[4]
y que responde a un anhelo de perpetuar el pasado, alcanza un
nivel extremo en el siguiente pasaje: "Puse una hoja de eucalipto entre las hojas del libro: esta aromática señal ha perma-
necido en él muchos años, cada vez más reseca y quebradiza,
perdiendo gradualmente partículas, que yo he ido guardando
en una minúscula cajita" (154). La imagen del coleccionismo
se desdobla y multiplica en la conservación de la hoja vegetal
que, al fragmentarse, alcanza un segundo nivel de recolección
en esa cajita minúscula. Por otra parte, la huella del eucalipto
permanece por mucho tiempo en el olor de las páginas del libro. Esta imagen, por medio de esas alusiones a lo fragmentario, lo roto y estropeado, nos remite las descripciones que de
la vejez realiza la narradora. Recuérdense las alusiones a las
aspirinas anteriores, que alargaban precariamente la vida de las
flores. Veremos que en los relatos de Carme Riera se hace alusión a otro momento de la vida de la mujer: la adolescencia, y
a través de una de las canciones de la época se presenta con la
figura de las "tiernas muchachas en flor." Las flores aquí no
están en pleno proceso de apertura y esplendor, sino de declive
y marchitamiento, desintegración. No obstante, esas ramas secas
y la fragancia que impregna el libro permanecen, y a ese afán
de recolección parece obedecer la propia escritura de la novela,
que, no obstante, desde la fragmentación y la decadencia,
reconstituye una vida y configura una subjetividad. Todas estas
imágenes nostálgicas corroboran la necesidad de preservación
del amado y, en la sutileza de su presentación se contraponen
a los excesos y reiteraciones verbales que describían los momentos de reunión.

El joven mira a los hombres que han acudido en su busca y con un lacónico: "Ah, ya sé . . . Hasta luego," desaparece definitivamente como presencia real de la vida de la protagonista. La narradora, que en otros momentos no duda en desnudar su alma al extremo, ahora termina la escena con la brevedad y concisión que tal desaparición conlleva: "Y te fuiste con ellos. ¡Y no he vuelto a verte más . . . !" (157). No solamente la desaparición, sino que incluso la presentación del muchacho participa del carácter fantasmal que invade toda la novela: este joven carece de un "cuerpo verbal" representativo. Su amado no es sino "un desconocido" (190), "una sombra evanescente" (143) cuya visión del amor es, a los ojos de la narradora, igualmente fantasmal: "¡Sabe Dios cuánto tiempo hace que tú piensas que el amor es un fantasma!" (16). Muy poco sabemos de él: física y moralmente las descripciones escasean, y la fascinación que provoca en la protagonista viene dada por una serie de adjetivos que se alejan de toda caracterización definitoria: "Eras fascinante, como todo lo inseguro, problemático e indeterminado" (127).

A la desaparición del amado se une la ausencia de la consumación del amor y de la actividad sexual de la protagonista a partir de ese momento. El encuentro sexual nunca se produce, y esta situación provoca el más ambivalente y complejo aspecto de la posición melancólica de la protagonista. Los constantes reproches dirigidos a sí misma por no haber sido lo suficientemente audaz como para dar ese paso, se alternan con otros en los que ella responsabiliza al joven por no haberla forzado a la consumación del amor. Los besos y las caricias parecen despertar en ella el deseo sexual en varias ocasiones y, sin embargo, en momentos como el siguiente, se decanta por una sensualidad de la que considera excluido el erotismo. En oposición al claro deseo del joven, afirma:

> Mientras que en mí había, en todo instante, un cierto regusto sensual de tu ser, por mínimo que fuera: una percepción constante de ti, no ya epidérmica ni erótica, sino profundamente cordial, algo comparable a la complacencia insaciable de la madre al mirar, palpar y oler la carne de su hijito, hasta dormido. (149)

La narradora separa radicalmente la sensualidad de fragmentos como éste del deseo erótico que atribuye a su amado, y del

que se siente excluida. En la descripción de los escarceos amorosos, ella se niega repetidamente a esa consumación que sin
embargo no duda en definir como: "normal y lógica en nuestras circunstancias" (132). Su constante negativa la hace sentirse "inmoral" (134). A su tenaz negativa atribuye la base de
su desgracia futura: "¡Qué pena, querido mío! ¡Qué yerro, para
ti tal vez aleccionante, para mí, clave del fracaso de toda mi
vida!" (134).

Agamben explica la psicosis alucinatoria del deseo del siguiente modo: "No longer a phantasm and not yet a sign, the
unreal object of melancholy introjection opens a space that is
neither the hallucinated oneiric scene of the phantasms nor the
indifferent world of natural objects" (25). Creo que es en las
descripciones del paisaje donde más claramente se observa este
fenómeno. Son descripciones oníricas y semi-fantasmales, en
las que se proyecta el deseo erótico de la protagonista, siempre a través de la formulación del deseo del otro, del deseo
masculino. Al proyectar el deseo sexual en el paisaje, se petrifica
la presencia del amado de forma alucinatoria, como sucede
también con esas colecciones de objetos que hacen presente
lo ausente, lo pasado y perdido. Hay varios ejemplos en el texto,
pero tal vez uno de los más interesantes lo constituya la siguiente
descripción de la playa. Como ha señalado Ordóñez, es éste
un ejemplo notable de como la visión falogocéntrica del mundo
se insinúa en la psique de la mujer y se proyecta inconsciente-
mente como verdad natural:

> [. . .] la playa, pequeña y recatada, en la repentina, impre-
> vista curva del acantilado, que se alza treinta metros en torno
> de ella y parece guardarla, esconderla, abrazarla virilmente,
> como un padre celoso o como un raptor brutal; la playa en
> forma semilunar, blanquísima, de aspecto virginal, como si
> nadie, jamás, hubiese tocado su tierno cuerpo de arena; la
> playa, desnuda y sola, extendida, voluptuosa y confiadamente
> al sol, dejándose caldear hasta el menor recodo, como una
> nereida descuidada en su ignorado abrigo, la playa, dulce,
> secreta, fascinante, como inaccesible [. . .]. Allí estaba, a
> treinta metros bajo mis pies, ofreciéndose irresistiblemente,
> llena de misterio, invitando a su conquista temprana, a la
> locura, a la muerte. . . . (*La playa* 77)

Ante esta visión, responde la joven de la manera siguiente:
"En el acto, yo necesité llegar hasta ella, tocarla y conocerla"

(78). Solamente a través del paisaje, en ésta y otras instancias, parece actualizarse la formulación del deseo de la protagonista, que nunca se presenta de otra manera en sus anhelos o reflexiones.[5] El plausible carácter subversivo de tales proyecciones queda mitigado por la fuerte presencia del otro. Como señala Ordóñez: "The overwhelming power of the description resides in its evocation of well-known feminine gestures before a male gaze signifying likewise active desire" (*Voices of Their Own* 58). La complejidad de esta descripción se explica también en términos de la incorporación del objeto perdido en el sujeto melancólico. De la misma forma en que los reproches hacia su propia persona manifiestan la hostilidad hacia el amado desaparecido, en estas descripciones fantasmales se aúnan el ansia de posesión que ella atribuye al hombre y la personificación de la naturaleza en su propio deseo de ser poseída.

El paisaje se transforma en irreal presencia en otros momentos. Acerca de los árboles dice: "Los retorcidos pinos empezaban a moverse desde la raíz a la copa, rítmicamente, al son del mar, como en una torpe, lenta danza dionisíaca, llena de deseo" (59). Esta danza lenta y torpe parece recriminar su propio comportamiento en el terreno sexual, pero, contrariamente, el temor a la exposición excesiva y a la entrega se proyecta en la visión de la luna: "ofreciéndose con su redonda desnudez, bobaliconamente impúdica" (136). La represión sexual de la protagonista se explica y justifica, se lamenta y maldice y, finalmente, se caracteriza y define como fantasma. En uno de los raros momentos en los que reconoce su deseo de placer sexual, dice:

> Y desde el primer instante en que me miraste con deseo y alargaste hacia mí tus ansiosos dedos, todo mi ser se estremeció y luchó por desgajarse de la rama; pero el fantasma ridículo creado por mi cerebro se irguió entre nosotros y me empujó hacia arriba, fuera de tu alcance. Y así, tu encuentro, tu contacto ardiente e incompleto, impidió mi madurez para siempre. (186)

Al igual que en otras novelas incluidas en este estudio, también aquí la madurez es un concepto problemático y significativamente se asocia a la falta de desarrollo en el plano sexual. Esta falta de realización sexual parece entenderse nuevamente por la narradora sólo como penetración, ya que el haber llegado a "los máximos escarceos amorosos" no ha contribuido, en su visión, al desarrollo de la madurez. Más allá de la falta del contacto sexual, se hace necesario atender al resto de los aspectos que configuran la personalidad de la protagonista. La pretendida falta de todo desarrollo personal se genera a raíz de esa ausencia sexual, y se extiende al resto de sus actuaciones. La crisis melancólica adquiere un nivel patológico durante ese período de casi veinte años: "Desde entonces, soy una estatua de sal vuelta hacia el pasado [. . .]. Apenas puedo darte cuenta de mi existencia en estos diecinueve años; los acontecimientos más terribles se han sucedido en torno mío sin afectarme ni dejarme la menor huella" (138). Tras el dictamen del joven ante su negativa a la consumación del acto sexual, que ella en ningún momento cuestiona: "Seguramente eres una frígida" (142), y tras la posterior desaparición del amado, la protagonista de *La playa* queda disminuida y vacía, abrumada por su propia ambivalencia y atrapada en el discurso del otro.

El poder terapéutico de la escritura desde la posición final

La tercera posición de la protagonista es la de la autoconsciencia, y se caracteriza por la recuperación parcial de la crisis melancólica. Es en el momento de la escritura, coincidiendo con el final del libro y la conclusión del relato, cuando se produce la transformación: "Y, de pronto, he tenido una gran revelación, una gran evidencia absoluta: tú estás muerto. Hace mucho tiempo que no existes, tanto como el que llevo esperándote. Pero ha sido precisa esta peregrinación sonámbula, este viacrucis conmemorativo, para saberlo" (195).

El viaje, literal y figurado, es el que genera el proceso de autoconsciencia. El desplazamiento físico hacia ese pueblo, escenario de su amor juvenil, es ahora inseparable del periplo narrativo, de la escritura simultánea del recuerdo y del presente. Para analizar la generación y la cancelación de los sentimientos de la narradora, es fundamental atender a las particularidades específicas del discurso de la narradora de *La playa*. La narración se abre con un "querido mío" que introduce la forma epistolar: "Imagino tu estupor cuando veas mi nombre al pie de esta carta, si es que llegas a recibirla . . ." (13). Sin embargo, ese nombre jamás se escribe en el texto. El amado, ese "querido mío," permanece igualmente innombrado; solamente como "tú" será reconocido por la lectora a lo largo de la narración. No sólo son anónimos remitente y destinatario; la carta misma amenaza con su desaparición en las últimas líneas: "Esta carta no es necesaria: voy a arrojarla al mar" (195). La carta viene originada por una crisis y coincide con un momento de ruptura y de autoconsciencia en la vida de la protagonista. Su escritura favorece el acceso a ese nivel de autoconsciencia y posee la función terapéutica, propia del psicoanálisis de curar parcialmente la crisis melancólica de la protagonista quien puede desprenderse finalmente de ella, romperla y arrojarla al mar. La carta se convierte en una suerte de anotaciones únicamente necesarias en su calidad de intermediarias, de testigos del proceso analítico desplegado. Pero no se puede negar la importancia del discurso ni de la escritura. En el psicoanálisis, la cura reside en el lenguaje, a partir del cual se posibilita el acceso al subconsciente. La importancia del lenguaje y de la palabra es esencial en ambos casos.[6] En el texto de Soriano, los nombres de los interlocutores nunca se mencionan e incluso la propia existencia de la escritura se pone en entredicho, ya que la narradora sugiere la posibilidad de estar imaginando más que realizando la actualidad de tal carta: ". . . pues no sé si te escribo —o estoy imaginando que lo hago— para que tú lo leas o para mí misma, para recordar" (13). La novela misma juega y se desarrolla entre la presencia y la ausencia, la apariencia y la huella, lo palpable y la sombra de lo real. El texto se constituye como fantasma, como semblanza de la historia de un amor igualmente espectral. Y sin embargo, existe ese discurso dialogado dirigido al interlocutor, constituido en un "tú" —propio de la escritura epistolar—, que proporciona un principio de significación a esta elusiva carta. Merece la pena recordar las palabras de Lacan en relación a este tema, pues realzan el poder del discurso y de la palabra incluso en casos que, como éste, parecen negarse a sí mismos: "Incluso si no comunica nada, el discurso representa la existencia de la comunicación; incluso si niega la evidencia, afirma que la palabra constituye la verdad; incluso si está destinado a engañar, especula sobre la fe en el testimonio" (242). Quiero referirme, por tanto, a ese interlocutor que, con su presencia y su ausencia, modifica no ya la escritura, sino la vida entera de la protagonista. Ese joven que ella conoce durante unas vacaciones, se convierte en el depositario de todo criterio de auto-aceptación e incluso de auto-conocimiento. La narradora incluye a ese interlocutor, verbalmente configurado en un "tú" desde el comienzo; lo constituye en destinatario de su carta y en co-receptor del deseo de exploración subjetiva en esta primera presentación: "Pero voy a intentar orientarme, analizar y explicarlo todo, a ti y a mí misma [. . .] ahora que, por primera vez, me sé fea, vieja y fracasada" (15). La necesidad de formular discursivamente al interlocutor apunta a la figura del/de la analista a quien se habla, que en este caso aparece significativamente desdoblada en dos: "a ti y a mí misma." Se actualiza la necesidad de auto-examen y auto-confrontamiento con el presente y con el pasado, pero también mediante la inclusión del interlocutor en el espacio textual, que se refiere explícitamente al lector implícito de la novela. La autora es consciente del desfase experimentado entre el/la lector/a implícito/a correspondiente al momento en que se escribió el libro, y el conjunto de lectores/as que solamente después de 1984 pudieron leer el texto. En el prólogo se dirige a los lectores más jóvenes, y dice:

> A todos ellos, les ruego el esfuerzo historicista que siempre es necesario para comprender cualquier obra pretérita. Es casi obvio recordar el tópico de que cada escritor escribe o debe escribir en su tiempo, sobre su tiempo y para los lectores de su tiempo, al margen de la posible transcendencia de su obra a la posteridad. (7)

Es ese/a lector/a implícito/a el/la que más sufre por causa de las vicisitudes de censura y publicación tardía del texto, ya que será para siempre irrecuperable. De este modo se problematiza la historia y el desarrollo del proceso de lectura. Según las declaraciones de Soriano, en lo que se convierte esta novela es en lo que "no debe ser," en un desplazamiento temporal que suplanta a esos lectores de su tiempo. En todos los casos, a través de esas figuras que se crean como interlocutores —principalmente la de la propia narradora, la de su amado y la del/de la lector/a implícito/a— lo que la autora pretende es analizar, justificar, dar sentido a una vida. Pero como afirma Lacan, en todo este proceso lo que se busca es siempre una respuesta: "Lo que busco en el lenguaje es la respuesta del otro. Lo que me constituye como sujeto es mi pregunta. Para hacerme reconocer del otro, no profiero lo que fue sino con vistas a lo que será" (288). En estas últimas palabras se alude explícitamente a un desarrollo. En el texto, se hace posible interpretar las posiciones de la protagonista de *La playa* en estrecha conexión con el estudio del proceso de la escritura.

La revelación de la muerte del amado desencadena una serie de declaraciones en las que parece establecerse el límite entre la conducta pasada y la posición actual. Al establecer ese diálogo con el tú que desde la ausencia ha estado condicionando el gesto, la actitud y la apariencia de la mujer, ésta parece dispuesta a romper por medio de la escritura lo que no duda en calificar de pasado "espejismo" (24). La transformación consiste en el reconocimiento de esa fase de pretendido inmovilismo físico y psíquico, y en la toma de conciencia del carácter patológico de tal actitud: "Me anonada la fulgurante revelación de mi locura" (193). Esta revelación genera el recuento de esos años intermedios; la narración de la segunda posición de la protagonista, basada en el inmovilismo y en la resistencia al cambio. En ese momento reconoce lo absurdo de su comportamiento anterior: "Así, mi actuación externa, que yo creía normal, tenía que parecer a todo el mundo completamente absurda, casi enajenada" (185).

A partir de estas declaraciones parece haberse completado el proceso de duelo, comparado a un peregrinaje rememorativo, y haberse superado la crisis melancólica. Es en este momento cuando puede decir: "Ahora ya estoy definitivamente lúcida y consciente [. . .]. Todo está consumado, incluso nuestro amor. Esta carta no es necesaria: voy a arrojarla al mar. Y ahora mismo, me iré de aquí para siempre" (195). El proceso de duelo se ha ido desplegando ante nuestros ojos mediante la "comprobación de la realidad" a través de la rememoración y constatación de todos los recuerdos asociados con el amado, hasta poder convertir a ese fantasma en un muerto efectivo, histórico.[7] Toda esta reflexión, la novela misma, se desarrolla desde el diván pétreo del paisaje de la playa, al cual vuelve la protagonista para desencadenar ese movimiento hacia la recuperación psíquica. Al comienzo del recuento, oíamos decir a la narradora: "Ya estoy aquí. He venido a parar justamente a nuestro diván: diván, como todo aquí, fantástico y demente [. . .]. Sobre este diván de amor y tortura me he dejado caer desfalle- cida" (77). Este diván fue el escenario de su amor incompleto, pero ha sido también el diván del paciente del psicoanálisis. La protagonista necesitaba dirigirse a ese "tú" para confron- tarlo y poder aceptar su desaparición y su pérdida.

El texto, esa larga carta, supone una forma de esa consuma- ción del amor que durante tanto tiempo fue añorada. Lo que significativamente propone la carta como "consumación" es más bien la escritura de un cuerpo, la recuperación de una subjeti- vidad celosamente guardada durante años, como esas ramas secas de eucalipto. El cuerpo de la protagonista se ha ido deli- neando, marcando a través de las líneas como las arrugas de su piel. La vejez se escribe en su cuerpo y, por fin, la narra- dora es capaz de formular su vejez, durante tanto tiempo borrada, e inscribirla en el texto, estableciendo una suerte de *closure* en la escritura. La carta entonces ya no es necesaria, el pro- ceso ha terminado y las anotaciones esenciales para recorrer ese largo camino de rememoración pueden ahora tirarse al mar, volverse parte de ese paisaje donde, como en el texto mismo, se han producido y corregido ya los necesarios encuentros.

Previsiblemente, en un texto en el que la fascinación se sitúa del lado de lo incompleto, lo inacabado e inseguro, este final presenta complicaciones que desmienten lo definitorio de tal proceso. A pesar de esa lucidez final, existen ciertos comenta- rios de la narradora desde la posición de la escritura que siguen adoleciendo de la misma caracterización melancólica anterior. Veamos algunos ejemplos: si bien en su afán de combatir su anterior condición de "passing" la narradora se deleita ahora en la detallada descripción de su cuerpo envejecido, su mirada no está, sin embargo, exenta de los reproches que el supuesto "otro" masculino le imprime. Al describir su figura, explica que falta en su piel el tejido adiposo que envuelve los contornos. Su piel se adhiere directamente a tendones, músculos, venas y huesos, y concluye: "Sí, eso soy: una ecorchée viviente, lamen- table y grotesca para cualquier mirada y totalmente inapetecible para los hombres . . ." (24).

No obstante, incluso en estos momentos de "lucidez," la ima- gen que devuelve el espejo es grotesca a sus ojos y su nivel de auto-aceptación sigue condicionado por la posibilidad de pro- vocar el deseo en los ojos masculinos. Al final de esta primera parte reconoce la narradora que ese absurdo espejismo "con-servaba las mutuas imágenes intangibles, como maniquíes reves-tidos de preciosos recuerdos," y antes de su destrucción total, y como comienzo del recuento de su segundo viaje, afirma: "Pero todavía, por última vez, quiero hacerlos jugar, apasio-nada y tristemente" (24). Estos dos maniquíes todavía mantie-nen algunas de sus cualidades artificialmente conservadas, sin poder desprenderse de la atmósfera en la que por tanto tiempo han existido. La protagonista se familiariza con las huellas que el paso del tiempo ha imprimido en su cuerpo y admite lo dis-paratado de su anterior actitud, pero no puede tolerar la visión de su cuerpo "deforme," y mantiene la preeminencia del deseo de un pretendido otro masculino como principio estructurador de su imagen.

Existe, además, esa proyección melancólica en el paisaje anteriormente descrita, y una sensación de dolor y sufrimiento ante las múltiples pérdidas que he detallado. Roland Barthes en *Camera Lucida* cuestiona el modelo freudiano y establece una sutil distinción entre el dolor y la emoción: "It is said that mourning, by its gradual labor, slowly erases pain; I could not, I cannot believe this; because for me, time eliminates the emo-tion of loss (I do not weep), that is all. For the rest, everything has remained motionless" (75). Existe, tal vez, una modalidad en la cual el dolor está presente y el sujeto se encuentra aún, o quizá para siempre, en esa fase de duelo, aunque ya no exclu-sivamente o fundamentalmente encerrado en esa actividad.

Es necesario, por lo tanto, rearticular esta tercera posición. La protagonista de *La playa* manifiesta ahora un mayor control con respecto a su intolerancia hacia los objetos externos. Se sabe sola, y es capaz de confrontar los signos físicos y mora-les de la vejez en su cuerpo y en su mente. El reconocimiento de su anterior ceguera e inaptitud para admitir el paso del tiempo supone una enorme transición en su configuración psicológica. Se muestra la orientación de la mirada de la protagonista ha-cia el futuro más que hacia el pasado, tras la "muerte" de su amante y la escritura y posterior destrucción de la carta. El dolor, no obstante, permanece, y tal vez nunca vaya a desaparecer por completo. Woodward cuestiona la posibilidad propuesta por Freud de reemplazar totalmente lo perdido con un nuevo objeto tras el proceso de duelo. Afirma que, en la vejez, tal vez ya no sintamos el deseo de tal reemplazo, y esto es lo que parece sugerir la protagonista desde su posición final, cuando dice: "Sí, inesperadamente he recobrado vida y movimientos normales; pero una vida sin objeto y un movimiento lento, tristísimo y sereno. Y siento horrible desconcierto y una desilusión infinita" (15). Tal vez sea éste el paso imprescindible y decisivo para la inversión de la libido en un nuevo objeto y para la salida de la crisis psicológica. Pero es igualmente posible que la tristeza, la desilusión y el desconcierto experimentados no sean sino una continuación del sufrimiento en esta nueva fase. El fantasma del amado se convierte en un muerto real pero el fantasma del fracaso sigue rondando y persiguiendo a la protagonista. El duelo queda, cuando menos, parcialmente completado, pero el sufrimiento permanece. Es un duelo melancólico, emplazado fuera del encriptamiento anterior, pero con una base de dolor e insatisfacción que marcó decisivamente su vida y que inevitablemente caracterizará también su futuro desarrollo. A nivel formal, hay abundantes frases y párrafos en el texto que terminan inconclusos, con unos puntos suspensivos que sugieren una continuidad imposible, un anhelo de algo que tal vez nunca pueda lograrse. Y sin embargo la escritura transmite toda la fuerza de esta frustración y de este anhelo, dando presencia al recuento de una vida y actualizando una versión discordante del desarrollo femenino.

Lo masculino y lo femenino: algunas apreciaciones sociopolíticas del contexto histórico

En el capítulo anterior señalaba la necesidad de atender al contexto sociopolítico y literario de la escritura femenina a partir de las aportaciones de Russ. Juliana Schiesari apremia a una reconsideración de la melancolía femenina en el nivel simbólico, por razones similares: ". . . where and only where a collective rearticulation of women's loss can take place" (93). Insiste en la necesidad de evitar la complicidad con el sistema patriarcal, mediante el estudio del contexto sociopolítico y de la tradición cultural de la mujer en cada caso. Esto resulta inevitable en el estudio de *La playa,* ya que la misma protagonista nos recuerda continuamente su diferencia sexual con respecto al hombre, e insiste en las consecuencias sociales y culturales de tal diferencia.

La narradora muestra una inclinación constante a ver los rasgos caracterizadores de los personajes de forma brutalmente polarizada entre lo masculino y lo femenino, la actividad y la pasividad, el intelecto y el instinto, el espíritu y el cuerpo. La constatación de que ella es un producto de la crisis histórica le conduce a una mayor consciencia de su difícil situación, atrapada entre una moral estrecha ("Y veía bien arraigada toda la clásica organización de la vida, y la misma educación masculina basada en conceptos fetichistas sobre la virtud femenina y la vigencia de la imagen petrarquista de la mujer ideal . . ."; 115), y una educación liberal; minuciosamente informada de todo lo referente al orden sexual y al mismo tiempo presa de las ataduras de un dogmatismo intelectual ("Es decir, a mí se me otorgó el pleno conocimiento y se me mostraron las más fascinantes teorías sobre la vida; y a la vez, se me vedó, por no sé qué monstruosa y habilísima combinación de conceptos, el uso libre de mi conocimiento y la práctica normal y libre de las teorías"; 114). Todo ello la lleva a definirse como "un complejo producto de transición, de crisis humana en todos los órdenes," "envenenada de errores y contradicciones" (115).

Estas contradicciones se manifiestan en su conducta y en su pensamiento. Ya hemos visto que en la proyección de su deseo las metáforas fálicas de penetración y posesión se combinan con el deseo femenino de sumisión y entrega. Su internalización de los textos tradicionales le impide la subversión del sacrificio impuesto a la mujer en el terreno sexual, y sólo le permite mantenerse en una dolorosa ambivalencia, consciente de la arbitrariedad de la imposición de la virginidad femenina, pero incapaz de superar su propia indecisión. Ordóñez dice acerca de esta posibilidad de realización sexual: "It might have signaled an overturning of the phallocentric textual and sexual economy to which she ultimately remained faithful and thus able to conceive of herself as love object or passive infantile accomplice" (*Voices of Their Own* 59). Aún más, la internalización de la necesidad de ser una mujer "natural" como única manera de resultar atractiva para el amor la lleva a empequeñecerse, a disimular su edad, su educación, su cultura y sus conocimientos, y a afirmar finalmente: "¡Toda mi vida te agradeceré aquel afán que me infundiste de empequeñecerme, de aniñarme, de reducirme a la instrucción mediocre y a la frivolidad de las

mujeres corrientes, para resultarte más accesible y atractiva!"
(95). Este triste reconocimiento de la incontestable incursión
de los principios patriarcales en su subjetividad se presenta desde
la tercera posición mencionada, desde el momento de la escritura, y sólo es superada por el doble reproche-lamentación final,
dirigido hacia sí misma: "No supe dejarme vencer, absorber,
destruir y asimilar por ti, que es lo que hacen las mujeres para
llegar al alma del hombre amado" (191); y también hacia el
joven. Claramente posicionada en el momento de la escritura
veinte años después ("He necesitado casi veinte años de ensimismamiento y esta hora de lucidez para comprenderlo"), dice:
"Tú debiste ser más fuerte, más brutal. Tú debiste forzarme:
yo era de esas mujeres que necesitan ser perseguidas, atrapadas, violentadas, atropelladas por el varón primario" (134). Su
lucidez parcial no le permite reflexionar en este momento acerca
de un sistema político y educativo que impone una visión de
los sexos dividida en unas dicotomías insuperables, y que llega
a provocar este tipo de desproporcionadas manifestaciones en
la expresión femenina.

Y sin embargo, a pesar de su cautividad dentro de este sistema dicotómico, la narradora ofrece intermitentemente agu-
das críticas y observaciones de los códigos culturales que limitan
sus posibilidades. Proclama su derecho "a ensayar libremente,
como vosotros, los hombres" (132), afirma sus propios sentimientos de egoísmo, inconfesables al joven ". . . porque los
hombres habéis coloreado el barro de nuestra imagen con tonos
demasiado celestiales" (147), cuestiona la percepción masculina de una mujer fácil y vulgar: "Pero piensa, de todos modos, que una mujer vulgar no es tan fácil de definir . . ." (120)
y, finalmente, rompe con la principal dicotomía del discurso
católico imperante en la época —base de la educación femenina en el terreno sexual— al aproximar los cuerpos y las almas: "[. . .] y no supe tampoco que se puede llegar a las almas
por el camino de los cuerpos, que también éstos son obra di-
vina . . ." (191).

Se hace posible una mejor comprensión de este mantenimiento dicotómico de las diferencias entre lo masculino y lo
femenino si atendemos a las mismas pistas que el texto proporciona en relación con la historia de España. La protagonista
expresa su absoluta ignorancia y rotundo desdén "hacia toda
noticia o dato cultural posteriores a 1936." Sin embargo, exis-

ten varias menciones a la catástrofe que supuso la guerra civil: "Se han derrumbado a mi alrededor las piedras y han saltado los seres humanos en pedazos sangrientos" (183). Se sugiere incluso que sus amigos pudieron achacar a la guerra la causa de su desequilibrio: "Sin duda, las gentes que me conocían antes que tú, creyeron que el 'shock' de la guerra era lo que me había transformado y hasta trastornado un poco. . ." (185). Similarmente, aparecen en el texto alusiones a la pérdida de vidas humanas causada por la guerra civil. Precisamente en el momento en el que la narradora tiene la revelación de la muerte de su amado, el paisaje que contempla provoca una reacción melancólica:

> Siempre —aún entonces— me produjo este paraje sensación melancólica y deprimente: es uno de esos retazos de paisaje que aparecen opacos, sombríos, como apagados, aunque sobre ellos luzca el sol más esplendoroso. Ahora, aún es más severo y desolado, por las toscas cruces plantadas aquí y allá para recordar caídos de la guerra civil y que tienen al pie de cada una la ofrenda de pequeños ramilletes marchitos. (75)

Kristeva, al estudiar la melancolía femenina en las novelas de Marguerite Duras, presenta este estado como una ética y una estética marcada por el sufrimiento: "La douleur privée résorbe dans le microcosm psychique du sujet l'horreur politique" (*Soleil noir* 242). El patetismo privado de la protagonista de *La playa* se inscribe en el plano del sufrimiento público provocado por los horrores de la guerra. La unión entre lo público y lo privado se manifiesta sintomáticamente en el momento final de la novela.

Si el amado desaparece, primero, y muere después, es por causa de la guerra; así queda sugerido en el texto. Se establece de este modo una nueva dicotomía entre el hombre guerrero, luchador, envuelto activamente en los acontecimientos políticos, y la mujer, relegada al terreno de lo privado y lo familiar. Nancy Huston ha señalado la distinta participación que se requiere de los distintos sexos en el contrato social: "The social contract requires that every member of each sex pay his or her tithe of suffering: women are required to breed, just as men are required to brawl" (134).

Esta distinción supone una conducta femenina basada en la familia y en la reproducción, y aquí se deja oír con mayor

intensidad el tono discordante que emite la voz de la protagonista de *La playa*. Si bien su dependencia del discurso del otro
es una constante en el texto, sus protestas ante una situación
injusta para las mujeres, y su interpretación un tanto apartada
de la visión legitimadora de la guerra civil española fueron tal
vez algunas de las causas de esa tajante censura impuesta a la
novela. El discurso oficial de la época, nacido del "Movimiento,"
reclamaba la actuación enérgica de todos los sectores del país
para lograr la pronta reconstrucción y regeneración material y
moral de la nación. El discurso de Sección Femenina y en particular de Pilar Primo de Rivera, acentuaba el sentido de dependencia del varón en la mujer, y equiparaba el terreno de lo público
y lo privado en base a esa necesidad de soporte masculino:

> Porque en esto nuestra vida falangista es un poco como nues-
> tra vida particular. Tenemos que tener detrás de nosotras toda
> la fuerza y decisión del hombre para sentirnos más segu-
> ras, y a cambio de esto nosotras les ofreceremos la abne-
> gación de nuestros servicios y el no ser nunca motivo de
> discordia. Que ése es el papel de la mujer en la vida. (58)

La inmovilidad y pasividad de la protagonista, la complejidad de su carácter y ese problemático mantenimiento de su
virginidad que excluye cualquier realización como esposa y
madre, probablemente supusieran un revulsivo para los/las posibles lectores/as de la época. El texto pudo, efectivamente,
haberse convertido en motivo de "discordia" y haber creado
disensiones en el panorama literario. Lo que nos queda, treinta
años después, es otro ejemplo de desarrollo femenino que se
aparta de los cánones oficiales y que, con su tono discordante,
nos recuerda la necesidad de apreciar y valorar la complejidad
de la diferencia.

Capítulo tres

El poder de la experiencia

La construcción de la subjetividad en
La plaça del Diamant

> Veure el món amb ulls d'infant, en un constant
> meravellament, no és pas ser beneit sinó tot el
> contrari; a més, la Colometa fa el que ha de fer
> dintre de la seva situació en la vida i fer el que
> s'ha de fer i res més demostra un talent natural
> digne de tots els respectes. Considero més intel-
> ligent la Colometa que Madame Bovary o que
> Anna Karènina i a ningú no se li ha acudit mai de
> dir que fossin beneites. Potser perquè eren riques,
> anaven vestides de seda i tenien servei.
>
> Mercè Rodoreda
> *La plaça del Diamant* ("Pròleg")

"My dear, these things are life." Estas palabras de Meredith, en forma de epígrafe, abren la novela de Mercè Rodoreda *La plaça del Diamant*. La cita sugiere un paralelismo inmediato entre la ficción artística y la experiencia vital. La crítica feminista ha subrayado desde sus comienzos el valor de la experiencia y su relevancia para el análisis de los textos literarios. La novela de Rodoreda ha sido tratada en ocasiones como un texto banal que refleja la vida intranscendente de una de tantas mujeres de la posguerra española. Es sumamente peculiar, por ejemplo, la manera en que las experiencias de la protagonista son descritas por la persona que escribe la contraportada de la edición castellana de *La plaza del Diamante* de Edhasa:

> La acción no puede ser más sencilla a la par que conmove-
> dora, aunque más exacto sería referirse a la trama de me-
> nudas peripecias que tejen un destino de mujer común y a
> la forma como se armoniza el rudimentarismo de los hechos

83

con la descripción elegíaca de un modo de vivir, de un pe-
dazo de ciudad entrañable.

Me parece francamente desafortunada la caracterización del
hambre, el sufrimiento y la preparación para la muerte como
"menudas peripecias," y no se define cuál es ese destino de mujer
común al que se alude. Aparecen nuevamente este tipo de caracterizaciones de la literatura femenina en términos de "trama,"
"peripecias," "sencillez," como vimos en la crítica de *Nada*,
que, en mi opinión, descalifican o evaden el valor de la escritura. El estudio de la experiencia como instrumento fundamental
de la construcción narrativa servirá para conferir una nueva
significación a la identidad femenina y al desarrollo tanto de
la protagonista como de la comunidad en la que se inscribe.

La experiencia, para Chris Weedon: "[. . .] is perhaps the most
crucial site of political struggle over meaning since it involves
personal, psychic and emotional investment on the part of the
individual" (79). Joan Scott ha reelaborado recientemente el
término. Recoge la siguiente definición de Teresa de Lauretis
en *Alicia ya no*:

> [La experiencia es] el *proceso* por el cual se construye la
> subjetividad de todos los seres sociales. A través de ese pro-
> ceso uno se coloca a sí mismo o se ve colocado en la realidad
> social, y con ello percibe y aprehende como algo subjetivo
> (referido a uno mismo y originado en él) esas relaciones
> —materiales, económicas e interpersonales— que son de
> hecho sociales, y en una perspectiva más amplia, históri-
> cas. (De Lauretis 253)

De Lauretis añade la dimensión social y las relaciones interpersonales a la aportación de Weedon, que se centra en la práctica individual. Scott critica, no obstante, a de Lauretis y a otros
estudiosos por no atender a cuestiones fundamentales en la
construcción de la experiencia, tales como la visión personal
del/de la crítico/a o historiador/a en lo referente al discurso y
a la historia. Insiste en la necesidad de reparar en los procesos
históricos que emplazan a los objetos y producen sus experiencias, siempre a través del discurso. Dice, refiriéndose a estos/
as estudiosos/as anteriores: "They locate resistance outside its
discursive construction, and reify agency as an inherent attribute
of all individuals, thus decontextualizing it" ("Experience" 25).[1]

A través de la narración en primera persona de la experiencia de la protagonista, Natalia, se produce un acercamiento indisoluble entre lo personal y lo político. La historia de una ciudad y de ciertos sectores de una población se despliega ante los ojos del/de la lector/a por medio de una voz femenina que tradicionalmente no había encontrado un espacio en la literatura peninsular. Esta conexión entre lo personal y lo político ya había sido señalada anteriormente por la crítica: Kimberly Nance afirma: "*La plaça del Diamant* is not a political novel in the traditional sense; it does not deal with the abstracts of politics. Rather, it focuses on what war does to people and how people understand war, bringing to mind a slogan from the Women's Movement: the personal is political" (67). Joan Ramón Resina, desde una perspectiva diferente, ve esta misma conexión como "paradójica": "The political, hence collective, dimension of this novel stems, paradoxically from the author's faithfulness to individual experience" (228). No creo que tal carácter paradójico exista realmente, si tenemos en cuenta las complejas interrelaciones entre la sociedad y el individuo, entre las instituciones y el sujeto, entre el comportamiento público y el privado, tal como se describen en *La plaça*. Es éste un texto en el que la experiencia de esas interrelaciones se construye a través de un nuevo lenguaje y se abre a nuevas interpretaciones literarias y sociopolíticas del desarrollo femenino. Natalia se presenta inicialmente como una joven sin educación formal. A través de un léxico y una sintaxis que se caracterizan por su engañosa simplicidad, comienzan a exponerse una serie de premisas que cuestionan la versión transmitida de la adolescencia y de la juventud femenina como momentos de dichoso y desenfadado aprendizaje que conduce, inevitablemente, a la tierra prometida del paraíso matrimonial. Las nociones relativas al desarrollo se entrelazan con las que atañen a la identidad nacional y sexual, a la lengua y a la escritura. La novela se aparta de cualquier intento de interpretación explícita y definitiva de los hechos, evita el constituirse en discurso autoritario y subvierte los intentos del Régimen de crear una sola versión de la historia, un patrón que debía reproducirse sin tomar en cuenta la diferencia.

El emplazamiento oficial del desarrollo femenino y su desplazamiento a través de un nuevo lenguaje

La experiencia de Natalia configura una versión de la vida de una mujer y de la historia de un país en los años que abarcan la guerra civil española y en los anteriores y posteriores a este acontecimiento. Esta versión se formula de tal modo que se aparta del discurso oficial de la época y subvierte los esquemas transmitidos en lo referente al desarrollo de la mujer. Rachel DuPlessis cree que existe un grupo de estrategias narrativas que caracterizan a las escritoras del siglo veinte y que ella denomina: "Writing beyond the Ending," ya que dichas estrategias son generadas por un desacuerdo crítico con la narrativa dominante y constituyen una superación de las narraciones de desarrollo previas. Una de las fundamentales es el desplazamiento, que DuPlessis describe de este modo: "Displacement is a committed identification with otherness—a participant observer's investigation of the claims of those parts of culture and personality that are taboo, despised, marginalized. The new sentence comes from the other side of everything" (108). Este tipo de narrativa, articulada desde la voz femenina, superpone a la versión oficial una crítica de la tradición, por haber ofrecido una historia incompleta, basada en la represión de la memoria, la falta de conexión en la sucesión matrilineal y el rechazo de la independencia femenina (DuPlessis 120). En *La plaça* se describen los múltiples intentos por parte de la sociedad de "emplazar" el desarrollo. La narración, simultáneamente, logra subvertir esos propósitos mediante una serie de estrategias narrativas agrupadas en torno al desplazamiento. Subrayaba en el capítulo de *Nada* esta misma estrategia del desplazamiento en torno a lo extraño y lo siniestro. En el texto de Rodoreda, su utilización se pone del lado de la simplicidad lingüística y de la descalificación del modelo discursivo oficial. En ambos casos se puede hablar de "otredad," tal como propone DuPlessis, no tanto en el sentido de una voluntad firme de radical enfrentamiento a modelos lingüísticos en uso, sino de una clara reticencia a perpetuar dichos modelos transmisores de unos principios concretos de la realidad social. La creación de otro lenguaje es, en Laforet y Rodoreda, un atentado velado contra la "normalidad" de la experiencia femenina y su transposición en el campo literario.

La presentación de la protagonista viene dada en este caso por una introducción, en primera persona, del personaje que no se asocia con el deseo de aventuras, como era el caso de Andrea, ni con la edad y el aspecto físico y psíquico, como ocurría con la narradora de *La playa de los locos;* sino con su profesión, como dependienta de una pastelería. A partir de esta presentación, los otros van a intentar dirigir y manipular su comportamiento continuamente. En la primera página de la novela su amiga Julieta viene a buscarla para llevarla a un baile; Natalia no tiene ganas de ir. Así se resuelve la escena: "Però em va fer seguir vulgues no vulgues, perquè jo era així, que patia si algú em demanava una cosa i havia de dir que no" (19; "Pero me hizo acompañarla quieras que no, porque yo era así, que sufría si alguien me pedía algo y tenía que decirle que no"; 7). Es en ese baile donde la muchacha conocerá al máximo exponente de este deseo de conformar su desarrollo: Quimet. Este joven conversa y baila con ella e inmediatamente procede a despojarla de los atributos de su posición presente: su novio —"em va dir que el planyia molt perquè al cap d'un any jo seria la seva senyora i la seva reina" (21; "me dijo que le compadecía mucho porque dentro de un año yo sería su señora y su reina"; 10)—, su nombre —"Me'l vaig mirar molt amoïnada i li vaig dir que em deia Natàlia i quan li vaig dir que em deia Natàlia encara riu i va dir que jo només em podia dir un nom: Colometa" (22; "Me le miré muy incomodada y le dije que me llamaba Natalia y cuando le dije que me llamaba Natalia se volvió a reír y dijo que yo sólo podía tener un nombre: Colometa"; 10–11)— y su discurso, ya que Quimet se apropia de la narración del incidente de la caída de las enaguas.

La versión de éste a través de las palabras de la narradora se antepone a la propia versión que ella presenta: "[. . .] i, al cap d'anys, encara de vegades ho explicava, la Colometa, el dia que la vaig conèixer a la plaça del Diamant, va arrencar a córrer i davant mateix de la parada del tramvia, ¡pataplaf! els enagos per terra" (22–23; "[. . .] y al cabo del tiempo todavía a veces lo explicaba, la Colometa, el día que la conocí en la plaza del Diamante, arrancó a correr y delante mismo de la parada del tranvía, ¡pataplaf!, las enaguas por el suelo"; 11). En la versión que ella ofrece, se recuenta el episodio como si no se hubiera narrado anteriormente, y aparecen en su lenguaje los indicios de persecución y amenaza ausentes en la primera: "La nanseta de fil es va trencar i allà van quedar els enagos. Vaig saltar per sobre, vaig estar a punt d'enganxar-m'hi un peu i vinga córrer com si m'empaitessin tots els dimonis de l'infern" (23; "La presilla del hilo se rompió y allí se quedaron las enaguas. Salté por encima, estuve a punto de enredarme un pie en ellas y venga a correr como si me persiguieran todos los demonios del infierno"; 11). De cualquier modo, este "desnudamiento" de los atributos que configuraban la identidad primera de la protagonista se va completando, con otros similares, en los capítulos siguientes: Natalia deberá abandonar su trabajo, su casa, sus gustos y su propia opinión: "Em va donar un cop al genoll amb el cantell de la mà que em fa veure anar la cama enlaire de sorpresa i em va dir que si volia ser la seva dona havia de començar per trobar bé tot que ell trovaba bé" (27; "Me dio un golpe en la rodilla con el canto de la mano que me hizo levantar la pierna de sorpresa y me dijo que si quería ser su mujer tenía que empezar por encontrar bien todo lo que él encontraba bien"; 15). La violencia empleada por Quimet en esta escena enfatiza el daño que esta expropiación supone para la protagonista. La conversación, situada en una de las primeras escenas del libro, funciona como equivalente del largo discurso con el que la tía Angustias adoctrinó a Andrea a su llegada a Barcelona. Se trata en este caso de un proyecto de futuro desarrollo para Natalia y ésta pronto advierte el carácter de dicha instrucción, que define como "sermón": "Va fer-me un gran sermó sobre l'home i la dona i el drets de l'un i els drets de l'altre" (27; "Me soltó un gran sermón sobre el hombre y la mujer y los derechos del uno y del otro"; 15–16) y más adelante: "I altra vegada sermó: molt llarg" (27; "Y otra vez el sermón, muy largo"; 16). Si bien el sermón es tradicionalmente el género de la oratoria eclesiástica, aquí se combina la presencia clara de la religión ("[. . .] i que ell era com si fos Sant Josep i que jo era com si fos la Mare de Déu"; 28; "[. . .] que él era como si fuese San José y que yo era como si fuese la Virgen"; 16) con acontecimientos de tipo político, ya que Quimet alude a "les dues mares dels Reis Catòlics que eren, deia ell, les que havien assenyalat el bon camí" (28; "las dos madres de los Reyes Católicos que eran, dijo, las que habían marcado el buen camino"; 16). La mención de las estructuras religiosas y políticas no es trivial en este momento en que Quimet re-autoriza las pautas del comportamiento para los hombres y las mujeres.

El "emplazamiento" de la protagonista, iniciado en la suje-ción mediante el baile que crea Quimet, no es tan sólo una usurpación, ya que inmediatamente el joven comienza a pro-poner un nuevo emplazamiento para la identidad y el desarrollo de la protagonista en varios frentes. Este nuevo emplazamiento se formula en términos espaciales con la compra de una nueva casa; en términos civiles —por medio del matrimonio—; y en lo referente a su identidad a través de la suplantación de las opiniones y gustos de la mujer por los suyos propios. En esta tarea se le unirán distintos colaboradores, en el intento de en-cauzar un desarrollo predeterminado para el futuro de la jo-ven: su vecina, la señora Enriqueta, le indica con toda claridad la conveniencia de seguir el camino marcado por Quimet: "Trobo que fas ben fet de casar-te jove. Necessites un marit i un sostre" (37; "Haces bien en casarte joven. Necesitas un marido y un techo"; 25), y en ese mismo sentido se manifiestan el padre de Natalia, su futura suegra y mosén Joan, el sacerdote que oficiará la ceremonia. A partir de aquí el camino se sigue delineando sin rastro de ambigüedad posible: a la boda seguirá el embarazo y el nacimiento de los dos hijos.

El desplazamiento que se lleva a cabo a través del lenguaje comienza precisamente por la lengua elegida para la escritura, el catalán en la versión original. Rodoreda escribe desde el exilio en Suiza, en una lengua marginada y prohibida en el territorio español en el momento de la escritura. La autora, en una con-versación con Montserrat Roig, se lamentaba de que escribir en catalán en un país extranjero fuera como esperar que las flores florecieran en el Polo Norte ("El aliento poético de Mercé Rodoreda" 168). Las narraciones de Rodoreda ciertamente lo-graron florecer en catalán durante los años del exilio, en los que escribió acerca de las condiciones históricas de un país del que estaba forzosamente separada y en una lengua erradicada oficialmente de la esfera pública. Resina, a partir de las apor-taciones de Deleuze y Guattari en *Kafka: Toward a Minor Literature,* advierte que la elección de un punto de vista narra-tivo en una lengua previamente "desterritorializada" posee toda la fuerza de un enunciado político. Es éste un comentario ciertamente sugestivo y acertado; sin embargo Resina resiste cualquier conexión de esa literatura "menor" con la cuestión de la mujer, alejándose de las interpretaciones feministas de la novela. Afirma Resina que la atención que la obra de Rodoreda ha recibido ha llegado sobre todo a partir de los estudios feministas, por razones "que tienen poco que ver con un interés genuino en la posición de su trabajo dentro de la cultura que la originó" (226; mi traducción). Se refiere a este tipo de trabajos aludiendo a:

> [. . .] those critics bent on reducing social reality and narrative constructions to the black-and-white pattern of gender domination, in which heroines are invariably victimized by male oppressors and by a social structure that threatens or negates altogether what is sometimes called "the world of women." (Resina 238)

Resina engloba a las críticas y estudiosas feministas en esa categoría abstracta de "those critics," mencionando solamente un trabajo de Geraldine Nichols en su estudio, y negando la diferencia y la singularidad propias de las aportaciones de cada una de ellas. Reduplica de esta manera un procedimiento habitual de la crítica literaria con respecto a la producción femenina. Es este procedimiento lo que le lleva a definir la caracterización que realizan dichas críticas feministas del modelo de opresión "en blanco y negro," para terminar con esa descalificación implícita del llamado "mundo de las mujeres." Los trabajos de Geraldine Nichols, Patricia Hart, Jane Albrecht, Carme Arnau, Mercè Clarasó, Kathleen Glenn, Kimberly A. Nance, Frances Wyers o Emilie Bergmann que se detienen en el análisis de esta novela, en modo alguno pueden ser juzgados en esos términos, a todas luces desproporcionados. Cada una de ellas estudia distintos aspectos —estilísticos, sociales, políticos o referentes a la identidad personal o nacional— con particular atención a la situación del personaje principal: una mujer después de todo, pero sin olvidar las referencias a la lengua, al exilio y a otros acontecimientos sociohistóricos desde los cuales se originó la escritura de la novela.[2] Por todo ello, la dilucidación de las numerosas instancias de desplazamiento que se ejercen en y a partir de la escritura resulta compleja y significativa. No por ello es menos cierto que *La plaça* ofrece un maravilloso campo de estudio acerca de la colectividad catalana y que los trabajos como el de Resina resultan urgentes y necesarios. Rodoreda, desde el exilio, escribe en una lengua que ha sido borrada en su lugar de origen.[3] La escritora consigue emplazar el catalán en Barcelona por medio de su obra desde su lugar de residencia, Ginebra, y formula un comentario decisivo que atañe tanto a la comunidad nacional catalana, en peligro de extinción a raíz de la guerra civil ("perquè és una cosa de tots i si perdem ens borraran del mapa," dice Mateu; 150; "porque es una cosa de todos y si perdemos nos borrarán del mapa"; 146), como al proceso de desarrollo de una mujer inmersa en este contexto.

Las posiciones de la protagonista en esta novela han sido estudiadas, y la mayoría de los trabajos coinciden en señalar la correspondencia de los cambios en la situación civil de Natalia como momentos de desarrollo en la vida de la protagonista. Glenn formula este proceso de forma similar a la mayoría de los/las estudiosos/as de esta novela:

> The protagonist of *Diamante* is a simple, unlettered, working-class woman who recounts her courtship, marriage, the birth of her two children, her widowhood, and her remarriage. Natalia's narrative spans a period of some twenty-five years, running from shortly before the advent of the Second Republic into the post–Civil War period. ("*La plaza del Diamante*" 60)

Ciertamente, el proceso vital de Natalia se ajusta en la superficie de esta novela, más que en ninguna otra, a los ciclos de la vida de la mujer que el Régimen delineó como modelo. En su juventud se desarrolla el noviazgo, en el que el mantenimiento de la virginidad es un paso importante para el acceso al matrimonio de esta muchacha todavía "inocente." Al primer matrimonio sucederá el nacimiento de los dos hijos. Tras la muerte de Quimet en la guerra, Natalia vivirá una situación de viudedad en la que se hace palpable la imposibilidad de supervivencia a nivel económico sin el apoyo de un hombre. Este sustento vendrá de la mano de Antoni, el tendero, que se convertirá en su segundo esposo, y en esa posición concluye la novela. Si bien comparto esta caracterización del desarrollo y de la clasificación de las posiciones de la protagonista de acuerdo con la situación matrimonial, me interesa destacar especialmente el carácter de imposición con que se narran estos momentos de desarrollo y la subversión implícita en una historia que, aparentemente, concuerda con tanta precisión con las premisas de la sociedad patriarcal de la época.[4] Este cuestionamiento se lleva a cabo fundamentalmente por medio del lenguaje. Se efectúa una revisión del lenguaje oficial cuando ciertas imágenes en la novela ponen en tela de juicio la pretendida transparencia de los signos del lenguaje y de la escritura durante los años de la guerra. La narradora preserva una versión personal de su tiempo, que evita toda generalización categórica y toda conclusión definitiva sobre lo vivido. Se opone de este modo al pasado abstracto, impersonal y autoritario de libros, manuales y discursos históricos oficiales. Ofrece un rechazo consciente de estrategias ontológicas racionales para ilustrar la resistencia que su modo personal de escritura ejerce frente a las estructuras de una sociedad patriarcal basada en dichas estrategias. Por ello no se ofrecen razonamientos, causas ni consecuencias; se ofrece en cambio la subjetividad fragmentaria e indecisa de una vida ante la cual el/la lector/a deberá atar cabos, rellenar los huecos, establecer su propio proceso comunicativo y contribuir así a las posibilidades de sentido del texto. Este estilo de engañosa simplicidad ha provocado algunos comentarios críticos como los de Mercè Clarasó, quien afirma: "Intellectually Colometa must be listed with the babes and the sucklings" (150), una descripción poco afortunada no sólo porque ignora la complicidad que el texto de Rodoreda requiere, sino también porque margina la riqueza expresiva e iconográfica que otros han señalado. Jane Albrecht y Patricia Lunn, por ejemplo, en su estudio más reciente "*La plaça del Diamant:* Linguistic Cause and Literary Effect," subrayan la calidad estilística del texto y señalan acertadamente la modulación icónica de la sintaxis en la novela, conectándola con el proceso de desarrollo femenino: "Rodoreda exploits linguistic patterns that are mimetic to the development of the personality of the novel's main character and narrator, while allowing the reader to make inferences from these patterns" (76). Si bien el término *mimético* parece excesivo por cuanto supone una proyección directa de la identidad en los modelos lingüísticos utilizados, existe sin embargo una adecuación destacada entre el desarrollo personal de la protagonista y las estrategias narrativas a través de las cuales se formula y actualiza.

92

Uno de los aspectos lingüísticos relevantes, que se aprecia ya desde la primera escena, consiste en la presencia de frases cortas, en la elisión de la subordinación sintáctica y en la configuración metonímica del discurso. Esta última característica es especialmente significativa, ya que responde a un tipo particular de representación de la experiencia. Roman Jakobson, en su estudio de la metáfora y de la metonimia, estableció una conexión entre los mecanismos del inconsciente descritos por Freud y los ejes de la selección y de la combinación. Jakobson atribuyó el eje de la selección a la metáfora y el de la combinación a la metonimia.[5] Lacan apropia y re-define estos términos en "La instancia de la letra en el inconsciente o la razón desde Freud." La fórmula de la metáfora es "una palabra por otra," mientras que la metonimia consiste en una conexión "palabra a palabra." La primera fórmula se construye del siguiente modo: "$f\left(\frac{S'}{S}\right) S \cong S(+)s$," ya que en la metáfora es en la sustitución del significante por el significante donde se produce "un efecto de significación que es de poesía o de creación" (495–96). Dice Lacan que el signo de la cruz manifiesta "el franqueamiento de la barra —y el valor constituyente de ese franqueamiento para la emergencia de la significación" (496). La metonimia, por el contrario, se define a partir de la conexión del significante con el significante, "que permite la elisión por la cual el significante instala la carencia de ser en la relación del objeto" (495), y su fórmula es la siguiente: "$f(S \ldots S')S \cong S(-)s$."

Irigaray y Gallop han notado el privilegio tradicionalmente concedido a la metáfora sobre la metonimia, ligando este privilegio a la falta de atención prestada a la sexualidad femenina en el psicoanálisis. Dice Gallop en "Metaphor and Metonymy":

> In the sentence following the metonymy algorithm, there are two occurrences of the words "manque" (lack). "Lack" has affinities to the minus sign of the right-hand parenthesis in the formula for metonymy as well as to the ellipsis of the left (S . . . S'). Where there is an ellipsis something is missing. (*Reading Lacan* 124)

Irigaray, por su parte, asocia el dominio de la metáfora con la economía masculina y con la genealogía patriarcal, y prefiere la contigüidad a la sustitución. Mientras que la genealogía patriarcal se basa en la identificación metafórica, la genealogía materna se definiría a partir de la identificación metonímica. Gallop también señala que la interpretación metonímica proporciona un contexto completo para las asociaciones, y concluye con cautela: "Perhaps this metonymic interpretation might be called feminine reading" (*Reading Lacan* 129). Uno de los efectos metonímicos de la escritura de *La plaça* es la presentación y descripción de los personajes a través de procedimientos metonímicos de caracterización, físicos y psicológicos. Esta forma de presentación tiene repercusiones significativas en cuanto a la escritura del desarrollo femenino, en lo concerniente a la forma de aprendizaje del mundo que rodea a la protagonista. En lugar de proveer al/a la lector/a con un retrato completo y acabado desde el principio, la configuración de cada personaje se crea por medio de la contigüidad metonímica de diversos rasgos externos e internos. Frente al emplazamiento que otros personajes imponen mediante el discurso y los "buenos consejos," Natalia va construyendo su posición a través de ciertas descripciones que eluden la totalización y que no son sino una estrategia de desplazamiento creada por contraste con otras formulaciones más habituales. Veamos algunos ejemplos: la primera descripción de Quimet ni siquiera llega a través de la vista, siendo éste un sentido abarcador que provocaría una presentación más totalizadora. Por el contrario, su voz lleva a su olor e inmediatamente después, la narradora establece ciertas conexiones entre la voz y el olor con otros rasgos de la cara de Quimet que Natalia sólo experimenta por contacto y contigüidad con los suyos propios:

> Em vaig trobar anant amunt i avall i com si vingués de lluny, de tan a la vora, vaig sentir la veu d'aquell noi que em deia, ¡veu com sí que en sap de ballar! I sentia olor de suor forta i olor d'aigua de colònia esbravada. I els ulls de mico lluents ran dels meus i a cada banda de la cara la medalleta de l'orella. (21)

> Me encontré yendo abajo y arriba y, como si viniese de lejos estando tan cerca, sentí la voz de aquel muchacho que me decía, ¿ve usted como sí sabe bailar? Y sentía un olor de sudor fuerte y un olor de agua de colonia evaporada. Y los ojos de mono brillando al ras de los míos y a cada lado de la cara la medallita de la oreja. (9)

El contacto físico es predominante en esta escena del baile, y se insiste en la desconfianza hacia la captación de una visión totalizante en el siguiente momento en que por primera vez se le acerca Quimet: "Em vaig topar amb una cara que de tan a prop que la tenia no vaig veure prou bé com era, però era la cara d'un noi" (20; "Me topé con una cara que de tan cerca como la tenía no vi bien cómo era, pero era la cara de un muchacho"; 8). Esta cita nos hace ser más cautos/as ante las apariencias demasiado reales, de las imposiciones que, a fuerza de querer transmitir una presencia exhaustiva, acaban por perder la riqueza de los múltiples niveles de la realidad.

Durante las primeras escenas, el desplazamiento se produce similarmente a través de los signos de la ausencia. Frente a la alegría y el bullicio del baile y al entusiasmo que derrocha Quimet, Natalia se refiere una y otra vez a la situación de desamparo en que se encuentra tras la muerte de su madre y la boda en segundas nupcias de su padre: "La meva mare morta feia anys i sense poder-me aconsellar i el meu pare casat amb una altra. El meu pare casat amb una altra i jo sense la meva mare que només vivia per tenir-me atencions. I el meu pare casat i jo joveneta i sola a la plaça del Diamant" (20; "Mi madre muerta hacía años y sin poder aconsejarme y mi padre casado con otra. Mi padre casado con otra y yo sin madre, que sólo había vivido para cuidarme. Y mi padre casado y yo jovencita y sola en la plaza del Diamante"; 8). La repetición acentúa la ausencia y se convierte en un ritmo interno que incomoda a la protagonista, la hace sentirse desarraigada en medio de la música y del baile. La carencia de una familia adecuada sitúa a la protagonista en la soledad y genera sentimientos de impotencia como también ocurría en *Nada* y *La playa de los locos*. En ciertos momentos el dolor físico y la angustia moral se entrelazan y a la opresión externa corresponde el padecimiento interno que causa la ausencia materna: "La cinta de goma clavada a la cintura i la meva mare morta i sense poder-me aconsellar" (21; "La cinta de goma clavada en la cintura y mi madre muerta y sin poder aconsejarme"; 9). La imagen de la goma que oprime la cintura de la joven se reitera a lo largo de todo este primer episodio: al final se rompe pero reaparecerá una similar opresión violenta en torno a la cintura en los episodios relativos al embarazo.[6]

La imposición del embarazo como desplazamiento del desarrollo institucionalizado

Durante su posición como esposa de Quimet es sumamente revelador el episodio que describe el primer embarazo. La narradora presenta este embarazo en el original catalán de la siguiente forma: "Jo, estava així" (71), que se transforma en "Yo estaba así, en estado" (59) en la traducción castellana y más directamente: "I was pregnant" (56) en la traducción inglesa (*The Time of the Doves*). Curiosamente los traductores sienten la urgencia de añadir, de rellenar esas ausencias, de hacer presente lo ausente, de explicar claramente al/a la lector/a lo que la narradora no dice.

El carácter santificatorio de la reproducción y la conexión de lo sagrado con lo privado —el cuerpo femenino— se actualizan en la señal de la cruz que la madre de Quimet hace en la frente de Natalia cuando descubre su estado de embarazo: "La mare d'en Quimet em va senyar el front i no va voler que li eixugués els plats" (71; "La madre del Quimet me hizo una cruz en la frente y no quiso que le secase los platos"; 59). A continuación aparecen en este episodio una serie de imágenes referentes al "lleno" y al "vacío" que ya de algún modo se prefiguran en esta presentación del fenómeno de la maternidad. El cuerpo de Natalia está por fin "lleno" y el propósito de la unión matrimonial cumplido. En este momento el lenguaje se vuelve más elíptico, se vacía de explicaciones y la forma externa —el signo de la cruz— reemplaza a lo internamente contenido. La imagen de la cruz ya había sido utilizada en un episodio anterior cargado de connotaciones sexuales. Su vecina la señora Enriqueta relata su noche de bodas y cuenta el modo en que su difunto marido la crucificaba: "[. . .] que la lligava al llit crucificada perquè ella sempre voila fugir" (64; "[. . .] que la ataba a la cama como crucificada porque ella siempre se quería escapar"; 52). Estos dos momentos se encuentran próximos en la narración y es por ello que la subversión del talante santificador se hace más patente.

Otra forma de plantear los "procesos naturales" del cuerpo femenino, tales como el embarazo, viene dada por la representación de la violencia y la enajenación que tal fenómeno supone para la protagonista. Esta imposición se expresa a través de una serie de imágenes de ocupación, de invasión y de penetración;

por lo general a través de verbos como "tragar," que resuena con connotaciones de proceso forzado y artificial más que natural o libremente elegido. Este embarazo, oficialmente considerado como un desarrollo "natural" del cuerpo de la mujer, se describe sin embargo en términos de vaciamiento y suplantación alienante:[7] "[. . .] era com si m'haguessin buidat de mi per omplir-me d'una cosa molt estranya. Algú molt amagat s'entretenia a bufar-me per la boca i jugava a inflar me" (75; "[. . .] era como si me hubieran vaciado de mí misma para llenarme de una cosa muy rara. Algo muy escondido se divertía soplándome por la boca y jugaba a hincharme"; 62). Este hinchamiento por la boca hace participar al embarazo del carácter bucal u oral de toda la narración, marginando el aspecto convencionalmente genital de este proceso. Este momento de enajenación le impide incluso reconocer su propio cuerpo, que ella (des)conoce ahora como algo extraño: "Quan em despertava em murava les mans ben overtes davant dels ulls i les feia moure per veure si eren meves i si jo era jo" (74; "Cuando me despertaba me ponía las manos muy abiertas delante de los ojos y las movía para ver si eran mías y si era yo"; 61), y en otro momento alude a "un ventre que no era meu" (73; "un vientre que no era el mío"; 60). Siguiendo con las imágenes de lo lleno y de lo vacío, las palabras de Quimet provocan en la protagonista un sentimiento de vergüenza: "I una vegada vam trobar no sé que i jo m'hauria volgut enfonsar sota terra de vergonya, perquè va dir: ja va plena" (73; "Y una vez nos encontramos a no sé quién y yo habría querido que me tragara la tierra de vergüenza, porque dijo: ya la tengo llenita"; 60). Ahora lo que quiere Natalia es ser "tragada," absorbida ella misma por la tierra y engendrar así un vacío frente a las palabras de su marido, que llena este momento como el autor de esa hinchazón. Este deseo de borrar, de irse bajo la tierra, es similar al aludido en otro tipo de situaciones en las que la protagonista habla de "tragar" el dolor activa y conscientemente como una estrategia de supervivencia ante la imposibilidad de enfrentarse a un sistema abrumador. Esto es lo que ocurre, por ejemplo, cuando la protagonista encuentra en la calle a Pere, su antiguo novio:

> Vaig abaixar el cap perquè no sabia què fer ni què dir, i vaig pensar que havia d'apilotar la tristesa, fer-la petita de pressa, que no em volti, que no estigui ni un minut escampada per

les venes i al volant. Fer-ne una pilota, una bala, un perdigó. Empassarla. (69)

> Bajé la cabeza porque no sabía qué hacer ni qué decir, y pensé que tenía que estrujar la tristeza, hacerla pequeña enseguida para que no me vuelva, para que no esté ni un minuto más corriéndome por las venas y dándome vueltas. Hacer con ella una pelota, una bolita, un perdigón. Tragármela. (58)

Será en el momento del parto cuando Natalia descubra su capacidad para liberarse de todos esos momentos de tristeza que ha ido acumulando en su interior. Serán indicios de un proyecto más amplio: el de la expulsión hacia el exterior de la represión experimentada a raíz de las imposiciones señaladas. Esta liberación se anuncia ya a través de la queja: "vaig fer el primer gemec" (75; "me quejé por primera vez"; 63), pero alcanza su momento de mayor intensidad durante el parto: "I el primer crit em va eixordar. Mai no hauria pensat que la meva veu pogués anar tan lluny i durar tant. I que tot aquell patir em sortís fet crits per la boca i criatura per baix" (77; "Y el primer grito me ensordeció. Nunca hubiera creído que mi voz pudiera ser tan alta y durar tanto. Y que todo aquel sufrir se me saliese en gritos por la boca y en criatura por abajo"; 65). Este grito constituye una forma de liberación parcial y un anticipo del grito final de la protagonista, que estudiaré en su momento.

Otra forma de desplazamiento del fenómeno del embarazo como lo más propio, lo más cercano y determinante del cuerpo femenino, su propiedad más íntima, viene dada a través de la eliminación de las fronteras entre lo público y lo privado. En *La plaça* distintos miembros de la comunidad catalogan e imponen restricciones y obligaciones y de esta forma, como ha señalado Nance, asumen una forma de control sobre el cuerpo de Natalia: "Even before she is pregnant, Natalia's body has become family property" (71). Quimet transforma la noche de bodas en una semana, encerrándola con él en una habitación durante todo ese tiempo, y a partir de entonces, cada domingo se convierte en el día destinado al intento de procreación. El marido anuncia a la hora del almuerzo: "—Avui farem un nen" (62; "Hoy haremos un niño"; 50). La respuesta que esta advertencia provoca en la narración transmite el dolor físico que tal encuentro sexual, periódicamente repetido, provoca en Natalia: "I em feia veure les estrelles" (62; "Y me hacía ver las estrellas"; 50). La madre de Quimet ejemplifica otra forma de control sobre el cuerpo de la protagonista: antes del embarazo toca sus brazos, para asegurarse de que no está demasiado delgada para poder concebir, y en otro momento la examina del siguiente modo:

> Em va fer anar a la seva habitació. Als quatre poms del llit, aquell llit negre amb el cobrellit de roses vermelles [. . .] em va fer estirar, em va tocar i em va escoltar com si fos un metge, encara o, va dir tot entrant al menjador. (59)

> Me hizo ir a su habitación. En los cuatro pomos de la cama aquella negra con colcha de rosas encarnadas [. . .] me hizo echarme, me tocó y me escuchó como si fuera un médico, todavía no, dijo entrando en el comedor. (48)

Cuando el acontecimiento al fin llegue a producirse, será ella también la encargada de santificar el embarazo mediante el signo de la cruz. El padre de Natalia, por otra parte, sólo parece preocuparse por la extinción de su apellido, mientras que la señora Enriqueta cataloga antojos y prohibiciones:

> El meu pare, quan va saber que jo estava així, en Quimet havia anat a dir-li-ho, em va venir a veure i va dir que, tant si era noi com si era noia, el seu nom estava acabat. La senyora Enriqueta sempre em preguntava si tenia desig.
> —Si tens desig no et toquis, i, si et toques, toca't el darrera.
> M'explicava coses de desig molt lletges: de panses, de cirera, de fetge . . . El desig més dolent de tots era el de cap de cabridet. (72)

> Mi padre, cuando supo que yo estaba así, porque el Quimet se lo había dicho, vino a verme y dijo que, lo mismo si era varón que si era hembra, su apellido estaba acabado. La señora Enriqueta me preguntaba siempre que si tenía antojos.
> —Si tienes antojos no te toques, y, si te tocas, tócate el trasero.
> Me contaba cosas muy feas de los antojos: de los antojos de uvas pasas, de cerezas, de hígado . . . el antojo más malo de todos era el de cabeza de cabrito. (60)

La señora Enriqueta llega a prescribir incluso las formas de autoerotismo. Las restricciones y obligaciones que impone la sociedad problematizan la noción de la maternidad como un acto propio, y lo convierten más bien en una suerte de realización apenas diferenciada de unas leyes fijas y comunes. El segundo embarazo, si bien se describe de forma más breve en cuanto a extensión narrativa, no presenta menor relevancia en cuanto a las repercusiones sociales de tal evento. La obsesión de Quimet por constituirse como el modelo de actuación y de pensamiento para Natalia, previamente reconocida en el primer sermón en el que anunciaba que ella debía reduplicar sus gustos y pareceres, entra dentro del comportamiento que Irigaray ha definido como "especula(riza)ción" para aludir al modo en que se ha formado la identidad femenina como un "constructo" masculino: "La femme donc sera le même —à une inversion près— comme, en tant que mère, elle permetra la répétition du même, au mépris de sa différence" (*Speculum de l'autre femme* 63). Quimet intenta crear su propio doble a partir de la reduplicación impuesta de su carácter,[8] pero además, durante la vida matrimonial va a utilizar repetidamente la figura de María, una ex-novia inexistente (lo que descubrirá mucho más adelante la protagonista), como otro modelo a repetir cada vez que Natalia amenaza con desviarse de sus deseos. María se convierte en la imagen de la mujer socialmente aceptable y en el rol femenino del comportamiento "modelo" al que la protagonista tratará de ajustarse:

> I jo no em podia treure la Maria del cap. Si fregava, pensava: la Maria ho deu fer més bé que no pas jo. Si rentava els plats, pensava: la Maria els deu deixar més nets. Si feia el llit pensava: la Maria deu deixar ells llençols més tibants . . . I només pensava en la Maria, sense parar, sense parar . . . (58)

> Y yo no me podía quitar a la María de la cabeza. Si fregaba, pensava: la María lo hará mejor que yo. Si lavaba los platos, pensaba: la María los dejará más limpios. Si hacía la cama, pensaba: la María debe dejar las sábanas más estiradas . . . Y sólo pensaba en la María, sin parar, sin parar. (46)

Inversamente, ante la imposibilidad de reproducción propia, Quimet desarrolla enfermedades imaginarias para así acaparar la atención y mantenerse como protagonista, especialmente durante el embarazo. Se queja constantemente de un dolor en la pierna al que alude cada vez que desea acaparar la atención de Natalia, pero el ejemplo más extraordinario de reduplicación se describe durante el segundo embarazo. Simultáneamente a la concepción y nacimiento de la hija, Rita, Quimet desarrolla y "da a luz" a una tenia, en una clara transposición del embarazo de su mujer: "I en Quimet deia que ell i jo érem igual perquè jo havia et els nens i ell havia fet un cuc de quinze metres de llargada" (99; "Y el Quimet decía que él y yo éramos iguales porque yo había hecho los niños y él había hecho un gusano de quince metros de largo"; 89). Esta parodia grotesca, la parásita y desechable (im)productividad de Quimet, recibe, sin embargo, mayor atención social que el embarazo real de Natalia. Tras el control ejercido por parte de todos sobre su cuerpo durante el primer embarazo, en este segundo, nadie parece preocuparse por ella, sin embargo Quimet recibe las visitas y el apoyo de sus amigos durante todo el proceso. Como ha señalado Nance: "Rodoreda has given fuller play to the positive social commonplaces that attend the event than she does in the actual births" (73). En efecto, Quimet se queja frecuentemente de su situación, prepara el momento del "parto" con anticipación y, finalmente, es consolado por su amigo Cintet, quien le sugiere la posibilidad de crear un nuevo gusano cuando lo pierde.

Contribuye a estos desplazamientos el hecho de que los partos se narren como formas a la vez de creación y de destrucción. En el primero, junto con las dificultades físicas y con el grito antes mencionados, se producen los primeros síntomas de un posicionamiento destructivo en la protagonista: "I quan tot estava a punt d'acabar-se, es va trencar una columna del llit i vaig sentir una veu que deia, i de tant fora de mi que estava no vaig poder saber de qui era la veu, ha estat a punt d'escanyar-lo" (77–78; "Y cuando todo estuvo a punto de acabar se rompió una columna de la cama y sentí una voz que decía, y de tan fuera de mí que estaba no pude saber de quién era la voz, ha estado a punto de ahogarlo"; 65). En el segundo parto el peligro no amenaza la vida de la niña, sino la suya propia: "Va sortir nena i li van posar Rita. Per poc que m'hi quedo perquè la sang em fugia de dintre com un riu i no me la podien aturar" (94; "Fue niña y le pusimos Rita. Por poco me quedo, porque la sangre me salía como un río y no me la podían cortar"; 84). Lo que podría parecer a simple vista una mera narración de los procesos "naturales" del cuerpo femenino asociados con la reproducción se convierte en una relación de la experiencia que subvierte las nociones de paraíso matrimonial y maternidad gozosa e indispensable. Su voz presenta una disensión; cuestiona los modos habituales de representación del cuerpo femenino y de las preocupaciones que cada mujer siente durante el embarazo. La insistencia en la diferencia entre el primer y el segundo embarazo enfatiza la necesidad de considerar las peculiaridades propias de cada caso, en oposición a una idea abstracta, común, dada, de la maternidad.

La reivindicación de la experiencia: los años de la guerra

Los años de la guerra se describen en *La plaça* nuevamente mediante el recurso a los signos de la ausencia, el vacío, la restricción y la desaparición. Se acaba el gas, las tiendas están vacías, la leche no se reparte, Natalia pierde su trabajo y su amigo Mateu, como vimos, expone el mayor terror que esta guerra supone para la comunidad: el riesgo de la desaparición. Las personas se sitúan en la misma posición de precariedad que los objetos y existe el peligro de ser borrados, eliminados, lo que en cierto modo ocurrió tras la guerra con aspectos tan arraigados en la comunidad catalana como la lengua y las tradiciones propias, además de las desapariciones personales de los muertos en la lucha. Paralelamente, el lenguaje se vuelve más oscuro, más sombrío y apagado. Las frases se hacen más cortas y la desfamiliarización de lo siniestro, descrita en capítulos anteriores, nace también aquí como otro producto de la guerra. Cuando el hijo de Natalia regresa del campo de refugiados, no es exactamente el mismo: "Era un altre nen" (174; "Era otro niño"; 172). Las batallas configuran a los muertos (Quimet, Mateu), y el hambre desfigura a los vivos. Es en esta posición de Natalia —viuda, con dos hijos y sin ningún tipo de recursos económicos—, cuando la narradora formula el extraordinario valor de la experiencia a través del siguiente pasaje:

> Quan alguna vegada havia sentit: aquesta persona és de suro, no sabia què volien dir. Per mi, el suro, era un tap. Si no entrava a l'ampolla, després d'haver-la destapada, l'aprimava

amb un ganivet com si fes punta a un llapis. I el suro gri-
nyolava. I costava de tallar perquè no era ni dur ni tou. I a
l'últim vaig entendre què volien dir quan deien aquesta persona és de suro . . . perquè, de suro, ho era jo. No perquè
fos de suro sinó perquè em vaig haver de fer de suro. I el
color de neu. Em vaig haver de fer de suro per poder tirar
endavant, perquè si en comptes de ser de suro amb el cor
de neu, hagués estat, com abans, de carn que quan et pes-
sigues et fa mal, no hauria pogut passar per un pont tan alt
i tan estret i tan llarg. (173–74)

Cuando alguna vez había oído decir: esta persona es como
de corcho, no sabía lo que querían decir. Para mí, el corcho
era un tapón. Si no entraba en la botella después de haberla
destapado, lo afilaba con un cuchillo, como si hiciese punta
a un lápiz. Y el corcho chirriaba. Y costaba de cortar porque no era ni duro ni blando. Y por fin entendí lo que querían decir cuando decían que una persona era de corcho . . .
porque yo era de corcho. No porque fuese de corcho sino
porque me hice de corcho y el corazón de nieve. Tuve que
hacerme de corcho para poder seguir adelante, porque si en
vez de haber sido de corcho con el corazón de nieve hubiese
sido como antes, de carne que cuando la pellizcas te hace
daño, no hubiera podido pasar por un puente tan alto, tan
estrecho y tan largo. (171)

El poder de la experiencia aparece reivindicado en este pasaje como un complejo proceso de aprehensión y a la vez de
destrucción o desplazamiento del sujeto en la realidad. El lenguaje no es un mediador transparente separado de la experiencia corporal. Por el contrario, su corazón es de nieve y su carne
es de corcho porque el dolor experimentado adquiere unas dimensiones inusitadas, ya no se puede simplemente "tragar"
como había hecho en momentos previos. El corcho, en su doble formulación, especifica la diferencia de percepción en las
dos posiciones: en el primer caso es una cosa que se manipula,
se corta, se afila. Pero en la segunda se convierte en la metáfora de ella misma, es ese cuerpo "ni duro ni blando" en que
Natalia se convierte, moldeada y afilada por las circunstancias
de la guerra, como medida de supervivencia ante tan penosa
situación.

Es en esta posición en la que planea la muerte de sus hijos y
la suya propia mediante la introducción del aguafuerte en los

cuerpos, a través de la boca y por medio de un embudo. De afuera llegan ahora el dolor y la tristeza que ya no pueden ser "tragadas" en dosis pequeñas, y con el aguarrás se produce una nueva invasión en el cuerpo, una sustancia corrosiva que, no obstante, también encontrará su paso a través de la garganta y de los órganos de la voz. Esta sustancia acallará sus voces y pondrá fin a sus vidas en un desplazamiento absoluto y definitivo. Como señala Frances Wyers al estudiar la escena de la preparación de estas muertes: "Instead of a dynamic of action and consequence there is only sequence: -i-i-i-i" (307). En efecto, esta escena se presenta nuevamente de forma metonímica:

> Quan dormirien, primer l'un i després l'altre, els ficaria l'embut a la boca i els tiraria el salfumant a dins i després me'n tiraria jo i aixi hauríem acabat i tothom estaria content, que no fèiem cap mal a ningú i ningú no ens estimava. (182)

> Cuando durmieran, primero al uno y después al otro, les metería el embudo en la boca y les echaría el aguafuerte dentro y después me lo echaría yo y así acabaríamos y todo el mundo estaría contento, que no habíamos hecho mal a nadie y nadie nos quería. (181)

Nótese además la sucesión que se establece incluso en esa preparación mental, con la introducción del aguafuerte en el cuerpo "uno por uno." Tal episodio nunca llega a producirse, ya que la presencia del tendero Antoni supondrá un catalizador de la recuperación, si no psicológica, sí al menos material y espiritual.

Albrecht y Lunn estudian la cuestión de la intervención agencial ("agency") de la protagonista a lo largo de la novela, a partir de las teorías lingüísticas de M. A. K. Halliday, para analizar la medida en que Natalia desempeña el papel semántico de agente. Definen a los agentes gramaticales como: "entities that carry out purposeful, willed actions" (*"Plaça del Diamant* i la narració" 62). Partiendo de esta definición elaboran una serie de estadísticas numéricas en las que la protagonista muestra un grado muy bajo de participación como agente en todos los episodios, excepto en el final. Con respecto a la escena comentada, dicen: "In the episode in which she makes preparations to kill herself and her children, where one might expect more voluntary participation from Natalia, because she is acting alone to resolve her problems, she is agentive only 24% of the time"

(62). Creo que *La plaça* sugiere una lectura un tanto diferente de esta cuestión que en realidad no es sino un nuevo desplazamiento temático y formal de ciertos principios aceptados en lo referente a la participación de la protagonista. El texto propone una serie de estrategias de supervivencia que serían consideradas "pasivas" en términos generales, pero que constituyen el único modo de enfrentar la realidad política, económica y emocional en situaciones de opresión e impotencia, y que le permiten cruzar ese puente tan alto y tan largo. Este tipo de estrategias se presentan a través de una bella imagen en la novela. En episodios anteriores Quimet ha ido introduciendo un sinnúmero de palomas en la casa, que suponen una nueva invasión del espacio de la protagonista. Al referirse a la pareja de recién llegadas, dice:

> De seguida es van barallar amb els antics que no volien gent nova i que eren els amos del colomar, però els monjos, de mica en mica, fent veure que no hi eren, acontentant-se de passar una mica de gana i de rebre algun cop d'ala, vivint pels racons, a l'últim van aconseguir que els antics s'hi acostumessin i es van fer els amos. (87)

> En seguida se pelearon con las antiguas que no querían gente nueva y que eran las amas del palomar, pero las monjas, poco a poco, haciendo como que no estaban, conformándose con pasar un poco de hambre y con recibir algún aletazo, viviendo por los rincones, consiguieron por fin que las antiguas se acostumbrasen a ellas y se hicieron las amas. (75)

Esta imagen parece indicar que la supervivencia es una estrategia que se va desarrollando de acuerdo con la experiencia y con la posición particular del sujeto en cada momento. En circunstancias tan extremas como la de la guerra, la participación activa no es siempre posible, y otras estrategias alternativas pueden incluir acciones que de ningún modo se tendrían por actos de rebeldía en otro contexto. Es por todo esto que *La plaça* presenta una versión personal de lo que la guerra supone para los sujetos en términos materiales y psicológicos, pero a través de la narración, esta visión personal adquiere unas dimensiones políticas de las que carecen otros textos aparentemente más "politizados," pues nos hace sentir con toda su crudeza, la realidad social de ciertos sectores de la población que no tuvieron acceso a la documentación histórica de sus experiencias. El texto de Rodoreda se aparta de este modo de una norma lingüística y de unos principios sociopolíticos inalterables, para mostrar una historia de la diferencia a través de los desplazamientos estilísticos y temáticos mencionados. Surge con fuerza "otra" voz, una versión femenina que, tras su aparente simplicidad e ignorancia, confiere realidad literaria a ciertos sectores de la población tradicionalmente marginados.

El grito final: "una pizca de cosa de nada"

La última parte de la novela sitúa a la protagonista en una posición de recuperación física y material. Su segundo marido, Antoni, carece de los emblemas habituales de masculinidad, ya que es impotente como resultado de las heridas de guerra. Pero la posición psicológica de Natalia en esta última parte de la novela no presenta una caracterización menos compleja y problemática que en otras posiciones. Está dividida entre sus sentimientos de culpa y de temor ante un posible retorno de Quimet, y su nueva situación con Antoni, quien la trata con amor y respeto y restaura su nombre, que Quimet había suplantado anteriormente. Tras la escena de la boda de su hija, que se emplaza al final de la novela y constituye de este modo un final que también es un principio, Natalia se levanta por la noche y emprende un viaje hacia atrás —"I em vaig posar a caminar per la meva vida vella fins que vaig arribar davant de la paret de casa . . ." (248; "Y me puse a andar por mi vida antigua hasta que llegué enfrente de la pared de la casa . . ."; 249)— necesario para emprender el camino de liberación de la pesada carga emocional que aún está reprimida en su interior y que se ha venido manifestando a través de dolencias físicas (mareos, agorafobia, etc). Como ya se indicó en la introducción, Labovitz ha definido el fenómeno de "shedding" como una de las características principales del desarrollo de las heroínas en la literatura contemporánea; por medio de este acto las protagonistas se liberan de un peso que les dificultaba la continuación del viaje vital. Natalia necesita deshacerse de ese excesivo equipaje emocional que ha ido "tragando" en diversos momentos y que aún está dentro de sí. Vuelve a su antigua casa, y en la puerta escribe el nombre que Quimet le impuso "Colometa" con un cuchillo, convirtiéndose en escritora por primera vez durante el texto y utilizando el poder catártico de la escritura para así enterrar su antiguo nombre y su antigua vida asociada a ese nombre. A continuación se dirige a la plaza del Diamante, al espacio donde se abría la novela, y en medio de la plaza:

> [. . .] vaig fer un crit d'infern. Un crit que devia fer molts anys que duia a dintre i amb aquell crit, tan ample que li havia costat de passar-me coll, em va sortir de la boca una mica de cosa de no-res, com un escarbat de saliva . . . (249–50)

> [. . .] di un grito del infierno. Un grito que debía hacer muchos años que llevaba dentro y con aquel grito, tan ancho que le costó mucho pasar por la garganta, me salió de la boca una pizca de cosa de nada, como un escarabajo de saliva . . . (250)

Ese grito sólo logra dificultosamente su paso a través de la garganta, esa garganta habituada al trasiego de emociones y de palabras en sentido contrario, hacia adentro, pero no hacia afuera. Pero el grito sale finalmente, se deja oír y se propone como un indicio de un comienzo de liberación en el sentido propuesto por Labovitz, como liberación de un equipaje excesivo anteriormente impuesto. Surge desde el centro de un embudo imaginario que se va formando alrededor de la protagonista: "[. . .] i les parets de les cases es van estirar amunt i es van començar a decantar les unes contra les altres i el forat de la tapadora s'anava estrenyent i començava a fer un embut" (249; "Y las paredes de las casas se estiraron hacia arriba y se empezaron a echar las unas contra las otras y el agujero de la tapadera se iba estrechando y empezaba a formar un embudo"; 250). Este embudo constituye otra de las imágenes de inversión frecuentes en la novela. En otra ocasión hubiera podido servir para introducir la muerte, quemar los órganos internos y apagar, extinguir la voz. Ahora, por el contrario, propicia el grito, estallido de liberación inicial que queda suspendido en el aire de la plaza. Su voz recién encontrada puede no ser más que ese grito desesperado, pero esa caracterización como escritora posible, y ese primer intento de encontrar su voz matizan y dan continuidad a "esa pizca de cosa de nada." En éste y en otros textos los silencios y las palabras negativas se vuelven elocuentes en la escritura y dan voz propia a la experiencia del desarrollo femenino. Wyers caracteriza esta novela como: "a reversed tapestry where the muted colors trace a pattern

different from the outside design of historical events and acts"
(301).

El primer episodio de la novela se abría con la descripción
de la plaza, cuyo techo se adornaba con flores y cadenetas de
papel, y concluía con la ruptura de la cinta de goma de las enaguas de la adolescente. El texto se cierra ahora con la implica-
ción de la necesidad de establecer conexiones, de atar los cabos
sueltos, de (re)anudar lo desatado, como sugiere Resina con
acierto en lo que atañe a la comunidad. El penúltimo episodio
describe una decoración similar a la inicial de la plaza, refe-
rida en este caso al bar donde se celebra la boda de la hija Rita:
"[. . .] i per les parets hi havia garlandes d'esparraguera amb
roses blanques de paper, perquè les de debò s'havien acabat"
(242; "[. . .] y por las paredes había guirnaldas de esparraguera
con rosas blancas de papel porque las de verdad se habían acabado"; 241). En este momento de la posguerra, las rosas son
sustituidas por adornos de papel, pero un nuevo lazo y una nueva
unión se consuma mediante la celebración del matrimonio. El
recuerdo de los antiguos sufrimientos y el peligro ante la fragilidad de los nuevos vínculos que tanto a nivel personal como
a nivel nacional se van creando, se ejemplifican cuando Natalia
baila con su hijo en el contexto de esta boda. Al sentir el tacto
de la mano de Toni, recuerda la columna de la cama que rompió en el parto en ese instante en que estuvo a punto de estran-
gularlo, y repite el gesto de entonces: "[. . .] i li vaig deixar
anar la mà i la hi vaig posar al coll i vaig estrènyer i ell va dir,
¿què fas?, i jo li vaig dir, t'escanyo" (243; "[. . .] y le dejé la
mano y le puse la mía en el cuello y apreté y él dijo, ¿qué haces?, y yo le dije, te ahogo"; 242). La fragilidad de la situación se ejemplifica mediante la ruptura del collar de perlas, que
se engancha en un botón de la ropa del hijo Toni. Sin embargo,
todos colaboran y ayudan a recoger las perlas y Natalia las va
guardando en su monedero. Antoni sugiere inmediatamente la
solución para recomponer el collar: "[. . .] l'Antoni va dir que
m'hauria de fer passar el collaret amb un fil que no es tren-
qués [. . .]" (243; "[. . .] el Antoni dijo que me tendría que hacer pasar el collar con un hilo que no se rompiese"; 243).

Antoni representa un doble invertido, un desplazamiento
extremo del primer marido. Si bien Quimet era todo vitalidad
y energía y Antoni no es sino una figura mutilada, un deshecho
remendado y recuperado de la muerte, supone este hombre un

alejamiento de la sexualidad prevista, de la reproducción obligatoria y de la violencia opresora. Cuando Natalia regresa a casa tras su viaje nocturno, siente la necesidad de establecer un diálogo físico y verbal con su marido:

> Li vaig entortolligar les cames amb les meves i els peus amb els meus peus. [. . .] Li vaig encastar la galta a l'esquena, i era com si sentís viure tot el que tenia a dintre, que també era ell: el cor primer de tot i la freixura i el fetge, tot negat amb suc i sang [. . .] i li volia dir tot el que pensava, que pensava més del que dic, i coses que no es poden dir i no vaig dir res i els peus se m'anaven escalfant i ens vam adormir així i abans d'adormir-me, mentre li passava la má pel ventre, vaig topar amb el melic i li vaig ficar el dit a dintre per tapar-l'hi, perquè no s'em buidés tot ell per allí . . . (252)

> Enrosqué las piernas con sus piernas y los pies con sus pies. [. . .] Le pegué la cara a la espalda y era como si sintiese vivir todo lo que tenía dentro, que también era él: el corazón lo primero de todo y los pulmones y el hígado, todo bañado con jugo y sangre. [. . .] y le quería decir lo que pensaba, que pensaba más de lo que digo y cosas que no se pueden decir y no dije nada y los pies se me iban calentando y nos dormimos así y antes de dormirme, mientras le pasaba la mano por el vientre, me encontré con el ombligo y le metí el dedo dentro para taparlo, para que no se me vaciase todo él por allí . . . (253–54)

La continuidad física y corporal se crea tanto a nivel externo como interno, ya que se unen las extremidades de ambos cuerpos pero también se unen los órganos en el interior del cuerpo de Antoni por medio de ese baño jugoso de sangre. La conexión se establece a través del ombligo, símbolo de vida y marca de la anterior unión del cuerpo del hijo con el de la madre. Ante la impotencia sexual del marido, Natalia manifiesta una participación activa mediante la introducción de su dedo en el ombligo, en una acción que suplanta a la actividad sexual y que sugiere un nuevo tipo de interacción basada en el diálogo y en la comprensión. Tanto a nivel personal como a nivel nacional comienza ahora la tarea de la reconstrucción.

Capítulo cuatro

La seducción de la carta

El amor como principio de desarrollo en dos relatos de Carme Riera

> Desire is an activity within a lack; it is an appetite
> stimulated by an absence. But it is never only a
> lack. Desire is a hallucinated satisfaction in the
> absence of the source of satisfaction. In other
> words, it is an appetite of the imagination.
>
> Leo Bersani
> *A Future for Astyanax*

"La memoria impenitente": así se titula una de las dos partes del primer libro de narraciones que componen la versión castellana de *Te dejo el mar* en el que se incluyen los dos relatos de Carme Riera que estudio en este apartado: *Te deix, amor, la mar com a penyora* (*Te dejo, amor, en prenda el mar;* 1975) y *Jo pos per testimoni les gavines* (*Y pongo por testigo a las gaviotas;* 1977).[1] La memoria, según el *Diccionario de la lengua,* es la "potencia del alma, por medio de la cual se retiene y recuerda lo pasado," pero también el "libro o relación escrita en la que el autor narra su propia vida o acontecimientos de ella." Lo impenitente es lo que resiste y se opone a la penitencia; es decir, a la "virtud que consiste en el dolor de haber pecado y el propósito de no pecar más." La relación escrita, el recuento de la vida, se disocia en Riera del arrepentimiento, del castigo y de la corrección, y a su vez, se aparta del camino de la expiación y de la redención con las que la penitencia reconforta al/a pecador/a. La memoria en Riera es confesión y no lo es. Se configura como recuerdo del amor y del deseo, se acerca a la seducción y se aleja de la sumisión a la ley religiosa o moral.[2] A su vez, la rememoración da cuerpo a la vida de dos mujeres y narra la historia del desarrollo físico, intelectual y amoroso de ambas en unos relatos en los que los procesos de escritura y lectura adquieren gran relevancia para la propia noción del desarrollo.

"Creo que el escritor debe ser un buen seductor y la escritora una buena seductora, y que para seducir al lector lo que hay que hacer es buscar un tono confidente, cómplice, envolvente, y ese tono suele darse precisamente en la carta" (35). Así responde Riera a las preguntas de Neus Aguado en "Epístolas de mar y sol." También Elena Soriano parecía encontrar en la escritura epistolar ese tono doblemente confidente hacia el "tú" a quien dirigía su rememoración, y hacia el/la destinatario/a de la novela. Riera concibe la carta como el modelo literario por excelencia. El texto literario y la carta tienen en común, en primer lugar, el hecho de que constituyen "una comunicación indirecta y aplazada, eso es, no inmediata." Además, ambos "van a la búsqueda de un destinatario [. . .] con el objeto de captar su atención y, si es posible, atraerle y aún persuadirle" ("Grandeza y miseria" 147–48). En este modelo de comunicación existe una insistencia en la seducción, en la persuasión del/a destinatario/a. La autora establece una nueva conexión entre la escritura de la carta como seducción y el deseo amoroso en su novela *Qüestió d'amor propi* (*Cuestión de amor propio*) cuando hace decir a su protagonista Angela: "'Qualsevol escriptura és una carta d'amor,' 'Escric perquè m'estimin,' [. . .] 'El text no és més que un pretext amorós'" (*Qüestió d'amor propi* 24–25; "'Toda escritura es una carta de amor,' 'Escribo para que me quieran,' [. . .] 'El texto no es más que un pretexto amoroso'"; *Cuestión de amor propio* 24).

Instalándose en el espacio de la literatura epistolar, Riera escoge un modelo particular con una tradición muy antigua, ya que la carta de amor femenina que expresa el sufrimiento, el abandono y la desesperación es un topos clásico de la literatura epistolar, especialmente a partir de Ovidio. Uno de los dos epígrafes que abren el libro primero de la colección de narraciones de Riera, y que preceden al relato *Te deix,* es un "Fragment mai no escrit de SAFO" ("Fragmento, jamás escrito, de Safo"), y dice así:

> . . . («Escolliré per sempre més la teva
>   absència, donzella,
>   perquè el que de veritat estim
>   no és el teu cos,

> ni el record del teu cos
> tan bell sota la lluna;
> el que de veritat estim
> és l'empremta que has deixat
> sobre l'arena.») . . .

> . . . («Escogeré para siempre jamás tu
> ausencia, doncella,
> porque lo que de verdad amo
> no es tu cuerpo,
> ni el recuerdo de tu cuerpo
> tan bello bajo la luna;
> lo que de verdad amo
> es la huella que has dejado
> sobre la arena.») . . .

El "Fragment mai no escrit de SAFO" comienza por poner en entredicho la actualidad de la escritura misma. Ese epígrafe, que se presenta gráficamente encuadrado en una serie de puntos suspensivos, paréntesis, comillas y elipsis, nos llega a través de la recreación de Riera. Subraya de este modo la autora no sólo la fragmentariedad de la escritura de la poeta sino también los recortes que sus escritos han sufrido en las manos de sucesivos editores y traductores a través de los siglos. Explícitamente, el fragmento se sitúa del lado de la ausencia, de la huella que el cuerpo deja sobre la arena, que se antepone no sólo a la presencia, sino incluso al recuerdo de ese cuerpo.

Pero hay algo más en ese fragmento jamás escrito. Supone el primero de los indicios que hacen pensar al/a la lector/a que la relación descrita en el texto es una relación lesbiana, por el amor que Safo, o la narradora, declara hacia esa "doncella." No obstante, *Te deix* se construye como un relato enigmático, ya que la prohibición y el tabú que recaen sobre este amor prohibido pueden atribuirse fácilmente al principio de la lectura a una diferencia de edad o a una diferencia jerárquica en sus respectivas posiciones como profesora y alumna. El sexo de las dos mujeres sólo se desvela abiertamente con el desciframiento de las cinco letras del nombre de la amada, María, que la narradora realiza al final del relato, a pesar de que existen otros indicios que señalaré más adelante. Se mantiene en el resto la ambigüedad con respecto al sexo de las amantes mediante la

utilización de adjetivos con terminaciones incambiables en oposición a los de terminación masculina o femenina, y en el original, mediante la utilización del pronombre "nosaltres," que
puede referirse a dos hombres, dos mujeres, o a un hombre y
una mujer, como explica Riera a Nichols (*Escribir, espacio
propio* 209). La autora ha mencionado en varias ocasiones su
preferencia por la ambigüedad y el misterio, pero en este caso,
la construcción del enigma conlleva un mensaje social y político importante al centrarse en la precaria situación que en ocasiones caracteriza a las relaciones lesbianas. La huella dejada
en la arena es el objeto precioso y adorado en lo que tiene de
precariedad y contingencia. Es una marca real, esculpida por
el cuerpo, pero siempre en peligro de desaparición o de erosión, de ser borrada por el mar o por la presión de otros cuerpos. La huella es también la representación del enigma: ¿Quién
ha dejado esa marca en la arena? La huella presenta el enigma
del signo gráfico del cuerpo de esa doncella que permanece
como escritura fugaz. La noción del fragmento sugiere también
que éste no es sino la parte de un proyecto más amplio, y así
entramos por este otro camino en el mismo terreno de lo desconocido y lo incompleto. Brad Epps ha establecido acertadamente la conexión entre este epígrafe y la caracterización de
la escritura lesbiana, que ha debido confrontar una historia de
erosión y de olvido, de desautorización y de ausencia. Epps
describe un compromiso constitutivo en el texto entre la presencia inscrita del deseo de la narradora y la ausencia del cuerpo
que la huella recoge:

> Presence is thus engaged with absence, as subject with object,
> in a mutually constitutive manner: I will always choose your
> absence, the absence of you; and You, in your absence, will
> always impress my presence, the presence of I; for such is
> the paradoxical condition of their, our, poetic possibility.
> Re-presented here as a trace or imprint ("l'empremta") in
> the sand, absence does indeed impress presence. (320)

También Leo Bersani, en el epígrafe que encabeza esta sección, habla del deseo conectado con la ausencia, y de la presencia (aunque ésta sea alucinatoria) del deseo inscrita en la
ausencia de la fuente del placer. La huella participa de ambas
características, establece la conexión entre el cuerpo y la

escritura a través de los signos gráficos, grabados en el papel
y en la arena, y nos devuelve a la importancia de la seducción
en la forma epistolar. La arena, la palabra y el texto se convierten en los huecos que pueden acoger la presencia del ausente en el deseo que re-presentan, y abrazar a la figura corporal
ausente. Epps recuerda el valor del testimonio que las cartas
de Riera ofrecen frente al riesgo ético y político de relegar al
sujeto lesbiano a un estado de virtualidad, "where nothing can
ever really be" (317). La presencia y la ausencia, lo virtual y
lo real se combinan y se conjugan en los textos de Riera. La
escritura da una presencia al cuerpo ausente y, a su vez, se
convierte en un acto de conexión erótica y de arma contra el
olvido. Los relatos de Riera dan cuerpo a la existencia de una
relación lesbiana y a un intrincado proceso de desarrollo para
ambas protagonistas que depende en este texto, más que en
ningún otro, del poder extraordinario del amor tal como ellas
lo experimentan. El amor condiciona sus vidas y sus actuaciones.
Es un amor difícil e inaceptable, que no se desenvuelve en los
términos socialmente establecidos y que no conduce a santi-
ficaciones ni institucionalizaciones de ningún tipo. El texto,
mediante la escritura de las cartas, es en sí mismo un modelo
formal de desarrollo alternativo, una encrucijada más que un
camino recto orientado hacia un único destino final. La experiencia se revive en la escritura, las cartas se suceden y la fuerza
intensa del amor y del deseo se deja ver entre las líneas del
texto. Los relatos sugieren una lectura atenta al proceso de la
escritura más que al producto final. El cierre de las narraciones
es abierto, contradictorio, incluso indefinible. La significación
del texto se articula a partir de las posiciones de las protagonistas desde las cuales se revive la experiencia y se articula el
amor y el desarrollo. En un texto que nos recuerda "que la única
finalidad de nuestro amor era sencillamente el amor" (62), las
nociones de producción y reproducción, tanto a nivel argumental
como discursivo adquieren gran relieve. La "improductividad"
del cuerpo en la relación lesbiana es uno de los motivos de
rechazo hacia este tipo de sexualidad desde una postura heterosexista. Frente a esa interpretación de la finalidad, ceñida a
la reproducción de la especie, el texto propone el amor y la
presencia constante del deseo que asoma en la escritura por
encima del logro de un resultado o del fin de un proceso.

Bonnie Zimmerman ha señalado la menor preocupación de las críticas lesbianas por el producto, el texto concluido, que por el proceso mismo de la lectura crítica. Nos recuerda la conveniencia de un saber históricamente situado frente a un conocimiento profundo y esencial ("Lesbians Like This and That," en Munt 3). Con esta intención de una lectura atenta al proceso, la consideración de las posiciones de desarrollo de las protagonistas constituirá el hilo conductor de mi análisis.

Posición y desarrollo: el aprendizaje del amor a través de los signos

La primera carta constituye el relato *Te deix,* y es el testamento epistolar que la narradora, al borde de la muerte, envía a su amada, María. No existen los signos habituales de la carta, tales como el encabezamiento, la fecha o la firma. Sin embargo, existen una serie de indicios que nos revelan la naturaleza epistolar del texto. En primer lugar, la presencia del "yo" y del "tú" como las personas gramaticales propias de escritora y destinataria, así como también del discurso amoroso, como señala Barthes: "El pronombre de tercera persona es un pronombre pobre: es el pronombre de la no-persona, ausenta, anula. [. . .] Para mí el otro no podría ser un referente: tú no es jamás sino tú . . ." (*Fragmentos* 150). Explica Barthes su visión del discurso amoroso en su acepción etimológica: "'dis-cursus': la acción de correr aquí y allá, son idas y venidas, andanzas, intrigas . . ." (13). Linda Kauffman, en parecidos términos, considera la acción de escribir una epístola amorosa como un acto transgresor en su sentido etimológico: "[. . .] transgression means to pass over or beyond" (38).

Cuando la narradora de *Te deix* emprende el recuento de su historia amorosa y de su vida, que sólo parece cobrar sentido a raíz de ese amor, nos traslada al momento fundamental de la historia, el del encuentro sexual. El/la lector/a, que desconoce todavía la significación de tal episodio, recibe sin embargo otras pistas para situarse en el comienzo cronológico de la historia. La primera posición de la narradora se define por la edad y por una referencia al conjunto musical de moda en la época: "Tenia quinze anys —una cançó del Duo Dinámico, el conjunt de moda, parlava de nines tendres com flors i tu, per fer-me enrabiar, la

115

cantaves" (16; "Tenía quince años —una canción del *Dúo Diná-mico,* el conjunto musical de moda, hablaba de tiernas muchachas en flor, y tú me la cantabas para hacerme rabiar"; 54). Más allá de la mera anécdota, la canción remite a ese momento de la adolescencia como tiempo de apertura al descubrimiento y conocimiento del mundo. Lo que no es sino una canción trivial revela, no obstante, una serie de atributos característicos de la concepción habitual de ese momento del desarrollo femenino. Todas las canciones del "Dúo Dinámico" —*todas* las canciones de tema amoroso en esa época— hablaban del amor entre un hombre y una mujer. La adolescente es, por lo tanto, esa tierna muchacha que, como la flor, se va "abriendo" a un mundo patriarcal a través de esos modelos culturales disponibles. Los signos del vestido y del sistema educativo corroboran esta sensación de la adolescencia que se va creando en la auto-presentación de la narradora: "Durant aquell curs, el curs de cinquè, vaig baratar els mitjons de colors per mitges fines; vaig estrenar les primeres sabates de tacó i un vestit de festa. Era vermell, de vellut, lleugerament escotat" (16; "Durante aquel curso, el de quinto de bachillerato, sustituí los calcetines por medias de seda, estrené mis primeros zapatos de tacón y un vestido de fiesta. Era rojo, de terciopelo, ligeramente escotado"; 54). A la adolescencia se unen ahora ciertos signos convencionales de la feminidad adulta y normativa: los tacones, las medias de seda y el escote del vestido.

Entremezclado con esta presentación aparece el rasgo más caracterizador del aprendizaje para la narradora: el descubrimiento del amor transforma su mundo, altera sus percepciones de la realidad y modifica su comportamiento. Como afirma Gilles Deleuze: "Enamorarse es individualizar a alguien por los signos que causa o emite. Es sensibilizarse frente a estos signos, hacer de ellos el aprendizaje. [. . .] El amado implica, envuelve, aprisiona un mundo que hay que descifrar, es decir, interpretar" (*Proust y los signos* 15–16). La narradora va a interpretar intensamente cada uno de los gestos, las palabras y las miradas de la amada. Más aún, su presencia va a ser tan poderosa para su desarrollo que la transición de adolescente a mujer se explica en base al descubrimiento del amor y a la influencia del "tú": "Em complau, per altra banda, pensar que vaig arribar a tu en el moment més crític de la meva adolescència,

quan començava d'ésser una dona i que tu influïres poderosa-
ment perquè acabés de ser tal i com ara sóc" (16; "Pero me
gusta saber que llegué a ti en el momento más crítico de mi
adolescencia, cuando empezaba a ser mujer, y que tu influencia,
para que acabara siéndolo, fue decisiva"; 54). Los primeros
encuentros entre las dos mujeres se producen en el concierto
del Teatro Nuevo, a través de miradas encontradas en la oscuridad. Esta se privilegia sobre la luz del escenario iluminado.
Los ojos de la narradora se apartan del escenario y se centran
con fiereza en la figura de la profesora: "Un dia em vas dir
—sortíem d'un concert d'escoltar Bach—, que jo et fitorava
amb l'esgard. Em preguntares què et volia demanar amb aquella
manera de mirar-te, com si et busqués l'ànima" (17; "Un día,
salíamos de un concierto de Bach, me dijiste que yo te tras-
pasaba con la mirada. Me preguntaste qué quería pedirte con
aquella manera de mirar, escudriñadora, como si te rebuscara
el alma"; 54). Pero la amada tampoco concentra su vista en el
espectáculo: "[. . .] tancaves els ulls mentre els llums restaven
apagats, illuminat tan sols l'escenari. De mica en mica [. . .]
de cua d'ull em miraves" (16–17; "Cerrabas los ojos mientras
las luces se apagaban y solamente el escenario permanecía iluminado. De vez en cuando [. . .] me mirabas de reojo"; 54).
Las miradas, directas u oblicuas, constituyen un nuevo espectáculo privado en la oscuridad o en la penumbra, y suplantan
al espectáculo público en toda su iluminación. También la narradora de *Jo pos* alude a esas miradas, en "[u]na sala de concerts
plena de Bach" (14; "Un teatro repleto de Bach"; 134): "Uns
ulls que et fitoren amb tota la força, la ràbia i també l'encís,
que mai no has trobat en cap altra manera de mirar . . ." (14;
"Unos ojos que me traspasan con toda la fuerza, la rabia y también el hechizo, que no he vuelto a encontrar en ninguna otra
manera de mirar . . ."; 134). De Lauretis señala la tradicional
"[. . .] identificación activa, masculina, con la mirada (las miradas de la cámara y de los personajes masculinos) y la identificación pasiva, femenina, con la imagen (cuerpo, paisaje)"
(*Alicia ya no* 228). Las miradas que cruzan las mujeres en estos textos poseen, por el contrario, toda la intensidad y el ar-
dor del sentimiento amoroso rescatado —y recatado— de la
exclusividad masculina. Una escena similar en la que la insó-
lita mirada entre dos mujeres se convierte en la protagonista

de la narración se desarrolla en el maravilloso cuento de Ana María Moix: "Las virtudes peligrosas." Estas dos mujeres cruzan sus miradas cuando asisten a la ópera, a través de sus prismáticos: "generadores de un lazo únicamente perteneciente a ellas" (47). Así se describe este encuentro visual: "La mirada de una se clavaba en la otra, y viceversa; se poseían con urgencia y, a la vez, con la placidez de lo eterno" (43). La mirada es el vehículo de la posesión; en los relatos de Riera, esta mirada transmite además fuerza vital: "Uns ulls que em miraven com si m'obliguessin a viure [. . .]" (*Jo pos* 14; "Unos ojos que me miraban como si me obligasen a vivir [. . .]"; *Te dejo* 134). Esta mirada, catalizadora del desarrollo amoroso, participa del proceso del aprendizaje. Frente a la concepción generalizada según la cual la mujer se posiciona como objeto de miradas y cuya única contemplación reside en verse a sí misma, esta mujer aprende a mirar a otra mujer y esa mirada le enseña a distinguir los signos del amor. En "Las virtudes peligrosas" el poder transgresor de la mirada sostenida entre las dos mujeres es advertida inmediatamente por el general, el esposo de una de ellas, quien muere finalmente enloquecido y envenenado por el sentimiento de desposeimiento que esa mirada le provoca: "[. . .] la mirada sostenida por las dos mujeres se convertía en una viscosa y cruel serpiente que se le enroscaba en el cuello . . ." (47). El general ya no mira sólo al objeto amoroso, sino más bien mira las miradas de ese objeto hacia otro objeto ulterior, miradas de miradas en las que al fin reconoce aquella figura de la serpiente, origen de la expulsión del Paraíso, principio del fin. Lo que resulta significativo en la comparación entre el relato de Moix y los de Riera es que en ambos casos las mujeres aprovechan la oscuridad del teatro para mirarse. La oscuridad constituye el espacio del deseo, alejado del centro del espectáculo y de la luz. El general, en el primer caso, es plenamente consciente del peligro de la oscuridad, que crea un espacio privado dentro del espacio público, cuando piensa:

> [. . .] la oscuridad se veía obligada a dejar de proteger su secreta unión para dar obligatorio paso a la luz que volatilizaría aquella isla privada, flotante, creada entre ambas. Con qué delectación presenciaría cómo el despertar de la vida pública y social abatiría aquellas manos y las relegaría al regazo femenino o al bracero de la butaca mientras sus astutas

prolongaciones, los prismáticos, yacerían ciegos en el asiento
contiguo. (48–49)

La mirada se convierte en un elemento de fuerza y misterio. La oscuridad se articula, además, como único espacio posible para el desarrollo del amor lesbiano en este contexto,
condenado a no ser sino espectáculo privado, episodio oculto
creado a espaldas de la iluminación y de lo público.

Se produce además en esta etapa un palimpsesto de sensaciones en el descubrimiento del mundo a través de la recuperación y de la revisión de lugares anteriormente mirados por
la mujer de más edad: "Em mostrares molts de racons que, temps
ença, del temps de la teva adolescència [. . .]" (*Te deix* 17; "Me
llevaste a los rincones que tú habías descubierto muchos años
antes, en tu adolescencia [. . .]"; 55). Como señala Deleuze:
"Aprender es, en primer lugar, considerar una materia, un objeto, un ser, como si emitieran signos por descifrar, por interpretar. No hay aprendiz que no sea 'egiptólogo' de algo" (12).
Así es como la narradora describe las calles, los pueblos, las
excursiones al campo: con el placer experimentado ante el descubrimiento de aquellos lugares en compañía de la otra mujer,
tamizados por su amor. Más aún, en la nueva especularidad de
este amor, las dos miradas descubren, las dos miradas se vuelven igualmente nuevas. Y si en una el amor nace en la adolescencia, en la otra, la adolescencia renace con el nuevo amor:
"Els meus ulls que eren els teus, car jo veia el món com tu el
miraves, captaren matisos, colors, formes, detalls que a tu et
semblaven sorprenents i nous" (17; "Mis ojos, que eran los
tuyos, porque yo contemplaba el mundo a través de tu mirada,
captaron matices, colores, formas, detalles, que a ti te parecían
nuevos y sorprendentes"; 55).

De la vista se pasa al tacto: los primeros besos y los primeros abrazos se describen en el espacio de las excursiones al
campo. Es en este momento cuando dice la narradora:

> Anava descobrint el món de la mateixa manera que l'amor
> em descobria a mi per fer-me seva. No era als llibres, ni a
> les pel·lícules on aprenia a viure la història de la nostra his-
> tòria. Aprenia a viure, aprenia a morir de mica en mica
> —però això no ho sabia aleshores—, quan, abraçada a tu,
> em negava a deixar passar el temps. (18)

> Iba descubriendo el mundo al mismo tiempo que el amor
> iba descubriéndome a mí para hacerme suya. No fue en los
> libros ni en las películas donde aprendí a vivir la historia
> de nuestra historia. Aprendía a vivir, aprendía a morir poco
> a poco —aunque entonces no lo supiera—, cuando abrazada
> a ti, me negaba a que el tiempo se me escapase. (56)

El aprendizaje del mundo y el aprendizaje del amor vuelven a fundirse en esta cita, en la que convergen varios puntos
de interés en el texto. En primer lugar, existe la tensión del
descubrimiento: la joven descubre el amor en esa profesora que
le "enseña" a conocer el mundo más allá de los ejercicios de
matemáticas, pero simultáneamente el amor la descubre a ella.
El amor amplía sus posibilidades y su campo de acción y acoge
a la protagonista, la "hace suya." Hay además en esta cita una
alusión a la ausencia cultural de representación del lesbianismo
en la literatura y en el cine ("[H]eterosexist societies render
lesbians invisible and unspeakable [. . .]"; Zimmerman, en Munt
9). Frente a la carencia de modelos culturales donde reconocerse, la propia experiencia y el cuerpo de la amada se convierten en los únicos espejos para el aprendizaje. Este fenómeno
es aún más significativo si atendemos al proceso de *mise en
abyme* que se origina con la lectura de este texto: el/la lector/a
al principio puede verse reproduciendo los mismos principios
heterosexistas que surgen de esa carencia de libros e historias
donde poder aprender un modelo distinto de desarrollo sexual
y amoroso. Por ello este pasaje a la vez repite y subvierte la
ceguera o la negativa de la sociedad a reconocer o a aceptar la
existencia lesbiana. Estos relatos se convierten en uno de los
primeros "libros" donde una futura joven podría aprender a leer
la "historia de su historia." En cualquier caso es éste un aprendizaje múltiple para la protagonista; se exploran la ciudad y
las emociones al mismo tiempo que se establecen los primeros contactos físicos con el cuerpo de la amada. Más aún, el
conocimiento inicial implica un reconocimiento posterior, ya
que los espacios y emociones descubiertos en la adolescencia
se reviven años más tarde cada vez que se rememora la experiencia amorosa. Desde la posición de la escritura, la narradora
afirma: "I avui encara, a vuit anys de distància, sóc capaç d'entu-
siasmar-me recorrent des d'aquí, ulls clucs, el barri mariner
del Carme [. . .]" (17; "Y todavía hoy, a ocho años de distan-

cia, soy capaz de entusiasmarme recorriendo desde aquí, con los ojos cerrados, el barrio marinero del Carmen [. . .]"; 55), aludiendo seguidamente a otros lugares que visitaron juntas en aquel tiempo. El placer experimentado en ese primer descubrimiento de la mirada todavía se conserva a través de un recuerdo que es algo más, ya que supone el espacio de recreación de los momentos compartidos. También la narradora del segundo relato se deleita en el gusto del recuerdo; para ella existe el placer de lo conocido y reconocido. La felicidad del pasado enturbia, no obstante, la percepción del doloroso momento actual. Ese amor estancado y sin continuación posible se vive como felicidad henchida de amargura: "Mentre comprov que la felicitat té per a mi ja gust de ranci, d'antic, d'estantís, gust de memòria, de tant de tornar a assaborir records minúsculs, vivències d'abans que he anat amuntegant de molts d'any ençà" (*Jo pos* 14; "Mientras tanto, a fuerza de saborear recuerdos minúsculos, vivencias de antaño, que he ido acumulando durante décadas, compruebo que para mí, la felicidad es un sabor rancio, fermentado, mohoso, a memoria fosilizada"; 133).

El momento culminante del encuentro amoroso sucede durante esa primera posición adolescente de la protagonista, y queda señalado como un punto de partida clave y como un segundo nacimiento, un nuevo comienzo vital: "[. . .] vaig fabricar-me un calendari d'ús personal on els anys, els mesos, els dies, començaven al mateix instant, al punt exacte en què la blavor era perfecta, el teu cos de seda [. . .]" (16; "Me fabriqué un calendario para mi uso personal, en el que los años, los meses, los días, empezaban en el preciso instante en que el azul era perfecto, tu cuerpo de seda [. . .]"; 54). La unión sexual de los cuerpos transcurre en el primer relato a bordo de un barco durante una excursión. En la descripción de este pasaje, el cuerpo y el texto se desnudan simultáneamente, y los ojos y las palabras esculpen a un tiempo el cuerpo de la amada y lo inscriben en la carta amorosa: "I aparegué —m'en sentia creadora, car eren els meus ulls els que així el veien—, estatuari, perfecte" (21; "Y apareció tan perfecto como una estatua de la que me sentí creadora, ya que eran mis ojos los que lo acababan de cincelar"; 58). Los dedos circulan sobre la piel de forma semejante a la huella que deja la pluma sobre el papel, dibujando y recreando las formas del cuerpo de la amada: "Els meus dits, com en un ritu, la llenegadissa dansa dels meus dits sobre la teva pell, tornaren a dibuixar els teus llavis i una per una les formes del teu cos" (21; "Luego, como en un rito, mis dedos se deslizaron danzando sobre tu piel y volvieron a dibujar tus labios y una por una todas las formas de tu cuerpo"; 58). La carta de amor inscribe en sí misma el erotismo lesbiano, como señala Elizabeth Meese: "Or as the pen makes its tracks across the body of the page, its friction and its struggle to mark the course faithfully, our passions inscribed energetically in the body of language in the mind: a love letter" (3).

Frente a todo lo innombrable e innombrado: "l'amor de què mai, per aquella època, no parlàvem" (19; "El amor del que jamás hablábamos por aquel entonces"; 56), el siguiente pasaje describe un momento de comunión. El encuentro sexual se proyecta en la escritura,[3] y la carga erótica del fragmento no es sino una actualización de tal encuentro:

> Cada segon que passava —al rellotge de les nostres venes era la plenitud de migdia—, tremolava el meu cos acariciat per les teves mans, ens acostava amb fortíssims reclams a qualque misteriós, inefable lloc. Un lloc fora del temps, de l'espai (un migdia, un vaixell), fet a la nostra mida i on cauríem sense salvació. Sense salvació, car aquella era l'única manera de salvar-nos, perquè allà baix, al regne de l'absolut, de l'inefable, ens esperava la bellesa, que es confonia amb la teva-meva imatge quan em mirava a l'espill de la teva carn. I al recer segur, a l'escletxa més íntima del teu cos, allà, començava l'aventura, no dels sentits, de l'esperit, millor, que em portaria a conèixer el darrer batec del teu ésser, abocada, ja, per sempre més, al misteri de l'amor i de la mort . . . (21)

> Segundo a segundo —en el reloj de nuestras venas era la plenitud del mediodía— temblaba mi cuerpo acariciado por tus manos, nos acercábamos, como si, con fortísimos reclamos, nos llamaran a un misterioso lugar inefable. Un lugar fuera del tiempo y del espacio (un mediodía, un barco) hecho a nuestra medida, donde íbamos a caer sin posibilidad de salvación. Sin salvación porque aquélla era la única manera de salvarnos, porque allí, en las profundidades, en el reino de lo absoluto, de lo inefable, nos esperaba la belleza confundiéndose con mi/tu imagen mientras me miraba en el espejo de tu cuerpo. Allí, en el refugio seguro, en la rendija más íntima, empezaba la aventura, no la de los senti-

dos, sino la de los espíritus, que me llevaría a conocer hasta el último latido de tu ser, abocada, ya para siempre, al
misterio del amor y de la muerte . . . (59)

El encuentro sexual se articula como reflejo especular de los
dos cuerpos femeninos y el lenguaje muestra una forma de conocimiento sexual que no reduplica la representación habitual del
erotismo fálico.[4] Si bien existen imágenes de superficie y de
profundidad, éstas están en función del cuerpo y de la sexualidad femeninos. A través de las alusiones a la "rendija más íntima" y al reflejo especular en el cuerpo de la amada, se evita
la imagen de la superficie plana, crítica que, como vimos, hace
Irigaray al análisis lacaniano. El detenimiento y la intensidad
del encuentro se traslucen por medio de una sintaxis morosa,
cargada de interrupciones y de encabalgamientos que refleja
—segundo a segundo— el acercamiento y la unión de los
cuerpos.

A ese encuentro sucederá el dolor de la separación. La ruptura de esta primera posición y la transición a la fase de exilio
geográfico y amoroso viene provocada por la figura paterna,
que da voz a la ley patriarcal con sólo dos frases: "Aquest és el
camí de la depravació. T'enviaré a Barcelona, si això dura un
dia més" (19; "Éste es el camino de la depravación. Te man-
daré a Barcelona, si esto dura un día más"; 57). Como dice Epps:
"The father is, in effect, the bold guarantor of an ever-present
principle of reality, by which pleasure is civilized, moralized,
and checked" (332). Estas dos frases permanecen en la cabeza
de la joven, pero sólo en el momento de la escritura, en la oscura privacidad de la carta, es capaz de revelar este episodio a
su destinataria. El castigo impuesto por el padre provoca inmediatamente sentimientos de culpabilidad e impotencia, y
genera el silencio y la incomunicación. Los principios de realidad que menciona Epps son entonces también internalizados
por la narradora, que adopta una actitud de aparente "normalidad" como medida de defensa ante la situación: "Et vaig men-
tir. A mi ningú no m'havia dit res. Tothom es comportava com
sempre" (19; "Te mentí: a mí nadie me había dicho nada. Todos se comportaban con normalidad"; 57). El aprendizaje no
conduce únicamente al descubrimiento de los signos del mundo
a través del amor, sino que también obliga al conocimiento
de los principios reguladores de la moral en lo referente a

la conducta sexual. Así explica Deleuze la pluralidad de mundos en el aprendizaje: "Sin embargo, la pluralidad de los mundos radica en que estos signos no son del mismo género, no aparecen de la misma forma, no se dejan descifrar del mismo modo y no tienen una relación idéntica con su sentido" (13). En efecto, si el conocimiento del amor se llevaba a cabo a través de la mirada en los paseos, las excursiones, y el contacto de los cuerpos; el aprendizaje de los principios de realidad viene de la mano de la palabra, de los rumores, de los anónimos y de esos "comentaris a mitja veu" (19; "comentarios a media voz"; 57), además de las frases del padre que para siempre resonarán en su cabeza. Como señalaba Catharine MacKinnon, la autoconsciencia surge en la interacción de los procesos subjetivos y los sociopolíticos, y así es como la joven aprende sus reglas de comportamiento. La mentira aparece como forma de supervivencia y el castigo se transforma en un premio: "El meu pare m'enviava a passar l'estiu fora de Mallorca com a premi a les bones notes que havia tret als exàmens de juny" (19; "Mi padre me mandaba a pasar el verano fuera de Mallorca como premio a las buenas notas que había sacado en los exámenes de junio"; 57). Finalmente, este momento culmina en otro descubrimiento decisivo: el de la soledad en que la sitúa este viaje. Sobre todo esta mentira, si bien es emblemática de los sentimientos de culpa mencionados, por otra parte es el principio de un único reducto exclusivo para la adolescente y de su posicionamiento personal frente al mundo. La mentira no reproduce ni al padre ni a la amada, sino que crea esta posición intermedia de la que sólo ella participa.

El paso de la primera posición, que se caracterizaba por los encuentros, el descubrimiento del amor y de la felicidad, a la segunda posición, que es la del exilio, la soledad y el re-conocimiento, se especifica con precisión cronológica: "Les nostres relacions duraren vuit mesos i sis dies exactament" ("Nuestras relaciones duraron ocho meses y seis días exactamente"). Las causas de tal ruptura también se mencionan: "Foren trencades a causa de l'escàndol públic i de la teva por d'enfrontar una situació de doble responsabilitat" (19; "Se rompieron por culpa del escándalo público y de tu miedo a enfrentarte con una situación que te exigía una doble responsabilidad"; 56). Este puede ser otro de los indicios de la relación lesbiana: la interferencia escandalosa de lo privado y lo público, de las relaciones especulares (amantes) y las relaciones de autoridad (maestra/alumna, adulta/adolescente). Es por ello que el enigma continúa, su solución sólo puede entreverse en pequeños destellos que cobran su plena significación en una atenta relectura del texto.

La segunda posición es, por lo tanto, la del exilio fuera de Mallorca, separada de su amante. La amenaza de tal separación se anticipa en los días previos a la partida. La realidad se transforma: "Es un mundo sensualmente pobre, abstracto, deslavado, despojado: mi mirada atraviesa las cosas sin reconocer su seducción; estoy muerto a toda su sensualidad, fuera de la del 'cuerpo encantado'" (Barthes, *Fragmentos* 190). A la insensibilidad frente al mundo externo se une la ira provocada por la anticipación del exilio: "Foren dies de fel, nafrats per absurdes llenderades de ràbia, llefiscosos per les baves dels llimacs. Em sentia buida, borda, distant, quasi no em conexia. Començava a odiar la gent, la ciutat, i aquell estiu tan tendre que començava" (19–20; "Fueron días de hiel, lacerados por absurdos latigazos de rabia, viscosamente ensalivados por babosas y limacos. Me sentía vacía, estéril, ajena, apenas me reconocía a mí misma. Empecé a odiarlo todo: la gente, la ciudad, y aquel verano, tierno, que comenzaba"; 57).

La interrupción del proceso amoroso provoca la discontinuidad del desarrollo con la persona amada, de la misma manera en que ese contacto desencadenó anteriormente el ansia de descubrimiento del mundo y de sí misma. Sin embargo, comienza ahora otro tipo de aprendizaje, el de la decepción, la frustración y la impotencia, que continuará hasta el fin de su vida. La partida y el reencuentro entre las dos protagonistas se caracterizan por la imposibilidad de la continuación, ya que la profesora, desde la nueva posición que adopta, se limita a repetir el viejo discurso de la autoridad, las nociones oficiales: "—Això no pot continuar. Hem de posar punt final a les nostres relacions que no tenen cap sentit" (20; "Esto no puede continuar. Tenemos que poner punto final a nuestras relaciones, porque no tienen ningún sentido"; 58). Estas palabras pronunciadas antes de la partida, son repetidas, casi literalmente —repetición de repetición— en la primera conversación tras el regreso: "Les nostres relacions no tenen cap sentit, no està bé que continuïn [. . .]. No en faríem res d'aquest amor que no condueix enlloc, que no té cap finalitat . . ." (25; "Nuestras relaciones no tienen sentido, no deben continuar [. . .]. ¿Qué íbamos a hacer con este amor que no conduce a ninguna parte, que no tiene finalidad ninguna? . . ."; 62).

Durante las ausencias y en los momentos de separación, se establece una relación epistolar entre las protagonistas que culminará con la escritura de la larga carta que constituye el primer texto. Existe a lo largo de ambos relatos una proliferación de cartas escritas y re-escritas, cartas y postales que se envían y se reciben, y otras que se escriben sin que nunca alcancen a su destinataria. Hay cartas que se rompen y se tiran al mar, cartas enigmáticas y llenas de misterios, y cartas formales y burocráticas. Y sobre todo, están las epístolas literarias que constituyen el propio texto que leemos. Una conexión clara entre la escritura de las cartas y el deseo amoroso se hace palpable en la primera ocasión en que la narradora se aleja físicamente de su amada, precisamente en ese verano en que se ve forzada a salir de Mallorca. El deseo de seducir y de atraer el cuerpo ausente se manifiesta de este modo:

> No vaig oblidar-te. Cada nit t'escrivia i em gardava, curosament, les cartes en un calaix tancat amb pany i clau imaginant que un dia tu les llegiries una per una. Eren dues unces de felicitat, ja ho sé, pensar que les meves cartes formaven un caramull ben espès i podrien ocupar-te moltes hores de lectura, hores en què tornaries, inexorablement, a mi. (22)

> No te olvidé. Todas las noches te escribía y guardaba cuidadosamente las cartas en un cajón cerrado con llave, imaginándome que algún día tú podrías leerlas una por una. Sé muy bien que era una pizca de felicidad el pensar que la lectura de mis cartas, que ya formaban un buen montón, te ocuparía durante horas, horas en las que volverías inexorablemente a mí. (60)

Las cartas se escriben para llenar una ausencia. Como señala Barthes, la ausencia es la figura de la privación. Y en el discurso de la ausencia, el otro está ausente como referente y presente como "alocutor," y ello crea una distorsión en una suerte de momento insostenible y angustioso (47). Si bien Barthes presenta una imagen cercana a la posición de la narradora, que escribe desde otra ciudad a un "tú" que se siente cercano, hay además en el discurso de la protagonista un ansia de encuentro posible a través de las cartas. Pero esas cartas no siguen el proceso epistolar completo. Su lectura, que podría propiciar la comunicación, jamás llega a producirse, ya que quedan cuidadosamente guardadas en ese cajón cerrado con llave. Cuando la protagonista marcha a estudiar a Barcelona, se establece una correspondencia de cartas enviadas y recibidas. En ellas, la ciudad y la tristeza se difuminan entre las líneas de la caligrafía y forman un todo que sin embargo falla a la hora de expresar los sentimientos que provoca la ausencia. La incapacidad del lenguaje para la comunicación del sentimiento se intenta subsanar con alguna frase amorosa escrita en un lugar secreto, privado bajo lo público, interno tras lo externo, invisible tras lo visible: debajo del sello.[5] La joven se refiere así a las cartas escritas durante este período:

> Eren tristes, però la meva tristor empeltada dels ocres, grisos, dels níguls i de les parets, s'esfumava entre les ratlles de la calligrafia fins a desfer-se. Potser per això, la melangia, la recança i l'enyor no eren del tot perceptibles una vegada tancat el sobre i enganxat el segell. Algun cop, sota d'aquest, t'havia escrit amb lletra de puça qualque frase amorosa, per donar-te una sorpresa si et decidies a arrencar el segell sota la crida d'una veu baixa però precisa que t'indicaria el lloc del secret. (27)

> Pero eran tristes, y mi tristeza, mezclada con los grises, con los ocres, de las nubes y las fachadas, se difuminaba entre las líneas de mi caligrafía hasta diluirse. Quizá por eso la melancolía, la añoranza, la angustia no eran del todo perceptibles, una vez cerrado el sobre y pegado el sello. En ocasiones, debajo de este último, te había escrito con letra de pulga alguna frase amorosa, para darte una sorpresa si, a impulsos de una voz apagada pero inteligible que te indicara el lugar secreto, te decidías a despegarlo. (64)

Lo minúsculo, lo apagado y oculto se propone como alternativa para la transmisión de la frase amorosa en oposición a lo externo y visible. Más adelante hay otra larga carta escrita por la narradora en la que ésta se esfuerza, sin éxito, en inventar un nuevo destinatario: escribe al mar y trata de crear una unión íntima entre las cartas y el mar como posibles transmisores del deseo amoroso. El mar es a un tiempo el destinatario y el mensajero encargado de funcionar como intermediario y transmisor del amor y del deseo. El lenguaje se convierte ahora en un instrumento acariciador; la carta es el espacio para la actualización del encuentro amoroso: "Certament vaig passar tota la nit amb tu. A estones la ploma sobre el papel escrivia amb tanta morositat, tan delicadament que era com si t'acaronés en silenci" (28; "Me pasé toda la noche contigo. A ratos la pluma se deslizaba con tanta morosidad, tan delicadamente sobre el papel que era como si te acariciara en silencio"; 65). En términos parecidos dice Barthes: "El lenguaje es una piel: yo froto mi lenguaje contra el otro. Es como si tuviera palabras a guisa de dedos, o dedos en la punta de mis palabras. Mi lenguaje tiembla de deseo" (*Fragmentos* 82). Pero esta carta al fin desaparece, se rompe en mil pedazos que se lleva el viento, y así se produce, nuevamente, el fenómeno de la escritura de la carta y de su ruptura posterior, con las mismas características que analicé en el capítulo correspondiente a *La playa de los locos*.

Con la constatación de la imposibilidad de ese amor, y desde su regreso a Mallorca, la narradora entra en una tercera posición que abarca sus años universitarios. En ella se combinan la decepción, que Deleuze considera un momento fundamental del aprendizaje (*Proust y los signos* 46), con el recuerdo constante de la amada, que nunca desaparece: "Intentava de podar el teu record —volia branques noves a una nova primavera— i no ho aconseguia" (30; "Intentaba podar tu recuerdo —quería brotes nuevos en una primavera nueva—, pero no lo conseguía"; 67). Comienza entonces a nacer con gran fuerza esa necesidad de la memoria impenitente, la necesidad de repetir lo otro, lo oculto, lo privado, lo ausente, que dará lugar a la narración en último término. La capacidad de rememorar y de revivir los acontecimientos en la ausencia nace del deseo y como tal se articula. Existe, sin embargo, una cierta inmovilidad interna y privada del amor en esta etapa en la que, sin embargo, hay una gran actividad en las influencias públicas o externas: festivales, actuaciones, lecturas, reuniones políticas, excursiones, etc. Y para ambas protagonistas se presenta en esta fase la oportunidad de contraer matrimonio. Meese señala la presencia del lesbianismo dentro de la institución de la heterosexualidad: "The lesbian is born of/in it" (16). Zimmerman establece una diferencia entre la existencia en relación a una institución y la existencia dentro de ella retomando las palabras de Meese, y concluye en términos dialécticos: "Couldn't we say that lesbianism exists both inside and outside heterosexuality [. . .]?" (en Munt 6). Estas nociones resultan complejas en el contexto de los relatos de Riera; si bien la relación lesbiana parece nacer como una fuerza viva entre las protagonistas y se constituye como lugar del aprendizaje amoroso, la presión de una sociedad heterosexista se impone por medio de amonestaciones y de la institución matrimonial.

En estos relatos, los prejuicios públicos de la sociedad retratada se manifiestan de forma clara en las palabras del padre, que censuran la idea del proceso o aprendizaje erróneo a través de la relación lesbiana: "el camino de la depravación." Pero incluso la aparente aceptación de la historia lesbiana por parte de Toni, el futuro esposo de la joven, no deja de ser problemática: "Li semblà una història bella i malaltissa. Tu li caigueres bé, et trobà intelligent, amable, malgrat que en el teu aspecte hi veié qualque cosa rara, inquietant, obscurament perillosa" (31; "Le pareció que se trataba de una historia enfermiza y bella. Tú le caíste bien, te encontró inteligente, amable, a pesar de que, en tu aspecto, percibió algo raro, inquietante, oscuramente peligroso"; 68). Tras las impresiones del novio se trasluce la amenaza que siente ante dos de los males habitualmente atribuidos al lesbianismo: la enfermedad, propia de las explicaciones psicoanalíticas habituales de la homosexualidad, y el peligro que siente la sociedad patriarcal ante lo que entiende como un alejamiento de la mujer de sus funciones habituales de esposa y madre. Como afirma Adrienne Rich en "Compulsory Heterosexuality and Lesbian Existence," cualquier afirmación que trata la existencia lesbiana como marginal, menos normal, o como imagen especular de una relación heterosexual, queda seriamente debilitada (120). Tras la aparente tolerancia y comprensión desplegadas por el joven, se muestra la imagen del lesbianismo que tiene el que puede considerarse como sector más progresista de la sociedad del momento.

La cuarta y última posición de la narradora es la del momento de la escritura, que ya se anunciaba desde la primera página: "Des d'aquí, des de la meva finestra, no puc veure la mar" (15; "Desde aquí, desde mi ventana, no puedo ver el mar [. . .]"; 53). Esta posición reaparece en otros lugares a lo largo del relato por medio de alusiones al presente de la narración: "I avui encara, a vuit anys de distància [. . .]" (17; "Y todavía hoy, a ocho años de distancia [. . .]"; 55), lo que sitúa la edad de la protagonista en veintitrés años, a partir de los quince iniciales. Por otra parte es también el momento de la "productividad": en oposición al amor entre las mujeres, que no tenía "ninguna finalidad," la narradora revela ahora su embarazo y el alumbramiento inminente: "El metge diu que d'aquí a deu dies, molt probablement, ja haurà vingut al món" (32; "El médico opina que probablemente dentro de diez días ya habrá venido al mundo"; 68), y anuncia simultáneamente lo que ella considera su muerte próxima. Esta muerte que sigue al embarazo es extremadamente reveladora (véase el estudio de Epps), y no es la menor de sus connotaciones la idea de la violencia que tal principio de reproducción ha impuesto en el cuerpo femenino. La reproducción de la especie parece, en este caso, exigir el sacrificio supremo de su propia vida. Se despide la narradora del texto buscando nuevamente una íntima unión con el mar, precisamente en el lugar donde se produjo la unión de los cuerpos:

> Pens que probablement no coneixeré la nina, perquè serà nina, n'estic segura, i no podré decidir, si no ho faig ara, el seu nom. Vull que li posin el teu, Maria, i vull, també, que llencin el meu cos a la mar, que no l'enterrin. Et prego que en aquell redós on l'aigua espià el nostre amor, llencin les meves despulles al fondal d'immensitat illimitada. T'enyor, enyor la mar, la nostra. I te la deix, amor, com a penyora. (32)

> Creo que probablemente no conoceré a la niña —porque será una niña, estoy segura— y no podré decidir su nombre, si no lo hago ahora. Quiero que le pongan el tuyo, María, y quiero también que echen mi cuerpo al mar, que no lo entierren. Te suplico que esparzas mis cenizas en aquel remanso donde las aguas espiaron nuestro amor, para que las acoja la inmensidad ilimitada. Te añoro, añoro el mar, el nuestro, y te lo dejo, amor, en prenda. (68)

El desenlace de la vida de la protagonista es otro enigma; no conocemos el final de la historia. Marilyn Yalom nota que la experiencia de la maternidad puede reactivar el miedo hacia la muerte en *Maternity, Mortality, and the Literature of Madness*

(108), y de hecho no tenemos indicios en el relato de que tal muerte llegue a producirse. Pero es éste un momento de gran intensidad en el que nuevamente el nombre, el cuerpo y el mar se combinan con la escritura, en un intento de reproducción especular. Esta unión adquiere, sin embargo, unas características muy particulares debido a la presencia de la hija, María, que lleva el nombre de la amante, y que nos devuelve a la dedicatoria con la que Riera abre el libro en la versión castellana: "Para mi hija María." También Safo tuvo una hija, Cleis, que heredó el nombre de la abuela materna. La sucesión matrilineal se establece en todos los casos, y en este momento final del relato se une al "nacimiento" del lesbianismo, que por medio del nombre de la hija y de la amante, confiere por fin la caracterización homosexual a lo que hasta este momento podría haberse interpretado aún como una relación heterosexual.

Con respecto a la sucesión matrilineal, en un momento del relato, la narradora acusa a María de hablar como si fuera su madre, a lo que ésta responde: "T'assegur que m'hauria agradat ser-ho" (27; "Te aseguro que me hubiera gustado serlo"; 64). Epps recoge este episodio y añade, refiriéndose al final del relato:

> This maternal exchange, articulated in a mood of (im)possibility, sets the stage for the intricate changes of position at the story's close, where the lover, as daughter, becomes a mother, and the beloved, as mother, a daughter; where Maria is the richly liquid name of the lover, daughter, and mother, together. (325)

El enigma de la identidad de la amada queda resuelto, pero se crean nuevos misterios en torno a la vida/muerte de la narradora, y en cuanto al futuro de las dos Marías. Nuevamente predomina el proceso sobre el producto, la producción sobre la reproducción. Si bien la reproducción biológica se anuncia, la preeminencia de la línea matrilineal y la mera función de posible intermediario adjudicada a la figura paterna en este final —será el portador de la carta— confirman la importancia del amor lesbiano como eje central en la vida de la protagonista.

La narración concluye con una nota testamental. El mar se entrega en prenda a la amada, ese mar que es tan querido por ser el espacio en el que consumaron su amor. El testamento es múltiple; la protagonista, sintiéndose al borde de la muerte, entrega la relación de su vida (su "memoria"), el próximo nacimiento de su hija, las cenizas que irán a parar al mar y su declaración de amor, el alumbramiento de ese amor lesbiano que fue reprimido e incompleto durante su vida.

Riera sacude al/a la lector/a con una versión alternativa de la historia en el relato *Jo pos per testimoni les gavines,* y con él insiste en la importancia de la posición y la perspectiva. Una mujer de firma ilegible escribe dos cartas: la primera al editor de la editorial Laia, en la que Riera publicó sus primeros libros —figura masculina que nuevamente se configura como intermediario y encargado de transportar la escritura y la comunicación entre las mujeres—, y la segunda a la propia escritora. La posición de la narradora ante estos dos sujetos es significativa. Se dirige a su primer destinatario, el Sr. D. Alfonso Carlos Comín con un encabezamiento que incluye su nombre y dirección, y con el siguiente saludo: "Benvolgut Senyor" ("Muy señor mío"). La carta destinada a Riera no lleva ninguna introducción, y se dirige así a la autora: "Benvolguda senyora" ("Querida señora"). El tono confidente del que hace gala la segunda carta no aparece en la primera, y otra vez se crea una corriente de transmisión íntima femenina de la que no participan los hombres ni como sujetos ni como destinatarios. Aún más, la seducción se hace explícita a través de la tentación de la mirada, que en este caso se rehuye y anula un posible futuro cargado de promesas: la narradora del segundo relato se dirige así a la autora del primero: "No sé la seva adreça. L'hauria poguda demanar a l'editorial però m'he estimat més no fer-ho perquè no em venguessin temptacions d'anar-la a trobar un dia" (*Jo pos* 9; "No sé su dirección. La habría podido preguntar en la editorial, pero he preferido no hacerlo para no caer en la tentación de ir a verla algún día"; 129). Prefiere la correspondencia y elige la comunicación a través de la escritura; los retratos que de ambas mujeres se ofrecen en esta carta introductoria son puramente literarios: el encuentro se desencadena en la lectura: "Així només sé de vostè que ha escrit un llibre" (9; "De este modo, sólo sé de usted que ha escrito un libro"; 129–30), y "No es pot imaginar la sorpresa enorme que em causà veure'm gairebé retratada [. . .]" (10; "No puede imaginarse la enorme sorpresa que me causó verme casi retratada [. . .]"; 130). Los juegos entre literatura y vida se multiplican y estas cartas situadas al comienzo del segundo relato advierten acerca de los procesos de edición y traducción, incluso a través de esa doble presencia de la "Firma ilegible" al final de ambas cartas, que en sí misma supone una reconstrucción gráfica, una escritura de lo que en el original no sería sino un dibujo, una marca desposeída de carácter alfabético legible.

Al final de la segunda carta, la narradora entrega su escrito como una nueva ofrenda, y sugiere la corrección o la reescritura como medio de transmisión de lo vivido: "Pens que tal volta aquesta història meva, corregida per vostè, reescrita si vol, pot interesar a la gent que ha llegit el seu llibre, com a testimoniatge d'uns fets reals" (*Jo pos* 10; "Creo que, a lo mejor, esta historia mía, corregida por usted, incluso reescrita, si quiere, puede interesar a los lectores como testimonio vivo de unos hechos reales"; 130). La inicial ofrenda del mar se amplía: el retrato de la amada es transmitido y genera una nueva creación literaria de esos hechos vividos y que la segunda narradora califica como "reales."

El comienzo del segundo relato supone un cuestionamiento de la pretendida identificación de la narradora con la amante de la protagonista del primer relato y alude en este comienzo a las últimas líneas de aquél. De este modo, el segundo relato es y no es repetición del primero; consiste más bien en una recreación de los hechos vividos desde la posición de esta segunda narradora veinte años más tarde.[6]

Surgen tras la lectura del segundo relato nuevas inquietudes. ¿Es ésta realmente la mujer que fue amante de la joven a quien llama Marina? ¿Dónde pone el/la lector/a su confianza, de qué lado de la "verdad" se sitúa? ¿Quién sustenta la "autoridad" del texto? ¿Existe algún resquicio de esta autoridad o es más bien nuestra lectura el resultado de un palimpsesto en el que el mantenimiento de los enigmas constituye su valor más conseguido? Ciertos episodios se rememoran y corresponden a los descritos en el primer relato: la función en el teatro, el reencuentro tras la vuelta de las vacaciones, o las excursiones a los pueblos. Otros episodios se alteran, como ocurre con la escena del encuentro sexual que se volatiliza, se virtualiza y no se produce en *Jo pos*. Este texto recalca la prohibición, insiste en el miedo, subraya la imposibilidad de actuar y de pronunciar las palabras peligrosas: "Sent la seva mà entre les meves,

sent el seu cap repenjar-se, dolç, sobre la meva espatlla i tenc
por. Por, molta por de pronunciar, que pronuncii paraules
que tàcitament ens hem prohibit" (*Jo pos* 13; "Siento su mano
en la mía, noto su cabeza reclinada dulcemente en mi hombro
y tengo miedo. Miedo, mucho miedo, de que pronuncie las palabras que tácitamente nos hemos prohibido"; 133). El placer
del encuentro erótico de *Te deix* se permuta y transforma en
arrepentimiento por la oportunidad desaprovechada y ya para
siempre perdida:

> Barataria totes les hores que em resten de la meva vida per
> reviure aquella, per repetir-la gaudint amb fruïció, però, cada
> instant, tot i sabent-ne la fugacitat deletèria. Oblidaria els
> gestos, les mans, la veu i les paraules. Res no em destorbaria
> de mirar embadalida aquell cos que per primera vegada vaig
> veure nu, que per primera vegada se'm lliurava. I no el
> rebutjaria com aleshores amb frases de moral a l'ús, en què
> tampoc no creia, mentre per dintre em negava als fortíssims
> reclams del desig, mentre esquitxava l'ànsia immensa de
> fer-me seva, de fondre'm dins l'espill de la seva carn . . . (*Jo
> pos* 15–16)

> Cambiaría todas las horas que restan a mi vida por volver a
> vivir aquélla, pero por repetirla gozando con fruición de cada
> segundo, a pesar de conocer su fugacidad deletérea. Aban-
> donaría gestos, manos, y voz y palabras. Todo lo que pu-
> diera sustraerme de mirar embelesada aquel cuerpo que, por
> primera vez, contemplé desnudo, que, por primera vez, se
> me entregaba. Y no lo rechazaría como hice entonces, con
> reconvenciones morales al uso, en las que yo tampoco creía,
> mientras me negaba por dentro a la fortísima llamada del
> deseo, mientras esquivaba el ansia inmensa de abandonarme
> a ella, de sumergirme en el espejo de su piel . . . (135)

Ese momento fugaz de placer, ofrecido por primera vez, provoca el deseo más intenso y desata la pasión del abandono, en
la que similarmente se menciona el espejo que la piel de la
amada actualiza. Nuevamente esta escena es y no es una recreación de su correspondiente en *Te deix:* lo que enfatiza es
la negación, el rechazo atribuido aquí ya claramente a las reglas morales que se oponen a la homosexualidad. La in-acción,
la ausencia del encuentro de la escena: el cuerpo de la adolescente queda perfectamente cubierto por una sábana y la amante
queda arrepentida por haber dejado que las murmuraciones

mataran ese amor. El dolor que experimenta al transcribir la historia hace que el relato se defina como "d'aquestes ratlles sagnants" (*Jo pos* 16; "estas líneas sangrantes"; 135); la escritura misma participa del carácter mortificante y extremadamente doloroso del recuerdo. Este padecimiento se sufre, fundamentalmente, por ir ligado a ese recuerdo incompleto y mutilado, tal como lo define la escritora de la carta.

Esta segunda narradora presenta, sobre todo, la evolución del desarrollo con un nuevo posicionamiento del que carecía el relato anterior: está envejecida en el momento de la escritura; su estado es de una neurosis depresiva, y está encerrada entre cuatro paredes "asépticas," aunque por reclusión voluntaria. El estado melancólico provocado por la desaparición del objeto amoroso y por el arrepentimiento tardío al no haber sido capaz de gozar del amor cuando éste aún era posible, se trasluce en esa memoria "plena de fantasmes" (*Jo pos* 15; "llena de fantasmas"; 134). Pide al tiempo implacable que la traslade al momento en el que la unión de los cuerpos pudo haberse producido, en un vano y nostálgico intento de recuperar el pasado que no ocurrió. Las conexiones con *La playa de los locos* en este momento resultan obvias y corroboran una imagen de la vejez femenina marcada por la depresión e incluso la enfermedad mental y que provoca la reflexión acerca del proceso de desarrollo en estas posiciones.

La transposición alucinatoria del objeto amado de la que habla Agamben, y que mencioné en el capítulo anterior, cobra aquí la apariencia de fantasma como presencia real. La fantasía crea la alucinación del deseo en la ausencia:

> I el record me la retorna palpable, real: apareix davant meu adolescent, bella com aleshores i puc mirar-la i puc sentir un tacte de seda quan pos les meves mans sobre el seus cabells, i puc odorar-ne el perfum . . . És els dies grisos, emboirats, quan ella compareix. (*Jo pos* 18)

> Y el recuerdo me la devuelve palpable y real: aparece frente a mí, adolescente, bella como entonces, y puedo contemplarla y puedo sentir su tacto de seda cuando pongo las manos en sus cabellos, y puedo aspirar su perfume . . . Ella se me aparece en los días nebulosos y grises. (137)

La proyección del deseo se reviste de una nueva apariencia en forma de esas rosas encendidas que florecen en un mar azulísimo, como un milagro, en el lugar en el que desapareció el cuerpo de la joven. Desde su posición melancólica, la protagonista reivindica la realidad de las visitas y de la visión de las flores, y para ello, una vez más, el texto reclama la presencia de lo corporal, por contigüidad y fragmentariamente, en ese trocito de alga que Marina llevaba en el pelo y que la narradora guarda como un tesoro en su encierro, "com la més dolça de les penyores" (*Jo pos* 18; "como la más dulce de las prendas"; 138). El primer relato le entregaba en prenda el mar, como entregaba al mar sus cenizas, pero esta segunda narradora necesita una conexión corporal que aúne el mar con el cuerpo de la amada. La vegetación marina se enreda en el cabello de la joven y se convierte en la prenda que establece la conexión.

Otro elemento destacable es la divergencia entre el primer y el segundo relato en lo que concierne al desenlace de la historia. La narradora acusa a la escritora de haber inventado las fases del matrimonio y de la maternidad y presenta la "realidad" de su propio discurso. Esta versión contrapone unos hechos a otros y vuelve a negar la existencia de una sola experiencia, inalterable e irrepetible: "Marina desaparegué quan tenia disset anys —no va morir de part com vostè insinuava, no tengué cap nina, tampoc no es casà [. . .]" (*Jo pos* 18; "Marina desapareció cuando tenía diecisiete años —no murió de sobreparto como usted insinuaba, no tuvo ninguna hija, ni se casó siquiera— [. . .]"; 138). Esta segunda narradora parece reprochar a la anterior el giro heterosexual concedido al final de la historia. El suicidio de Marina pone punto final a su posible o imposible historia de amor, pero cierra las puertas a cualquier continuación amorosa matrimonial: "Marina se suïcidà [. . .]. Abans de fer-ho m'escrigué una lletra, era el seu testament" (19; "Marina se suicidó. Antes de hacerlo me escribió una carta que era su testamento"; 138).

De la yuxtaposición de ambos relatos surge una escritura que reivindica la diferencia dentro de la homosexualidad y que, como aquel reflejo especular de los cuerpos, es y no es lo mismo. Si el primer relato tenía carácter testamental, este otro es más bien testimonial, como el de una acusada que se defiende ante las calumnias y se enfrenta a sus propias inculpaciones.

Estos textos reflexionan de forma autoconsciente acerca de las nociones de realidad y ficción, verosimilitud e inverosimilitud, vida y literatura, y acerca de la relación de la escritora, de las protagonistas y de los/las lectores/as del texto. El reconocimiento de su historia en la lectura es lo que provoca una anagnórisis en la narradora de *Jo pos*. Es éste descubrimiento el que provoca el proceso de rememoración y autoconsciencia que, en último término, genera la escritura. El aprendizaje se lleva a cabo tanto a través de la vida como de la literatura pues como ella misma dice: "Literatura i vida, ho sé molt bé, coincideixen de vegades i no perquè l'una copiï l'altra, la imiti, sinó perquè ambdues són humanes" (*Jo pos* 10; "Literatura y vida, lo sé muy bien, coinciden a veces, y no porque una copie a la otra, la imite, sino porque las dos son frutos del ser humano"; 130).

La obscenidad de lo lírico como subversión: texto y contexto

Las nociones de cercanía y distancia en el proceso mismo de la escritura iluminan la función subversiva de la sentimentalidad y del tono lírico del texto.

En varias ocasiones, Riera manifiesta cierto pudor al referirse a estos relatos en entrevistas y conversaciones. Contestando a las preguntas de Nichols en *Escribir, espacio propio,* dice:

> C.R. —El otro día tenía que darle a un amigo un libro y no sabía qué darle porque me daba muchísima vergüenza el lirismo de los primeros libros.
> G.N. —¡Si forma parte de su encanto!
> C.R. —Sí, pero me parecía que en estos libros no sólo había tratado de emocionar al lector, sino que me había emocionado yo, y esto era algo impúdico ¿no? (197)

Una página más adelante, añade: "Tal vez no tanto el lirismo por sí mismo, sino la falta de contención del lirismo ¿no? Esto, la emoción de la misma persona que escribe, que se nota allí metida" (198). Y de modo similar dice en la conversación con Neus Aguado: "A veces se ha dicho de mí que soy una escritora lírica o que trataba cuestiones íntimas y, en cierto modo, casi deletéreas" ("Epístolas" 36). Por otra parte, menciona la carta como forma literaria "menor," adecuada a ese tono lírico mencionado: "La carta sirve sobre todo para obras de poca extensión, para el tono menor, para el tono confidente, para la complicidad

. . ." (36). El pudor que siente Riera parece venir de la proximidad, del acercamiento y de la emoción, y se opondría entonces a la ironía y a la distancia.[7] En la respuesta a Aguado, el lirismo se conecta con las cuestiones íntimas y deletéreas. Curiosamente, lo deletéreo es lo gaseoso, lo que emana y se evapora. Pero también se asocia con lo venenoso y mortífero. El lirismo de Carme Riera comporta la transgresión de lo irrespirable, lo sofocante, lo venenoso. Barthes habla de la sentimentalidad del amor como aquello que la sociedad moderna define como "obsceno." Lo sexual no es ya lo indecente; se construye una nueva moral que golpea y reprime el sentimiento más que el sexo: "Desacreditada por la opinión moderna, la sentimentalidad del amor debe ser asumida por el sujeto como una fuerte transgresión, que lo deja solo y expuesto. Por una inversión de valores, es pues esta sentimentalidad lo que constituye hoy lo obsceno del amor" (*Fragmentos* 191).

Este carácter transgresor del sentimiento amoroso se acentúa aún más al identificarse con una relación lesbiana. Lo que en una primera lectura puede atribuirse al lirismo, al intimismo, o incluso a la cursilería usualmente asociada con la literatura femenina, se transforma en arma estilística de subversión contra otros modelos formales basados en esquemas masculinos de penetración y dominación. Este proceso de lectura aparece significativamente descrito por la propia Riera en una anécdota que relata a Nichols en la entrevista:

> Incluso le enseñé el cuento a un amigo mío que sabía mucho más catalán que yo, por si me lo quería corregir. Se quedó muy encantado y dijo: ¡qué bonito que tú le puedas decir esto a un hombre, que tienes la piel de seda y tal!, y yo pensé: "espera a llegar al final," y se quedó muy sorprendido, muy enfadado y muy perplejo. (*Escribir, espacio propio* 210)

El lirismo que para este lector equivale a lo femenino provoca ese mismo encanto del que hablaba Nichols, pero tras el desvelamiento del final, el encanto cede paso a la sorpresa, a la perplejidad y, significativamente, al enfado. Riera y su entrevistadora mencionan otras anécdotas similares en su conversación, tales como los supuestos errores en la escritura del nombre de "María" ("Maria" en el original). En estas correcciones, algunos lectores proponen "Mario" o "Marià" —nombres propios masculinos— como alternativas. Incluso después de la "revelación" final, estos lectores insisten en imponer el modelo heterosexual normativo frente a la relación lesbiana. Felman en *What Does a Woman Want?*, presenta un magnífico análisis de lo que ella llama el "crítico realista" en relación con el tema de la locura. Es interesante relacionar sus aportaciones con el fenómeno de la heterosexualidad obligatoria que ciertos lectores experimentan ante los relatos de Riera. En palabras de Felman, para el crítico realista:

> [. . .] the readable is designed as a stimulus not for knowledge and cognition but for acknowledgement and re-cognition, not for the production of a question, but for the reproduction of a foreknown answer—delimited within a preexisting predefined horizon, where the "truth" to be discovered is reduced to the natural status of a simple given, immediately perceptible, directly "representable" through the totally intelligible medium of transparent language. (39)

En estos lectores que suplantan la identidad de la amada con esos posibles nombres propios masculinos, la proyección del esquema heterosexual crea, especularmente, un doble masculino allí donde existe una mujer. Como apunta Felman y como hemos visto en el texto, la cuestión de la producción y la reproducción tiene repercusiones importantes en el proceso interpretativo. En los dos relatos, el tono lírico y el tratamiento de las cuestiones íntimas contribuyen a la formulación de una historia amorosa entre dos mujeres, en términos que se apartan tanto de la distancia como de la conclusividad absoluta.

Las referencias al momento histórico-político en que se desarrollan las narraciones no son numerosas, pero sí suficientes para reconocer el valor subversivo del relato frente a un contexto muy determinado. Hay alusiones a la inauguración del curso académico perteneciente al año 1964–65, a través del director que habla "en nombre del Jefe del Estado" (*Te deix* 24; 61), al estudiante de medicina "que arribà a ciutat del País Basc perseguit per la policia" (26; "que había venido del País Vasco huyendo de la policía"; 63), al encarcelamiento de un compañero tras una manifestación, y a una serie de escritores, cantantes, recitales de poesía, estrenos teatrales y reuniones políticas que se desarrollan durante los primeros años de la década de los setenta (30; 65). Tal vez lo más revelador para entender el desarrollo de la historia sea precisamente aquello que queda velado o tan sólo parcialmente des-velado: las prohibiciones, las alusiones al escándalo público y el camino de la depravación delineado por el padre. En el paraíso matrimonial de la España franquista, cuyo discurso oficial imponía a la mujer el papel obligado de esposa y madre, no hay referencias abiertas al lesbianismo.[8] La construcción discursiva de la identidad lesbiana está oficialmente ausente, o se convierte de hecho en una inexistencia oficial; en formulación de Zimmerman: "What Has Never Been."

En la versión en castellano escrita por Riera e incluida en *Palabra de mujer,* la segunda narración se modifica, y es mucho más directa en lo referente a los códigos sociales y a la moral, aludiendo abiertamente a la que se llamó "Ley de Peligrosidad y Rehabilitación Social": "Sabía que, en cualquier momento, esgrimirían, en contra nuestra, códigos y leyes. Por eso, cuando me amenazaron en nombre de la moral, lo hicieron al amparo de unas normas que me condenaban por peligrosa social [. . .]" (36–37). En la continuación de esta cita las alusiones al lesbianismo también son más claras y mucho más obvias que en la traducción de Cotoner, y demuestran la capacidad de provocación y de "peligrosidad" que este tipo de relaciones suscitaba. Se convierte de este modo la segunda carta (sobre todo en *Palabra de mujer*) en una explicación de mucho de lo que quedaba velado en la primera:

> [. . .] el móvil fue simplemente la negativa a aceptar un tipo de amor inútil, que no conducía a ningún fin y del que tampoco se podía sacar ningún provecho. Un tipo de amor, que era capaz de saltarse los preceptos establecidos, generaba desorden, llevaba consigo un germen de revolución que debía ser, inexorablemente, aplastado. (37)

Antoni Mirabet i Mullol recoge el contenido de la mencionada ley, cuyo texto se formuló el 4 de agosto de 1970 de la siguiente forma (Capítulo III, art. 6):

> A los que realicen actos de homosexualidad se les impondrán, para su cumplimiento sucesivo, las medidas siguientes:
> a) Internamiento en un establecimiento de reeducación.

b) Prohibición de residir en el lugar o territorio que se designe o de visitar ciertos lugares o establecimientos públicos, y sumisión a la vigilancia de delegados. (165)

Sin embargo, como reconoce el mismo estudioso, la mayoría de las legislaciones no mencionan el lesbianismo. Carmen Alcalde resume la escena del lesbianismo en la época franquista con los siguientes datos: no se toma en serio, nada ocurriría si se encontrara a dos mujeres en un acto sexual; ni siquiera la policía sabría qué hacer ante una denuncia de este tipo (citado en Levine y Waldman 36). Sólo a partir de 1975 comienzan a sucederse los actos, los manifiestos y las publicaciones que confieren una identidad y un nombre a las relaciones lesbianas. En el número de octubre de 1976 de la revista *Vindicación feminista* aparece una descripción de la ideología del Frente de Liberación Homosexual del Estado Español. La reforma del 26 de diciembre de 1978 sacó a la homosexualidad del grupo de "comportamientos peligrosos."[9]

Una y otra vez, en los distintos niveles de análisis del texto, el proceso de interpretación inagotable se prefiere al resultado definitivo; la fabricación de sentidos al producto fijo y acabado. La lectura y relectura atentas se sugieren como alternativas a la conclusión predecible. Se busca el conocimiento más que el reconocimiento, y en la imagen de lo igual se escribe la diferencia. Pero existe otra forma de *Bildung* en el otro sentido de la palabra "re-conocimiento" (el que se revela en la expresión "reconocer que estaba equivocada"), en el sentido de quitarse la venda de los ojos y ver otras opciones de sexualidad y de desarrollo posibles, evitando el afianzamiento en lo socialmente aceptado como "real," "normal" o "moral." Meese asocia con la sexualidad lesbiana las ventajas de volver una y otra vez al texto: "Perhaps the notion of caressing and exciting a text, rather than penetrating or being spent, might serve as the figure for the infinite coursing of desire that is lesbian reading and writing" (100). En un contexto social que privilegia la penetración y la reproducción sobre la caricia y el juego, los textos de Riera subvierten la realidad oficial y configuran una presencia lesbiana prácticamente inexistente en el discurso autorizado.

El aprendizaje del amor lesbiano es difícil y forzosamente paralelo al descubrimiento de las normas morales de una sociedad heterosexista y del peligro o el castigo que ésta le impone. Este aprendizaje no se configura de manera única, sino que a través de las versiones y reescrituras subraya la diferencia e insiste en la necesidad de desarrollo personal a partir de unas premisas de tolerancia desafortunadamente ausentes en la sociedad del momento. Esas imposiciones pueden conducir a la muerte o a la locura, y en esas situaciones trágicas se plasma la extrema necesidad de cambio de la sociedad española, catalana y mallorquina del momento. Si bien el mensaje llega de forma velada, oculta o fragmentaria, la seducción opera con sus armas deletéreas. Se invita al/a la lector/a a acariciar estos textos y a re-conocerlos, mudando posiciones, trasladando principios e instalándose en una nueva complicidad ante el amor lesbiano.

El cuerpo como inscripción

La (des)mitificación del desarrollo femenino en *Los perros de Hécate*

> The future must no longer be determined by the
> past. I do not deny that the effects of the past are
> still with us. But I refuse to strengthen them by
> repeating them, to confer upon them an
> irremovability the equivalent of destiny, to
> confuse the biological and the cultural.
> Anticipation is imperative.
>
> Hélène Cixous
> "The Laugh of the Medusa"

La lectura de *Los perros de Hécate* (1985), novela de Carmen
Gómez Ojea, provoca la sorpresa y la inquietud que nacen del
reconocimiento de la vida de una mujer poco común. Tarsiana,
protagonista y narradora en primera persona de su vida y su
obra, se nos presenta a los treinta y nueve años, contemplando
su inminente suicidio desde un voluntario enclaustramiento,
cómodamente instalada en la cama de su habitación, de donde
no se mueve hace más de dos años: "Esta noche cumplo un
año más. No llegaré a los cuarenta. Este es mi último verano.
Moriré en edad fértil, con los ovarios en plena actividad, acaso
ovulando. Me río suavemente" (61). Desde su posición horizontal recorre a saltos un pasado marcado por la prostitución,
el libertinaje, y la escritura de novelas sensacionalistas. La
combinación de las mencionadas actividades le ha reportado
lucrativos beneficios y le garantiza en el presente el ocioso entretenimiento de sus fantasías, que ocupan la mayor parte de su
tiempo.

El aspecto más sobresaliente de este personaje es, tal vez,
su falta de convencionalidad, y el asombro que tal actitud provoca ha sido reconocido por las críticas que han estudiado este

texto: "Tarsiana is clearly an unusual character in Spanish literature" (Levine, "Female Body" 184); "Tarsiana, the principal narrator of *Los perros*, is a libertine and a former prostitute— not a conventionally 'nice' person at all" (Ordóñez, "*Los perros*" 72).

Más problemática resulta la confusión que experimenta el/la lector/a al enfrentarse con un texto que, por un lado, cuestiona y subvierte los principios patriarcales de sumisión femenina en función del ordenamiento social a través de la reivindicación del placer sexual, y por otro, ataca incisivamente a ciertas mujeres, mordazmente se burla de sus anatomías y sus pensamientos. Mientras que Linda Gould Levine nota esta discordancia: "The result is a jarring text whose scathing critique of patriarchy is suddenly and frequently undermined by equally caustic attacks against women and female anatomy" ("Female Body" 184), e insiste en la contradicción e indecisión que invaden la novela, Ordóñez se decanta por una interpretación que privilegia el carácter subversivo del texto, aunque admite que, en ocasiones: "Tarsiana may seem insensitive to women's issues" (*Voices of Their Own* 167).

Son estas excentricidades y estas contradicciones las que me interesan para el estudio del desarrollo de la protagonista, desarrollo expresado a través de la perversión y la subversión del mito del paraíso matrimonial tal como lo describí anteriormente. El desarrollo de Tarsiana se expone a través del devenir-mujer más que a través de las memorias linealmente recordadas, y las aportaciones de Deleuze y Guattari en lo que concierne a ese devenir-mujer serán de decisiva importancia para mi análisis.[1] La autora efectivamente lleva a cabo el cuestionamiento de los principios burgueses, sociopolíticos y religiosos que han configurado el desarrollo de las mujeres españolas durante y tras el período franquista; pero lo hace por medio de la desterritorialización de esa historia mayoritaria que ha supuesto el ocultamiento de la voz y del placer femenino.

Desde esta perspectiva, la novela de Gómez Ojea supone, ante todo, una anti-genealogía, y los ataques más virulentos de la narradora van a dirigirse contra aquellos personajes (hombres y mujeres) que perpetúan las nociones de sumisión-reproducción que entran en conflicto con el devenir-mujer que ella experimenta. Este rechazo profundo de la sumisión de la mu-

jer al matrimonio y a la reproducción se formula en los términos más cáusticos —lo que provoca ese sentimiento contradictorio ante los duros ataques dirigidos a ciertas mujeres sometidas
al sistema—, y se yuxtapone a una reivindicación del placer
experimentado por sus perversiones imaginadas y vividas.
Ambas nociones se expresan asociadas a un absoluto desprecio por el sentimentalismo (19) y las "novelerías" (51), y esta
combinación de factores produce esa lectura sorprendente y
transgresora anteriormente mencionada.

Devenir-mujer: anti-memoria y anti-genealogía como desarrollo

Tarsiana ha paralizado su cuerpo en ese voluntario encierro
horizontal en la cama de la que hace dos años que no se mueve
sino ocasionalmente para ciertas actividades tales como tomar
el sol desnuda en la terraza de su casa. En su definición del
cuerpo, Deleuze y Guattari conceden una importancia fundamental a los elementos materiales que lo configuran:

> En el plan de consistencia, un cuerpo sólo se define por una
> longitud y una latitud: es decir, el conjunto de los elemen-
> tos materiales que le pertenecen bajo tales relaciones de
> movimiento y de reposo, de velocidad y de lentitud (longi-
> tud); el conjunto de los afectos intensivos de los que es ca-
> paz, bajo tal poder o grado de ponencia (latitud). (*Mil mesetas*
> 264)

La "longitud" del cuerpo de la protagonista se inscribe en
la parálisis y el encierro, ya que ésta renuncia al movimiento y
a cualquier otra actividad que no sea las conversaciones con
las amigas que se acercan a su lecho, la escritura de ciertas
novelas sensacionalistas y, especialmente, el solaz provocado
por fantasías pasadas y presentes. Tarsiana se congratula de la
solución adoptada:

> El día que decidí encerrarme en mi querida casa, me tendí
> en la cama y me dije que iba a vivir despacio, observando,
> observándome, escuchando la voz de la juglaresa que ame-
> nizara mis horas . . . Fui mi buen doctor y me receté esta
> envidiable vida retirada que llevo, feliz y placentera. El
> mundo, sus vueltas del derecho y del revés, sus menguados

> y aumentos, me resultan tan intrincados como una labor de
> punto, como el tejido de un tapiz de multicolores hilos de
> seda que contaran la batalla de las Navas de Tolosa. (97)

Tarsiana rechaza la estructura intrincada del mundo como
tapiz entretejido, como composición ordenada a partir de un
patrón: el modelo de una labor de punto o de una batalla. La
metamorfosis del cuerpo activo a cuerpo en reposo (longitud),
se asimila a un nuevo tipo de percepción rizomática[2] que se
exilia del centro del mundo como tapiz, de ese régimen arbóreo
y orgánico aún fundamentado en el matrimonio y la reproducción de la especie en la época postfranquista. La desterritorialización de ese régimen se lleva a cabo a través de líneas de fuga
basadas en recuerdos y afectos:[3] devenir mujer significa para
Tarsiana escapar rizomáticamente de los "bienes que dan solidez y reputación" (25), principios arbóreos del mundo burgués.
El estancamiento físico (cuerpo en reposo) se distancia del
cuerpo robado, del cuerpo-simulacro de la mujer sin devenir:
"Desde lo alto de la terraza los espío. Veo a mujeres sin rostro,
dibujos en el aire, limpiando cristales con ademán desolado,
como espectros condenados eternamente a ese menester" (106).

El devenir-mujer se construye a partir de ese cuerpo en reposo, de los afectos provocados por medio de las múltiples
visitas y conversaciones con los/las otros/as, y a través de los
recuerdos.[4] La primera visita que conocemos en la lectura es
la de una mujer llamada Agueda: sus afectos se inscriben no
sólo en la protagonista, sino incluso en su entorno: "A las cinco
de la tarde vendrá a visitarme —la alcoba se ensanchará, con-
tagiada de su pletórica y desbordante vitalidad— Agueda la
azafranada"; "Cuando estoy frente a esta rolliza mujer parlan-
china me siento en cierto modo una diosa cruel y moribunda"
(10). Pero los afectos son de doble filo: la visita también se
transforma en contacto con ese cuerpo en reposo: "mi voz es
capaz de convertirla otra vez en una campesina desorientada,
hacer que sus ojos desolados imploren piedad y que sus manos se retuerzan en un gesto de desamparo" (11). El devenir-
mujer es un proceso continuo que participa de las características
de la memoria corta y rizomática:

> la memoria corta es del tipo rizoma, diagrama, mientras que
> la larga es arborescente y centralizada [. . .]. La memoria

corta no está en modo alguno sometida a una ley de contigüidad o de inmediatez a su objeto, puede ser a distancia,
manifestarse o volver a manifestarse tiempo después, pero
siempre en condiciones de discontinuidad, de ruptura y de
multiplicidad. (Deleuze y Guattari, *Mil mesetas* 21)

El devenir *es* la memoria: Tarsiana recrea y construye su vida
en conexión con los afectos experimentados. Al cerrar los ojos,
tras las visitas y las copiosas comidas que prepara Regalina,
su sirvienta y acompañante, descubre ese doble mundo —de
su existencia y de su escritura— en continua transformación:
"Allí está la morada cuyas estancias interiores invento cada día,
con los libros ordenados en los estantes, los cuadros en las
paredes, creados cada mañana, reescritos y repintados durante
las horas de esta dulzura mía, enervante y placentera" (9). La
memoria a largo plazo, la memoria ordenada de la maquinaria
burguesa parece tentar levemente a la narradora en algún momento, pero la tentación se desvanece en aras del gozo, del placer
y la diversión:

A veces pienso que debería escribir con orden y rigor los
aconteceres que permanecen en sombra en el interior de mi
cabeza inquietando aún las horas de algunas de mis noches.
Pero, a continuación, me digo con desgana que no sería un
trabajo divertido. No me haría sonreír más que un par de
veces a lo sumo; y por otro lado, no creo que su lectura
reportase ninguna clase de gozo a nadie. (79)

La capacidad de afectar, de proporcionar gozo y diversión
al cuerpo propio y a los ajenos, adquiere primacía sobre el orden y el rigor de la memoria a largo plazo. Los recuerdos en
Los perros de Hécate se evocan de acuerdo con los placeres
del cuerpo (alimentos, fantasías) y con los afectos provocados
por la interacción con las visitas. Un momento fundamental
en que las líneas de fuga se separan de la historia territorializada
de la evolución del cuerpo femenino es el del recuento de la
adolescencia. En el segundo pasaje la protagonista rememora
lo que fue el día más intensamente dichoso de su vida, cuando
a los trece años hizo el amor con un hombre de treinta y siete.
Muy lejos de convertirse en una experiencia traumática (tradicionalmente asociada a la pérdida de la virginidad femenina),
se lamenta la narradora que a partir de ese momento sólo pudo

echar mano de jovencitos imberbes que no estaban a la altura de sus aspiraciones sexuales:

> Aquellos jóvenes de dedos sudorosos, con sus poluciones nocturnas, sus íntimas porquerías, me fastidiaban. Había hecho llegar mi mano pecadora hasta lo que ocultaba la bragueta de algunos de ellos. Fue una experiencia lamentable. Uno sollozó y sus carrillos de sapo se inflaron congestionados. Otro susurró algo así como "Virgen del Colegio, a tus pies recé, no me abandones ahora." (14)

Este tipo de discurso se opone diametralmente a la tradicional historia de desarrollo de la niña en función del mantenimiento de la virginidad, que se formula en términos de lo que Deleuze y Guattari llaman "el cuerpo robado": "Pues bien, a quien primero le roban ese cuerpo es a la joven: 'no pongas esa postura,' 'ya no eres una niña,' 'no seas marimacho,' etc. A quien primero le roban su devenir para imponerle una historia o una prehistoria, es a la joven" (*Mil mesetas* 278). La historia de dominación masculina se construye, de acuerdo con los críticos mencionados, en el chico a partir del uso de la chica como ejemplo y como objeto de su deseo. En *Los perros de Hécate* el típico relato de la imperiosa urgencia sexual de los adolescentes en oposición a la mojigatería y estrechez de las jóvenes temerosas de perder su virginidad —el don más preciado—, se invierte con esa alusión a los jovencitos acongojados ante la voracidad y experiencia sexual de la protagonista.

Sus palabras adquieren un nuevo nivel de desterritorialización al contraponer su persona a otras generaciones de mujeres que han sufrido el atropello y el acoso sexual. Al brindar por el mejor de sus recuerdos: "cuando fui desflorada," reflexiona: "Después de todo no había sido violada, como mi madre y mis abuelas" (27). La "agentividad" sexual de Tarsiana es uno de los hilos conductores de su devenir-mujer, como veremos más adelante. Se establece de este modo una estrecha conexión entre la memoria familiar, a largo plazo, y la violación; genealogía y reproducción son el resultado arbóreo de un sistema burgués falocéntrico promovido por la iglesia y el gobierno. La narradora se posiciona abiertamente fuera de las convenciones del matrimonio y rechaza la maternidad en su vida, se niega a echar raíces, reivindicando en su lugar esas líneas de fuga que establecen conexiones tangenciales con la realidad externa. Su opinión con respecto al matrimonio sugiere el desprecio hacia ese sistema mencionado: "El matrimonio constituye para mí una institución abominable, una bastarda abyección" (23). Dice Tarsiana: "Yo no soy de ésas que se casan" (73), y reafirma sus convicciones por medio de las múltiples visitas y de los recuerdos de familiares que le regalan sus consejos y afectan su posición. Su tía María Devota, por ejemplo, le confiesa que no ha sido sensata casándose, y añade: "El matrimonio, ay, mi niña, es un infiernillo en el que arden y se asan las idiotas como yo" (22).

Sus criterios con respecto a la maternidad no son menos claros. Al referirse a lo que no duda en calificar como "intocable tema en torno al que hay un gigantesco y universal prejuicio sacrosanto," afirma: "La maternidad es algo turbio y pringoso" (19). Se regocija de no haber quedado nunca embarazada,[5] y rechaza las líneas genealógicas, con mayor vigor incluso la sucesión matrilineal: "No quiero recordar a las madres" (19). Será necesario olvidar la genealogía arbórea, instalada en el sistema de reproducción social para fundamentar su devenir-mujer: "No escuchéis las voces de vuestras madres y tías; quieren perderos, vengarse oscuramente por no haber logrado ellas escapar a tiempo" (23). Esa continuidad genealógica, aunque llegue de la tradición femenina, es lo que la narradora rechaza activamente. En sus críticas de aquéllas que se enraizaron en el sistema, su tono es agresivo, despreciativo, cáustico; no duda en insultar y rebajar a esas mujeres que prefirieron la seguridad del hogar al conocimiento de lo prohibido. Su excesivo disgusto por la mujer que cumple los papeles tradicionalmente asignados de esposa y madre alcanza cotas inexistentes en la literatura femenina española anterior:

> Detesto a esas madres que hablan y hablan de su prole igual que lechonas bobas y ufanas . . . Me aterran las amas de casa . . . Las considero, sin piedad alguna, necias como duendes de baja categoría. Las locuaces son abrumadoras y ante las taciturnas siento el impulso irreprimible de entonar una antífona de plantos y duelo. Lo mismo me sucede frente a la visión de una embarazada, con sus andares bamboleantes y orgullosos de oca, la piel tersa de sus mejillas, la boca dulcemente insolente y agrandada. (18–19)

Lo desproporcionado de tales críticas y la falta de justicia envuelta en la despreocupación de la narradora hacia cuestiones de clase y educación —no podemos menospreciar el hecho de que la mayoría de las mujeres españolas en la posguerra franquista se vio abocada a un futuro matrimonial sin perspectivas de educación o avances profesionales, con dependencia económica del marido—, ha provocado comentarios como el de Levine, quien describe a Tarsiana como: "the character who scorns conventional women with a misogynistic rancor" ("Female Body" 188). Ordóñez, por el contrario, ve a Tarsiana como una rebelde ante la autoridad religiosa y patriarcal, y afirma:

> Though Tarsiana may seem insensitive to women's issues, it is really only whining and complaining that leave her unmoved. She, in fact, derives her discursive preferences from women, but from the proud and even imprudent daughters of Eve who dare to answer the paternal interdiction with a resounding "no." (*Voices of Their Own* 167)

Efectivamente, la narradora, a pesar de deleitarse en ciertos momentos de misoginia, no duda en ridiculizar, incluso con mayor virulencia a las figuras masculinas, sobre todo aquellas que se configuran según la imagen del "macho ibérico," como el novio taxista de Regalina, con su actitud displicente de dominador, aspecto brutal y absoluta necedad, que "es capaz de fornicar seis o siete veces seguidas, sin un respiro, ni siquiera para beber agua" (40). Lo que reclama la narración es la agentividad sexual que, como indica Patricia Mann, ha sido identificada habitualmente como una característica particularmente masculina, mientras que se asumía que las mujeres carecían de tal dimensión activa del deseo (10). El estudio de la agentividad sexual de la protagonista y del deseo femenino se analiza con más detalle en el siguiente apartado.

Perversiones y desviaciones: el placer como principio

La narradora de *Los perros de Hécate* sugiere que las formaciones sociales pueden ser definidas desde su posición no por sus instituciones hegemónicas, sino por su potencialidad de cambio; no tanto por sus normas cuanto por sus líneas de fuga. La perversión se hace manifiesta y omnipresente en el texto desde sus primeras páginas. La perversión, como indica Gallop, proviene del latín *per-vertere:* "turn completely around" (*Intersections* 78). El *Diccionario de la lengua* indica que una perversión es un estado de error o corrupción de costumbres, así como la desviación de una tendencia psicológica natural.[6] Pervertir es perturbar el orden o estado de las cosas y viciar con malas doctrinas o ejemplos las costumbres, la fe, el gusto, etc. La desviación de la norma y la perversión de las costumbres nace en *Los perros de Hécate* de la proclamación del placer como principio de desarrollo en el devenir-mujer. El acompañamiento del placer sexual será una constante en la vida de Tarsiana, que en todo momento reclama esa agentividad sexual que durante mucho tiempo fue oficialmente proyectada como característica masculina en la España franquista y postfranquista. La protagonista relata su desconfianza por la leyenda tejida en torno al amor —desde los siete años—, y su decisión, a los diez, de contribuir al crecimiento armónico de su cuerpo mediante una dieta adecuada, añadiendo: "pero no negaría a mi cuerpo la ración de sexo que me demandase. Le daría su débito y nadie en el mundo de las niñas sería tan dichosa y tan libre" (30).

A partir de ese momento Tarsiana elige su propio placer; los hombres se esfuerzan por contentarla, sintiéndose torpes y atemorizados: "Fui yo la que gocé, ellos me servían" (31). Al final de esta explicación, la protagonista se autodefine como "cínica libertina." Andrew Ross menciona una tradición libertina[7] en la que la economía libidinal mundana y limitadora del *plaisir* es contrastada con la experiencia transgresora de la *jouissance* mediante la persecución de placeres y dolores que exceden los límites habituales (184). La transgresión y la perversión de los tabúes sociales se lleva a cabo, como hemos visto, por medio de la persecución del propio placer sexual y del rechazo radical a lo institucionalizado en forma de matrimonio y maternidad.

La parodia de la virilidad y la dominación masculina, que ya se anunciaba en la descripción del novio taxista de Regalina, se complica ahora con la narración de las aventuras de su violadora amiga Valeria, la violenta y valerosa mujer que seduce a los hombres en los ascensores, para humillarlos a continuación con una fellatio que practica con una dentadura postiza. La escena concluye con el siguiente discurso: "—¿Gozas, vida? Vamos, cacho de mierda, eyacula aquí en este biberón tu asqueroso aguachirle y despúes comienza a mamar hasta que no quede una sola gota; de lo contrario, te rajo" (83). La narradora afirma de su amiga: "Goza intensamente con su perversión." La perversión mencionada supone una violación inversa, de la mujer al hombre, que se desarrolla en un espacio tradicionalmente asociado al peligro para alguien como Valeria, mujer atractiva de perfume penetrante. La humillación del hombre se perpetúa a través de la dentadura postiza, burlesca teatralización de la sumisión de la mujer que en situaciones de violación real se ve obligada a realizar tales prácticas sexuales. La narradora informa que aunque su amiga tiene aterrorizados a los padres de familia de varios barrios residenciales, ni uno solo de esos hombres ultrajados ha presentado una denuncia por violación o abusos deshonestos en la comisaría; enfatizando aún más la disparidad de criterios y la desigualdad de comportamientos. Las mujeres, acostumbradas a ser víctimas, acuden a la comisaría en busca de ayuda, pero los hombres no pueden reconocer una humillación semejante si la que ataca es una mujer. La obligación final que impone Valeria, el autoconsumo del semen, evita e impide cualquier noción de reproducción, y el uso del biberón colabora a esa parodia burlesca de la lactancia infantil.

Hacia la mitad del relato se descubre una nueva información que, al menos parcialmente oculta hasta entonces, se revela como sobresalto en la lectura: la decisión de Tarsiana de prostituir su cuerpo con fines lucrativos:

> El amor supuso para mí innumerables horas de esparcimiento y dinero. Dinero, sí. Me siento muy orgullosa de haberme sabido divertir a la par que mi bolsa engrosaba, engrosaba de tal modo que puedo permitirme el lujo de estar aquí tendida divagando ociosamente, en tanto que allá abajo las gentes ofrecen sus cuerpos como fresadores, fregonas, cocineras, carpinteros, por un sucio salario que sólo les permitirá mantenerse a flote para continuar trabajando. (88)

El descubrimiento del potencial caudal económico que el comercio carnal puede depararle se produce a los nueve años, cuando un señor canoso le ofrece un caramelo a cambio de dejarse besuquear, y ella le pide en su lugar "un billete azul de quinientas pesetas" (89). La prostitución, junto con la porno-

grafía, ha merecido los mayores ataques y las más duras con-
denas por parte de grupos sociopolíticos que oscilan entre la
derecha a ultranza y el feminismo más radical. Ordóñez parte
de la teoría de Foucault en *The History of Sexuality,* y subraya
el carácter liberador de la prostitución libremente escogida, y
afirma que la libertina o la perversa frecuentemente rompe la
ley: la ley del matrimonio y la del orden de los deseos. Similarmente acoge Ordóñez la aportación de Gallop en *The Daughter's Seduction:* señala que la prostituta que se entrega a este
negocio no sólo por dinero, sino también por placer, constituye una fuerza subversiva (*Voices of Their Own* 163). Conti-
nuando un poco más la teoría de Gallop, vemos que al referirse
a Saint-Ange en la obra del Marqués de Sade, afirma que ésta
en realidad no adquiere una identidad de prostituta, sino que
más bien prostituye su identidad como mujer de clase alta y
condición acomodada (90). Tarsiana rehusa acogerse a un
mundo laboral al que, por otra parte podría haber accedido fácilmente ya que las condiciones materiales no se lo impedían;
plenamente consciente desde niña de su desprecio absoluto por
la labor remunerada convencional ("todas las profesiones respetables me parecieron aburridas o poco lucrativas"; 88), resuelve poner precio a su cuerpo y a sus actos. Se instaura de
ese modo igualmente en una economía sexual capitalista, pero
sin remordimientos ni vacilaciones, y en todo momento pro-
curando extraer el mayor goce y placer de estos actos.

Más recientemente Ross ha notado que la pornografía y la
prostitución ponen en entredicho las divisiones nítidas entre
el trabajo y la diversión, la productividad y el placer; "its use
speaks, at some level to the potential power of fantasy to locate
pleasure in work (even to eroticize work) as well as play" (198).
Tarsiana parece muy dispuesta a erotizar su vida en todos los
aspectos, y el aprendizaje del placer sexual, y de los beneficios
monetarios que tal conducta puede suponerle, comienza en la
niñez y ya nunca la abandonará.

Es interesante constatar que el antecedente más claro del
nombre de la protagonista, Tarsiana, proviene del *Libro de
Apolonio,* poema fundamental de la literatura medieval española compuesto hacia mediados del siglo trece. En él se presenta el personaje de Tarsiana, hija de Apolonio, rey de Tiro.
Joven de extraordinaria belleza, Tarsiana es separada de sus

padres y crece bajo la tutela de Estrángilo y Dionisa, quienes le dan una esmerada educación.

Hay tres rasgos de la obra original que interesa destacar al contraponerla con la obra de Gómez Ojea. En primer lugar, ambas protagonistas son muy cultas y se hace patente su educación esmerada, pero en ambos casos su labor se manifiesta por medio de un arte cercano a la juglaría, a la expresión oral y al canto. En el *Libro de Apolonio* se nos dice de su protagonista que a los doce años "sabia todas las artes, era maestra complida" (352b), y un poco más adelante: "Non queryé nengún día su estudio perder, / ca auyé uoluntat de algo aprender" (353ab). El segundo aspecto, conectado estrechamente con el primero, alude al episodio en el que la joven es raptada y sacada a subasta. Se la lleva un rufián que pone su virginidad a precio, pero Tarsiana logra convencer a su captor de que conseguiría más dinero si la dejara salir al mercado a tocar su vihuela, convirtiéndose en juglaresa: "Senyor, si lo ouyesse de ti condonado, / otro mester sabía qu'es más sin pecado, / que es más ganançioso e es más ondrado" (422cd).

Si comparamos a ambas protagonistas vemos que, mientras la Tarsiana de *Apolonio* utiliza sus recursos y sus astucias para obtener ganancia sin perder su preciada virginidad, su homónima en *Los perros de Hécate* aprovecha sus virtudes precisamente explotando su cuerpo por medio de la prostitución, y de este modo aumenta sus ingresos, en una transposición clara de la obra medieval que subvierte el principio mismo de la pureza como requisito esencial para las mujeres. A pesar de estas diferencias, ambas protagonistas se comportan de modo igualmente astuto y logran sus propósitos de modo conveniente.

El tercer aspecto se refiere a ciertas notas de perversión que ya están presentes en la obra original y que Gómez Ojea también presenta en su novela. Patricia Grieve ha señalado, por ejemplo, la sugerencia velada del incesto en el *Libro de Apolonio,* que se verá extendida a otro tipo de comportamientos poco convencionales en la novela contemporánea, como ya he señalado: "The seemingly sexual attraction Tarsiana feels for Apolonio suggests again the threat of incest, as does, implicitly, the subsequent marriage of Tarsiana to Antinagora, who had earlier adopted her" (12).

Es necesario retomar ahora los reproches que Tarsiana dirigía a las mujeres casadas, sujetas a la voluntad y dependientes de sus maridos. En el pasaje que ocupa las páginas 126 a 128 del texto, la narradora explica detalladamente su decisión de dedicarse a la prostitución. Comienza por reconocer el estigma social de su profesión: "Muchas personas y por diversas razones me han censurado más o menos ácidamente haber vivido de eso que de modo aséptico se llama el comercio carnal." La confusión de productividad y placer mencionada por Ross atraviesa las declaraciones de la protagonista: "Es un oficio como otro cualquiera: un oficio de pobres." Los beneficios acumulados a lo largo de sus años de prostitución le permiten disfrutar de sus años de reposo, lecturas, visitas y entretenimiento. La decisión de adoptar ese modo de vida nace como contraposición frontal a la perspectiva del matrimonio legal:

> Podía casarme y ser la entretenida de un buen burgués e incluso sentirme la mujer más dichosa del mundo, pero fruncí las narices y denegué con la cabeza. Ir al supermercado y al paritorio, tragarme la píldora, tener un abrigo de cabezas de visón y hacer un viajecito anual por Europa no me seducía hasta el punto de ir ante un párroco o un juez de familia. (126)

En vez de sucumbir a los convencionalismos del matrimonio burgués, y conforme a su profundo rechazo de la maternidad, elige seguir sus inclinaciones y ganar dinero desde la lúcida afirmación de sus deseos: "Yo decidí ser prostituta, ganar dinero a costa de mi cuerpo . . . desde un principio me dije rotundamente: triunfaré, porque tengo plena conciencia de lo que quiero" (127). Los términos de la perversión se alteran, se personifican y se ponen en perspectiva a partir del cuestionamiento del mito del paraíso matrimonial. Como afirma Gallop: "Perversion sets up a radical 'quid pro quo' in which the 'quid' and the 'quo' have always been spinning around each other, and any definition of one as more original is itself part of the gay dance" (*Intersections* 78). El "quid" y el "quo" participan en un baile que adquiere un nuevo nivel de compromiso social cuando la narradora, la cínica libertina, convierte su descaro burlesco y su desvergonzada actitud en crítica profunda de los abusos perpetrados y perpetuados por la aparente necesidad para las mujeres del matrimonio. Al contraponer su aparente conducta pervertida (la prostitución) a lo convencionalmente aceptado (el matrimonio), surgen severas reflexiones en torno a la "sacrosanta" institución. Así describe el horror que aún encoge a infinitas mujeres cuando se enfrentan a la situación de la ausencia matrimonial: "el miedo al celibato, el espanto irracional a ser designadas con el apelativo infamante de soltera, soltera, soltera. Una maldición, un escapulario ignominioso, un insoportable sambenito para muchas más de lo que se dice y se cree" (100–01). La narradora cree incluso preferible ser "sierva del Señor" que criada de los hombres, y elogia a cierta novicia a quien conoció en un tren, definiéndola como "una mujer llena de arrogancia que buscaba su camino lejos de las leyes patriarcales del otro lado de la tapia del convento" (129–30). Si bien esta actitud aparece ciertamente alejada del comportamiento sexual de la protagonista, admira ésta sin embargo su entereza al alejarse del modelo convencional, y termina sugiriendo prácticas lesbianas desarrolladas "libremente en su beaterio" (130).

Es en estos momentos de la narración cuando las líneas de fuga se orientan hacia cambios posibles en la constitución del devenir-mujer, cuando se cuestiona la validez de *un* modelo (el del matrimonio y de la maternidad) como única posibilidad de desarrollo femenino. En otra ocasión, no duda tampoco la narradora en declarar abiertamente y sin tapujos su defensa del aborto en un momento en que su ilegalidad en la Constitución española es una realidad, a la par que reprocha la hipocresía de la iglesia: "Es grotesco que sean anatemizadas las mujeres que se desprenden de un huevo informe y sólo sean reprendidos con una regañina todos esos clérigos onanistas, derramadores del semen de la vida. Cacareos falsarios" (41).

Es así que la anti-memoria, o la memoria a corto plazo asociada al deseo, descrita anteriormente, se une a la anti-genealogía a través del rechazo de la maternidad y de la contemplación de su propia muerte. Ya he señalado anteriormente la felicidad que le provoca a Tarsiana contemplar su suicidio en edad fértil. La feroz crítica de ciertos principios psicoanalíticos y socioculturales asociados a la reproducción se lleva a cabo por medio de un uso particular de lo abyecto, a partir de la formulación de Kristeva. Propone Kristeva que el cuerpo de la madre participa de lo abyecto, de modo que el hombre pueda sentir el horror de las entrañas de la madre, y con esa inmersión que en realidad le evita el enfrentamiento con un "otro," librarse del riesgo de la castración (*Pouvoirs* 65). En este sentido afirma Kristeva que si la mujer se entrega a lo escatológico y lo abyecto, lo hace para así asegurar la vida sexual del hombre, cuya autoridad simbólica acepta (66). El deseo por la maternidad es entonces siempre el deseo de llevar dentro el hijo del padre y de perpetuar esa autoridad ("Motherhood" 238).[8] Existe en la novela un momento de feroz parodia del mantenimiento de este nivel simbólico y del deseo de re-producción en el niño que perpetúa al padre. La cuñada de Regalina escribe una carta que ésta muestra a Tarsiana. La carta relata el último acontecimiento que ha causado revuelo en el pueblo donde Regalina nació. Una muchacha llamada Venerandina deja de tener la menstruación durante tres meses, y sin embargo, es su hermana Marcolina quien finalmente queda embarazada. Tras muchos preámbulos y una buena dosis de suspense, la excelente narradora y escritora epistolar por fin desvela la noticia:

> [P]ues, ¿qué pensarás que echó, qué? Voy a decírtelo ya de una vez, aunque explote y tú te caigas para atrás del susto: lo que le salió del cuerpo, lo que le hacía aquella barriga de meter miedo, era una bicha negra de nueve o diez kilos, negra y peluda, que escapó de entre sus piernas como un demonio, con los pelos mojados de agua y de sangre, bufando, camino de la playa. (136)

Este bebé monstruoso, bestia negra y peluda, de desproporcionado tamaño y de terrible apariencia, tiene las características de lo abyecto, pero se aleja radicalmente de la teoría del deseo maternal que Kristeva propone. De las entrañas del cuerpo materno, sale la "bicha" envuelta en sangre y agua, y se escapa entre bufidos, provocando no sólo el horror de quienes la asisten en el parto (136), sino también el susto ya anticipado por la escritora de la carta de Regalina (y después de Tarsiana), y nuestro propio espanto como lectores/as de este texto. Este sorprendente episodio supone una nueva desmitificación de la maternidad, que en primer lugar sucede por equivocación (a la hermana que no le corresponde), y que además produce una horrenda descendencia a la que una de las presentes en la escena, Maruxona, no duda en matar sin más preámbulo a base de "un par de golpes de fesoria" (137). Maruxona, se nos dice, es toda una experta en este arte, ya que del mismo modo se deshizo de sus dos recién nacidos previamente. Todo el episodio provoca una inquietud extrema por la disparidad existente entre la crudeza de lo narrado y el desparpajo del tono de la cuñada, quien narra la escena como un episodio más de la vida del pueblo.

No existe ninguna alusión a la figura paterna, que no parece ser humana en cualquier caso, y de ese modo se pervierte cualquier noción de deseo por parte de la mujer de perpetuación del hombre en el niño. El nivel de la autoridad simbólica queda gravemente disminuido con el relato de esta escena, y la perversidad se asocia a lo abyecto, según esta afirmación de Kristeva en la que parece otorgar a esta noción cierto carácter transgresor: "L'abject est pervers car il n'abandonne ni n'assume un interdit, une règle ou une loi; mais les détourne, fourvoie, corrompt; s'en sert, en use, pour mieux les dénier" (*Pouvoirs* 15). Es así como lo abyecto se asocia en este momento a las líneas de fuga que antes señalaba a partir de Deleuze y Guattari. *Los perros de Hécate* no se sitúa totalmente dentro o fuera de la autoridad del sistema simbólico y de la realidad patriarcal falogocéntrica, sino que los corrompe y los subvierte a partir del uso particular de la perversión (a un tiempo dentro y fuera) que voy demostrando en los ejemplos que atañen al matrimonio y a la maternidad.[9]

La escritura lúdica: el placer como principio de subversión

Jesús Ibáñez en "Tiempo de modernidad" parte de una definición del orden social que se expresa mediante una ley de oposiciones binarias: "en cada encrucijada hay un camino bueno o a la derecha (generado por un dictado) y un camino malo o a la izquierda (generado por una interdicción)" (39). Tomando en consideración los distintos niveles de libertad frente a esa red, Ibáñez distingue entre el converso, que sigue los caminos prescritos y evita los proscritos; el perverso, que sigue el camino proscrito y evita lo prescrito, pero que no obstante necesita de la ley para invertir su sentido; y, finalmente, el subversivo, que pone en cuestión la red y traza la suya propia. Es subversivo porque para cuestionar esa ley ha de ir "más allá de la ley dando una vuelta por debajo de la ley" (39). Si hasta ahora he venido señalando los procedimientos mediante los cuales *Los perros de*

Hécate pervierte el camino de la ley eligiendo lo proscrito (el celibato, la prostitución, el amor libre y la falta de sucesión elegida) y eludiendo lo prescrito, quiero examinar ahora los modos en que la narradora subvierte la tradición, la ley moral y la ley escrita, para —en línea de fuga— ir más allá de dichas leyes.

Ya he señalado que la forma narrativa se orienta hacia la memoria a corto plazo y sigue los caprichos de la fantasía y los recuerdos de la narradora, combinados con los afectos que las visitas provocan. La narración no es lineal y la división en fragmentos agrupados en subsecciones —que yo he llamado fragmentos y que abarcan de dos a once páginas— no parece obedecer a ningún otro criterio que las pausas que el recuerdo impone, y la diversión, el deseo de que la lectura reporte gozo a quienes ocupen su tiempo en ella. Se superponen de este modo conversaciones, diálogos y reflexiones hilvanados al socaire de las divagaciones de Tarsiana.

Una indicación fundamental de este deseo de escapar, de establecer una línea de fuga desde la tradición de la escritura, aparece con esa recolección de memorias y relatos que se opone a modelos convencionales de la literatura occidental. El propósito de la escritura se asocia con la muerte, con su prevista desaparición, y se propone como violento y agresivo ataque a su destinatario/a: "Debería comenzar el relato minucioso de mi vida para hacer con él una bola y arrojársela a la cara de quien me asista en el instante de mi agonía" (33). Vida y muerte, escritura y destrucción, herencia y agresión se asocian y se confunden en esta cita, que parece apuntar además a la poca estima que concede a su obra. Pero esta noción cambia radicalmente cuando la narradora señala a continuación: "Ah, aquí tengo mi inigualable historia, que vale más que el preciado Vega Sicilia, que el corazón de la santa madre Teresa de Calcuta, que los verdes valles de esta tierra" (42). El placer del vino, la santidad y la belleza del paisaje natural se aúnan en extraña combinación para exaltar lo preciado de su historia.

Lo que se rechaza explícitamente, los caminos prescritos de los que huye, son los siguientes: en primer lugar, "el fango de una novela burguesa" (55), la narración del tipo de vida falta de placer que ha hundido en cansinas reuniones de domingo a ciertas amigas de su madre. Se aparta de este modo de la narración lineal y de memoria a largo plazo propia de la novela burguesa. Pero igualmente desprecia a las escritoras que, bajo una apariencia pretendidamente feminista, no sobrepasan "lo que al fin y al cabo se espera que escriba una mujer" (144). Sugiere la narradora que mientras se aceptan las historias de desarrollo femenino quejumbrosas y de protesta, todavía hay una resistencia a la lectura de relatos basados en el placer, la diversión y la cínica burla: "Sí, Vasthí querida; se te permite —y serás aplaudida por ello— contar sucias cositas de mujer airada o doliente, pero no se te vaya a ocurrir burlarte, ni dejar entrever lo mucho que te diviertes, porque serás castigada" (145). Existe aquí una fuerte crítica a un sistema que, bajo la aparente inclusión de las mujeres a las prácticas literarias, aún castiga cierto tipo de producciones alejadas de los principios patriarcales. La conexión se hace aún más patente al aludir a esas mujeres novelistas, condenadas a seguir los viejos patrones "como si tuvieran en la boca el mismo y siempre horrible trozo envenenado de la vieja manzana" (145). El castigo por el pecado original, atribuido a la mujer en la Biblia y en la tradición católica, se expande hasta la actualidad y toca a aquellas escritoras que se apartan del camino de lo prescrito.

Pero hay más rechazos. Su amigo Hipólito, novelista empedernido, le envía a Tarsiana sus obras periódicamente. Hipólito no es más que "un triste moralista" (90), y para su primera novela "consiguió hilvanar un centenar de páginas que contaban la historia de una pareja de universitarios, comprometidos y angustiados, que fumaban Celtas y Gitanes y leían poemas de Miguel Hernández a obreros taciturnos" (91–92). Sus faltas consisten en no saber salir del pasado, en intentar una transgresión de lo prescrito basándose en una moralidad trasnochada y, especialmente, en no establecer líneas de fuga que escapen del sistema: "incapaz de romper los cacharros litúrgicos del antiguo culto, las burdas imágenes de la vieja idolatría" (93). Como afirma Ordóñez: "She has little patience with those, like him, who keep telling the same story over and over again through the paradigms of an outdated discourse" (*Voices of Their Own* 167).

Si éste es el camino de lo prescrito que Tarsiana evita y desprecia, el criterio para su producción narrativa, marcada por la perversión de ese camino será, en primer lugar, el placer. Y nada parece causarle mayor placer en el terreno literario que la reapropiación de textos anteriores y su posterior recreación en su escritura. Este nuevo tipo de producción rechaza la originalidad entendida en su concepción comúnmente aceptada, y este desprecio de tal originalidad conecta con la proposición anti-genealógica general del texto; tras una de sus citas re-convertidas y re-creadas a partir de un poema de Machado, afirma: "Muy poco original, la verdad, pero es que la recreación literaria me vuelve loca de placer" (74). Esta recreación literaria le traslada a otras épocas y a otras obras: se inserta como personaje que conversa con el Cid campeador (37), se traslada al siglo dieciséis con dos comadres de las cuales una acaba de ser detenida por el Santo Oficio (20), y nuevamente a esa época con su joven amante clérigo en la ciudad de Trento.[10] Si bien Tarsiana se opone a las convenciones de la literatura burguesa, desprecia la literatura femenina plañidera, y se irrita de forma notable con un realismo social agotado, no por ello rechaza la escritura comercial. Por el contrario, su única ocupación remunerada en el presente de la narración consiste en escribir novelas-basura para Sam of Bif, un millonario a quien conoce e inmediatamente seduce en esta cita que demuestra la agentividad que caracteriza a Tarsiana a lo largo del texto:[11] "Allí mismo lo seduje y, obligándolo a reclinarse en el tibio suelo cubierto de agujas perfumadas, lo hice mío" (150). Los títulos de sus obras incluyen: *Te estaba esperando, Siempre te seguiré, Aunque me desprecies* y, la única rechazada por su editor Sam of Bif quien "sobre ciertos asuntos no bromea": *Canto mientras cuece mi fabada.* El placer que le produce la escritura de estas obras es de orden distinto al placer sexual o incluso al placer de la recreación y se centra en la perversión de los criterios estéticos:

> Escribir novelas para Sam of Bif es un quehacer del que, si deseo ser veraz y sincera, no puedo decir con una mano en el corazón que me llene de gozos de rango superior, pero sí me deja sumida en una especie de pútrida cloaca, en la que chapoteo como una lechona voluptuosa experimentando deleitosas sensaciones groseras, pero no menos placenteras que las delicias espirituales que pueden colmar el limpio corazón de un místico. (148)

Es significativa la distinción entre esos gozos de rango superior y esos otros sucios deleites de sensaciones groseras, que

161

de pronto, en una cita que se autodeconstruye, terminan por convertirse de nuevo en placeres "elevados," comparables a las delicias espirituales del místico. La reivindicación del placer no conoce fronteras, lo alto y lo bajo se funden, los sucios y limpios deleites se aúnan, y la escritura lúdica adquiere primacía sobre otros modelos. Como señala Ordóñez, al proponer que figuras de la tradición crítica tan respetables como los hermanos Valdés o Menéndez Pelayo también se deleitaban con amores de folletín, la narradora subvierte nociones de corrección textual y afirma los placeres oscuros que la literatura puede provocar (*Voices of Their Own* 170). Se reafirma además la primacía de lo placentero, lo lúdico y hasta lo abyecto en sus actividades.

Sin embargo, la lectura de ciertos fragmentos de esas novelas-basura —incluidos en *Los perros*— provoca una cierta inquietud en ciertos/as lectores/as que Levine expresa apropiadamente:

> The woman who categorically rejects motherhood, who consistently mocks nature and gives her body to pleasure and not reproduction, the character who scorns conventional women with a misogynistic rancor that makes no allotment for patriarchy's role in creating such types, finally gives birth in her writing to the most conventional females possible: the seduced and abandoned single woman, the deceived married woman. ("Female Body" 188)

Es ésta una de las contradicciones aparentemente irresolubles que señalaba al comienzo, pero que adquiere sentido tras el estudio del devenir-mujer de Tarsiana. No es cierto, en primer lugar, que no exista una respuesta fuerte y una acusación destinada al sistema patriarcal que ha formado ese tipo de mujer pasiva y convencional que ella desprecia. Ya señalé anteriormente la reivindicación de su propia agentividad contrapuesta a la violación (figurada) que su madre y sus abuelas sufrieron. En otro momento rememora esos momentos de expulsión del jardín de infancia, cuando ella y sus amigas fueron arrastradas hacia el dolmen "sobre el que fuimos sacrificadas por clérigos y soldados" (11), en clara referencia a la Iglesia y al ejército, que especialmente durante el período franquista fueron dos pilares fundamentales para el fortalecimiento del sistema patriarcal. Pero creo que es importante atender ahora al devenir-mujer de Tarsiana, a la historia y a la narración de su desarrollo, más que al "parto" de esas novelas burlescas que ella escribe. Del mismo modo que la narradora aprendió a prostituir su cuerpo con fines lucrativos, no duda tampoco en profanar sus escritos para obtener beneficios. Esas narraciones no son sino una parodia patente, al fin y al cabo, de ese tipo de feminidad sumisa y dependiente que ha criticado a lo largo del texto. La burla adquiere un matiz peculiar al reproducir los criterios habituales del mundo editorial: incluso dentro del panorama conscientemente paródico y absurdo de esas novelas-basura —tal como lo aceptan Tarsiana, escritora, y Sam of Bif, editor— existen ciertos principios que no deben ser transgredidos, y la novela que lleva por título *Canto mientras cuece mi fabada* resulta excesiva incluso para este medio, tal vez por la transparente burla de la felicidad doméstica asociada a la cocción del plato típico del ambiente donde se desarrolla la historia, en Gijón.

Regalina, excelente narradora y entretenida compañía para Tarsiana, aprende muy pronto su lección. Sabedora de la devoción que siente su ama por cuentos e historias inverosímiles y truculentas, comienza por transmitir sus extraordinarios conocimientos, que a su vez le han sido transmitidos por vía oral a través de sus antepasadas. Muestra su desprecio por la palabra impresa: "En los libros es todo más falso que lo que escribieron sobre Cristo y su madre" (107), y, acto seguido, se formula su versión prosaica, terrena y burlesca de la vida de estos dos personajes aludidos: "Según Regalina, que lo sabe por su abuela y ésta por la suya y así sucesivamente desde los días anteriores a la llegada de los moros, Jesucristo era un hijo de Salomón, un brujo, y su madre, Miriam, inventó la olla a presión y la cocción al baño María" (107–08). Cuando descubre que el interés de Tarsiana por las historias puede reportarle beneficios económicos al venderle sus cartas, no vacila en inventar nuevos relatos epistolares, y así descubrimos que la espantosa historia del nacimiento de la bicha negra puede no haber sido otra cosa que un producto de la imaginación de la criada.[12] Como concluye la narradora: "El dinero realiza prodigios" (139), y ella es plenamente consciente de la necesidad de conseguirlo en la sociedad capitalista en la que está inmersa.

Sin embargo esas alusiones a figuras religiosas se tornan más significativas en el nivel en el que el texto adquiere su verdadera capacidad de subversión —retomando el criterio de Ibáñez— cuando se va más allá de la ley, creándose una nueva libertad de segunda especie, del orden de una escritura que puede "elegir sus propias elecciones o legislar" (39). La ley de la que parte la narradora es la ley de la creación bíblica, la ley patriarcal de la sociedad española y las leyes normativas asociadas al cuerpo femenino (reproducción de la especie). La destrucción de esas leyes, de esos mundos se llevará a cabo en el intervalo de la escritura del texto, mientras Tarsiana se prepara para su suicidio premeditado ("he decidido salir de esta vida por mi propia mano. Es un hermoso acto de voluntad. La libertad es lo más bello y terrible"; 38). Pero antes todavía oye la llamada de la antidiluviana serpiente y responde a ella con avidez: "Quiero ser diosa y sé que un día terminaré de comer todos los frutos del bien y del mal, que dejaré seco el árbol de la ciencia . . . El libro del Génesis arderá entonces en todos los hogares" (38). La narradora, ya en los primeros fragmentos de su relato, propone la destrucción del libro genealógico y fundacional por excelencia, quiere quemar la ley religiosa para convertirse en diosa. Su acercamiento a ese estado de deidad se va produciendo mediante el alejamiento y el cuestionamiento de la ley y la inscripción de su cuerpo en las divinidades paganas. Hécate, una de las divinidades griegas más antiguas, diosa de la luna nueva, de la hechicería y de la magia, comienza a aparecérsele en sueños, acompañada de sus perros. Su presencia, unida a la de la luna y a la de los feroces canes que se lanzan a destrozarla, inicialmente constituye una amenaza y una premonición de su muerte, pero se transforma en una final aceptación de la muerte, que no es un fin sino un comienzo.

En la última página del texto, Tarsiana emprende el camino hacia Hécate, y encuentra a Circe y Medea en la encrucijada, aguardándola, diosas-magas, famosas por sus hechizos y sus venganzas: "El Génesis se inicia" (196). La protagonista comienza la nueva aventura con gestos burlescos, sonriendo al diablo que le hace un guiño, y con una manzana guardada en su faltriquera, lo que indica, como señala Ordóñez, su estatus como nueva Eva, destructora de la textualidad paternal sagrada y recreadora de textos anteriores, sagrados y profanos (*Voices of Their Own* 172).

La creación de este nuevo paradigma invertido, en el que la muerte deviene vida y las divinidades paganas reemplazan al prometido paraíso celestial, supone un paso más en la constitución de un texto subversivo, que pervierte el camino de lo prescrito para finalmente proponer una nueva inscripción del cuerpo en un modelo vital de desarrollo alternativo.[13] Carmen Gómez Ojea, como hacen otras escritoras de las que me ocupo a continuación, ha encontrado una manera efectiva de destruir viejos mitos, reemplazándolos con nuevas opciones de desarrollo para la mujer en la narrativa española contemporánea. Su desafío consiste en llevar a cabo esta desmitificación de las limitaciones heredadas con un nuevo lenguaje capaz de hablar, sin tapujos, del propio deseo femenino.

El (re)conocimiento del cuerpo y el placer del lenguaje

Efectos secundarios

> Writing demands that I bring a "self" into existence. A self I create as I write, as I say "I" and "lesbian," searching for the words, syntax and grammar that can articulate the body, my body, and perhaps yours.
>
> Elizabeth Meese
> *(Sem)erotics*

La imagen del cuerpo, en la novela de Luisa Etxenike *Efectos secundarios* (1996) adquiere una relevancia fundamental en el desarrollo de la historia y se convierte en lugar de concentración de transformaciones físicas, psíquicas y emocionales. La imagen corporal, según la formulación de Elizabeth Grosz, no puede ni debe identificarse con las sensaciones derivadas de un cuerpo puramente anatómico, sino que participa igualmente del contexto psicológico y sociohistórico del sujeto: "The body image does not map a biological body onto a psychological domain, providing a kind of translation of material into conceptual terms; rather, it attests to the necessary interconstituency of each for the other" (85).[1]

La novela se abre con la articulación del placer del cuerpo, irremediablemente fusionado este placer a la pasión por la escritura, a la pulsión por encontrar las palabras justas que sirvan para capturarlo y para recrearlo. Así se describe el gozo que proporcionan la contemplación y el primer encuentro con el cuerpo de la amada:

> Yo acaricio su cuerpo. Sus pechos pequeños, su vientre liso y quieto, sus muslos duros, tan calientes; su pubis ancho. Y la nombro como en otro principio.

La primera vez dije:
—Quítate la ropa.
Y luego dije:
—Tu vello espeso. Tus clavículas mínimas. Tus pezones
oscuros.
Porque el deseo era sobre todo decirla.
—¿Te parezco hermosa?— me preguntó.
—Me apareces —contesté— deseo sobre todo hablar de ti.
—Habla.
Yo voy acariciando su piel más suave y la pronuncio. Y
añado: "quiero tu placer, dámelo, abundante, dámelo." (15)

La inscripción textual del cuerpo adquiere tonos cercanos a
la creación original, resuena con los ecos bíblicos del verbo
hecho carne, de la palabra que deviene cuerpo. En ese nom-
brar "como en otro principio" se perfila y se cincela el cuerpo
de la amada a través de sus componentes más eróticos, acer-
cando el placer y el deseo visual a la formulación verbal. La
escritura se va formulando a partir de los principios del desvelamiento (se revela la desnudez cuando se quita la ropa) y
de la fragmentación a través de esa sucesión de miembros y
zonas corporales. En las palabras se fusiona la contemplación,
el deseo erótico y la formulación del cuerpo anatómico y del
cuerpo textual, ambos fragmentados, construidos a través del
movimiento y de la alternancia de voces y de fragmentos. Frente
a la pregunta acerca de la belleza que sugiere el parecer como
opinión, dictamen o juicio, se opone la aparición como manifestación, presencia, surgimiento, cuerpo presente. Meese ha
expresado con admirable belleza la fusión de la superficie física
del cuerpo de la amada con la superficie textual del cuerpo
blanco de la página:

I approach the white body of the page—stroke its surface
as I would your skin—inscribing in it what I take as literal
signs of my affection, sometimes with an animated passion,
sometimes with a thoughtfully gentle contemplation. Surface to surface which, like all inscriptions, connect beyond
to some deeper, more powerful significances. Something
happens as well in the mind where love is an inventive ges-
ture. (19)

En la recreación del cuerpo de la amada a través de la palabra, primero oral: "deseo sobre todo hablar de ti," y más tarde

167

escrita al pasar a la página impresa, la escena mencionada de la novela adquiere un sentimiento de proximidad, de acercamiento *in crescendo* hacia el cuerpo. Tras la contemplación visual y la formulación verbal se pasa al roce, a la caricia y a la petición del placer de la amada ("dámelo"). La creación se realiza a través del roce físico, pero también con la imaginación, con esa capacidad inventiva de la mente que menciona Meese. A través de las palabras, la sintaxis y la gramática se articula el cuerpo de la amada y el progresivo acercamiento a ese cuerpo que comienza por ser fragmentario y que se unifica mediante el encuentro sexual/textual.

La escritura del placer se lleva a cabo en la presencia y en la realización del acto sexual, pero también en su ausencia mediante su transcripción escrita, en ese deseo al que no es posible dar cumplimiento inmediato. Es entonces cuando se articula la memoria del placer del siguiente modo:

> Ganas crecidas de la mujer tras la ausencia. De nombrarla desde el descubrimiento de estar viva, de que serías capaz de cualquier cosa por seguirla teniendo, cercana, dispuesta. Yo la nombro. Palabras del deseo, inapelables, secas. El sabor del placer, sus formas repetidas. (27)[2]

Vienen a la memoria las cartas escritas en la ausencia por la joven protagonista de *Te deix, amor, la mar com a penyora,* Marina, durante su exilio forzado en Barcelona. Para ambas el cuerpo textual sirve como sustituto y hasta llega a reemplazar al cuerpo real de la amada.

Pero si en *Te deix* el final de desolación llegaba de mano de los perniciosos efectos del rumor y de una moral estrecha y provinciana, en *Efectos secundarios* la expresión del cuerpo erótico y del placer pronto adquiere connotaciones de conflicto y de sufrimiento a causa de la enfermedad. La interacción entre lo material y lo conceptual y la encrucijada de funciones anatómicas, psíquicas y emocionales se producen con la aparición del cáncer en el pecho de una de las protagonistas, Maritxu. Etxenike ha indicado que fue esta enfermedad el elemento desencadenante de la novela, basado en un hecho real:

> La idea de la novela surge hace varios años por un hecho familiar: a mi madre le operan de un cáncer, afortunadamente sin mayores consecuencias. Entonces, en ese momento a mí

me da la curiosidad; la curiosidad de las palabras. La curiosidad no sólo de las palabras del dolor, sino de las palabras
para describir el cuerpo en alguien como yo, que no se había
pensado mucho físicamente, que se pensaba más de otra
manera.[3]

Las reacciones que el descubrimiento y el tratamiento de la
enfermedad provocan en Maritxu y en su amante, Laura, atraviesan varias etapas: Maritxu siente la vulnerabilidad de ver
su cuerpo disminuido y mutilado, siente la abyección de su
"cuerpo repulsivo, indeseable" (105), y teme que Laura la aban-
done. Hay un proceso de aceptación del cuerpo y de la herida
que ahora sustituye al pecho extirpado y una nueva dignidad
corporal redescubierta. Laura pasa del miedo a perder a su
amante a la constatación de su amor por la mujer y a la confesión de este amor a su marido, Joaquín. Las reacciones del
cuerpo superan los cambios y transformaciones meramente
anatómicos y sugieren una red de comunicaciones emocionales
y psíquicas simultáneas. Las oscilaciones del deseo se detallan
a partir de la intervención quirúrgica, como veremos.

Camilla Griggers critica la tendencia actual a considerar el
cáncer de pecho como una patología exclusivamente biológica
y no social, en un afán de mantener la "facialidad" femenina
tecnológica contemporánea. Para Griggers la facialidad no es
un significante de una consciencia individual sino un mecanismo
de significaciones, una red de interpretaciones que organiza la
zona de expresiones aceptables del significante y de los con-
ductos aceptables de significados hacia los signos y de los signos a los sujetos.[4] A partir del rostro se crea un proceso de
subjetivización que se extiende al resto del cuerpo y simultáneamente se establece un proceso social que determina qué es
lo tolerable frente a lo inaceptable. Para mantener esa facialidad normalizada y normativa es preciso "re-facializar" la herida, reconstruir el cuerpo mediante la prótesis, ya que el cáncer
de pecho se convierte en un signo público de contaminación
interna que altera la presunta continuidad e inteligibilidad de
la facialidad femenina:

> The face of breast cancer becomes a face of cultural psy-
> chosis when the social denies its own pathologies by pro-
> jecting the malignant breast as pathology of the organic, and

169

, by covering over the site of the pathology with prostheses
or reconstruction. (31–32)[5]

Griggers alude a una sociedad tecnologizada en la que la
enfermedad se consigna a lo puramente biológico y anatómico
sin advertir que el cáncer de pecho es también una patología
social, y detalla estadísticas médicas y farmacéuticas que dan
fe de esta situación. *Efectos secundarios* va más allá en su retrato de la enfermedad como unión de lo puramente anatómico
con lo social, lo psíquico y lo emocional, pero también alude
a esa falta de sintonía entre la enfermedad biológica y la aparente normalidad institucional. Laura se refiere a la visita al
hospital, en la que el médico anuncia la necesidad de una operación inmediata, como una escena que provoca sentimientos
de constatación de lo absurdo y ridículo de la existencia: en el
hospital, la aparente normalidad de un lugar donde todos los
enfermos son de cáncer la enfurece: "A mí aquello me estaba
poniendo furiosa. Porque lo que yo quería era pegar cuatro gritos
y que todo el mundo se pusiera a hacer algo enseguida; y que
aquel lugar tranquilo y como sonriente se pareciera a un mal-
dito hospital" (30–31). Si bien es habitualmente Maritxu, la
escritora, quien muestra una mayor conciencia sobre el sentido
de las palabras y siente la apremiante necesidad de buscar los
términos justos para sus sentimientos y sus pensamientos, también Laura expresa en este momento el sentimiento de la disparidad o la falta de adecuación de las palabras a la realidad.
Al contrastar el presente con un pasado que no incluía el cáncer se da cuenta de que tan sólo a través de la experiencia se
hace posible modificar el significado de las palabras: "El médico nos esperaba de pie, detrás del escritorio enorme de un
despacho diminuto, y sonreía. Y cuando se sentó y yo vi sus
dos manos delgadas, pulcrísimas, abiertas sobre el escritorio,
sentí vergüenza por todas las veces que había dicho en mi vida
'esto es absurdo'; me sentí una imbécil" (31).

Para Maritxu, la primera reacción es el intento de negar la
realidad de la enfermedad, equiparando el conocimiento intelectual con la vida, y tratando de olvidar ese saber para negar el cáncer:

> No ha pasado.
> Yo puedo conseguir que esta ansiedad —movimientos
> irreconocibles de mi mente, conclusiones disparatadas—
> desaparezca.

No ha sucedido nada. No tengo aquí, donde pongo el
dedo, a tres centímetros del pezón izquierdo, a unos cuantos milímetros de profundidad, un cuerpo extraño, un bulto,
un tumor, la vida acelerándose.
No necesito esa operación. Qué tontería. (37–38)

Y en esta misma idea insiste obsesivamente hasta llegar a decir algo más adelante: "Se puede. Si no lo sé, no existe. Si consigo olvidar que lo he sabido . . . no existirá" (39).

Si bien en ciertos fragmentos anteriormente mencionados
la formulación y la creación del cuerpo anatómico en cuerpo
textual se llevaba a cabo por medio de la afirmación del deseo
y de la afirmación de la materialidad física, el intento de negación se produce ahora a través de formulaciones mentales basadas en el conocimiento con desprecio de la realidad física. Ese
sentimiento de negación no es sino una aparente coraza protec-
tora que pronto se revelará inútil ante la realidad de la operación y la extirpación del pecho que se llevará a cabo rápidamente.
La herida aparece ahora en su lugar en la cartografía del cuerpo
de Maritxu, y la misma necesidad perentoria de explicar el placer
y el deseo por medio de las palabras le lleva ahora a comprender su cuerpo. Es necesario un pensamiento de la totalidad de
su persona que incluya, en primer lugar, la reconsideración del
cuerpo como integrante esencial, y en segundo lugar la pro-
gresiva constatación de que su estado actual supone una combinación de la vida presente y de la vida pasada y de que tal
posición puede resultar enriquecedora. Esta recuperación se ve
constantemente interrumpida por nociones del cuerpo que remiten al concepto de lo abyecto, tal como ha sido formulado
por Kristeva, que ya se explicó en el capítulo correspondiente
a la novela de Soriano. Grosz a partir de Freud afirma que en
el caso de la enfermedad o el dolor, las zonas afectadas del
cuerpo se agrandan y se magnifican en la imagen corporal. Freud
describe la transferencia de la libido desde el mundo externo
y desde los objetos amorosos hacia el cuerpo del sujeto enfermo.
En la siguiente cita se combina la abyección del cuerpo tras la
operación con la inmediata asociación con el objeto amado,
que influye en la percepción de la imagen corporal:

En el desprecio de mí misma: verme, sentirme, imaginarme
reducida a despojos; descubrirme la herida delante del espejo;

171

decir yo misma de mí misma: "sólo soy esto, un cuerpo repulsivo, indeseable, y en consecuencia tengo que estar dispuesta a todo, a rebajarme si hace falta, a cualquier prueba
bochornosa, degradante; cualquier cosa con tal de conservar a Laura. (105)[6]

La identificación del sujeto (a través del espejo) se lleva a
cabo por medio de la herida, superponiéndose ahora ese énfasis excesivo en lo anatómico-corporal al predominio de lo mental
en la definición que Maritxu tenía anteriormente de su imagen
corporal como totalidad. La transferencia del objeto amado hacia
el cuerpo enfermo se realiza a través de la contemplación de
lo humillante y lo degradante como pruebas necesarias para
retenerlo. Es este un momento de transición asociado a la imposibilidad de la escritura ya que el sufrimiento y la herida física[7] determinan una lesión en la imagen corporal en su totalidad
que no permite la expresión escrita: "Yo sufro; no escribo y
pienso en mi cuerpo mutilado y en mi muerte" (100). Pero serán precisamente las palabras, el pensamiento y la escritura,
las vías terapéuticas de curación y reconstrucción de una imagen corporal dignificada para Maritxu. Para ello, el primer paso
es pensarse como cuerpo y volver a la escritura tras la recuperación de un pasado en que tal noción de la materialidad corporal se había descuidado: "Lo he hecho: escribir durante años
sin pensarme físicamente. Sin saber que tenía esperanzas puestas
en esta mole tibia, frágil. Pero he sido este cuerpo. Feliz por
este cuerpo" (89). Así ha explicado la autora ese proceso de
aceptación de la imagen corporal que atraviesa Maritxu:

> Poco a poco va asumiendo que tiene un cuerpo, asumiendo
> que ese cuerpo es imperfecto, desarmonizado, frágil; va asu-
> miendo que ella es frágil por ese cuerpo en esa recuperación,
> en esa redefinición, porque utiliza palabras como "bálsamo,"
> recupera la dignidad y puede volver a escribir. (380)

La flexibilidad en la aceptación corporal va desplazando la
abyección anterior hasta lograr una posición que incorpora el
pasado y el presente y que acepta la noción de la muerte como
parte integrante de la existencia:

> —La manera de convencerme de que todo lo que fui es
> sólo una parte de lo que soy ahora. Es decir, que sigo intacta

. . . Y que además soy este cuerpo. Y que también soy los
pensamientos y las sensaciones que me provoca y me ha provocado ver este cuerpo y saberlo frágil, exigente, doloroso,
moribundo . . . (104).[8]

Las repercusiones de la operación y de los cambios opera-
dos en el cuerpo alteran las relaciones afectivas entre los protagonistas: Laura siente la urgencia de confrontar sus sentimientos
tras la primera visita a Maritxu después de la operación y
confiesa a su marido, Joaquín, que desde hace cinco años ellas
son amantes. Laura siente que ha cruzado una frontera al admitir: "Vergüenza por haberme callado y callado y callado" (52).
Importa destacar dos hechos que configuran la originalidad de
este texto al instaurarlo en la perspectiva de la narrativa española contemporánea, y en particular, al compararlo con alguno
de los relatos mencionados en este estudio. En primer lugar,
la propia resolución de la historia en la que el lesbianismo sale
del estadio de virtualidad al que había sido reducido en la narrativa española anterior, según la acuñación de Epps, y se torna
en opción real. Es más, al experimentar esos días difíciles de
convivencia con Joaquín tras la confesión de la relación lesbiana, Laura se refiere a esos días de "gestos copiados" y los
admite: "Porque me permiten conservar la esperanza de que
al final de tantos y tantos días de incomprensión y de abandono, habrá una puerta. Y del otro lado, el camino del regreso
a la cordura" (92). Si recordamos ahora el desenlace de los relatos de Riera anteriormente analizados, nos percatamos de la
distancia existente entre aquellas historias de locura y de muerte,
y aquella descripción que llevaba a cabo el marido de Marina
de la relación de las mujeres como una historia "enfermiza," y
este regreso a la cordura. En este caso, la relación lesbiana se
aparta de cualquier noción de degeneración, se aleja de lo mal-
sano y lo morboso y, muy al contrario, es la enfermedad física
la que promueve el acercamiento definitivo entre las mujeres.[9]
Por otra parte, el texto evita el ocultamiento, ya que, si bien
éste se ha producido anteriormente, hay ahora un deseo y una
fuerte voluntad de ponerle fin. Afirma Laura: "—Hemos vivido
encerradas, ocultas. Mi amor por ti sólo era verdad cuando
estábamos solas. ¿No es eso una especie de mentira?" (100).
La respuesta de Maritxu a este nuevo deseo de su amante de
vivir a la luz es la siguiente: "—El mundo va a parecerme

mucho más hermoso, multiplicado" (100), y de algún modo creo poder hacer extensible esa noción de un mundo más hermoso y multiplicado al propio campo de la narrativa contemporánea peninsular donde aparecen nuevas opciones en lo referente al amor lesbiano, inexistentes hasta entonces.

El segundo aspecto que interesa destacar es la nueva atención e importancia que se concede en esta novela al hombre heterosexual. La voz de Joaquín ocupa una buena parte de la narración y en su lucha interna por aceptar la revelación que le presenta Laura aparece en todo momento como un personaje entero y digno que trata de asimilar la nueva situación. Sus pensamientos revelan las oscilaciones que experimenta entre la tentación de sentirse inocente y ajeno a la situación por un lado, y su sentido moral:

> Pero no quiero pensar "perdonar." Me tiene que repugnar esa palabra; avergonzarme.
> Porque Laura no me pertenece.
> Y sin embargo, me siento tan distinto a ella, ajeno. ¿Limpio?
> No quiero pensar en Laura y Maritxu de este modo. No quiero desear ir subiendo peldaños, para mirarlas desde arriba, pequeñas, despreciables.
> Pero es posible que me sienta traicionado, humillado. (61)[10]

El amor como sentimiento poderoso se manifiesta de forma paralela en el mundo homosexual y heterosexual y los celos hacia el cuerpo de Laura que se imagina con el/la otro/a se formulan en forma muy semejante por parte de Maritxu antes de la decisión de Laura de abandonar a Joaquín ("Su marido la abraza en la noche; dormida. ¿Duerme? Pensamiento insoportable de sus cuerpos unidos, ansiosos por la ausencia"; 27), y por parte de éste tras la misma ("Y las imágenes mortificantes de sus cuerpos juntos, pegados, complacidos, empiezan a soltarse"; 59). En otro plano, y a través del relato que Maritxu está escribiendo dentro de la novela y que supone la recuperación de su mundo familiar a través de la figura del padre se proponen nuevas vías de satisfacción para la relación heterosexual del padre.

La continuación de este relato en la página 106, que había sido anteriormente abandonado, simboliza la recuperación física y psíquica de Maritxu, que encuentra las palabras para continuar, "lentamente, la historia interrumpida" en la página 28, tras el descubrimiento de la enfermedad. El padre, Ramón, tras la muerte de su mujer, logra rehacer su vida sentimental con una mujer, María Victoria. Las últimas líneas de este relato crean un paralelo con la historia de Laura y Maritxu en la que se inscribe en el sentido de que ambos finales constituyen nuevos principios en la relación, que queda abierta al descubrimiento y a la exploración de nuevas formas de placer. Así termina el relato con la conversación entre el padre y su amante:

> —Voy a buscarme por dentro —le he dicho a la mujer— caminos que nos acerquen mucho más. Quiero saberlo todo de ti y darte todo lo que vaya descubriendo que soy.
> Ella me ha contestado:
> —Voy a cuidarte el cuerpo. Que este placer nos dure y nos dure y nos dure. (107)

Se eluden, de este modo, distancias excesivas entre el placer del cuerpo y el deseo sexual entre los sexos o entre diversas opciones de sexualidad. Al alejarse de nociones de heterosexualidad obligatoria o de actividad masculina frente a la pasividad femenina, *Efectos secundarios* evita repetir esas actitudes que Judith Butler llama las "prácticas repetitivas" en el discurso, o al menos modifica tales prácticas en el sentido propuesto por Butler: "The task is not whether to repeat, but how to repeat or, indeed, to repeat and, through a radical proliferation of gender, *to displace* the very gender norms that enable the repetition itself" (*Gender Trouble* 148).

En una novela como ésta, que desde el comienzo nos acostumbra al conflicto y a la complejidad, no sorprende que su final imponga un nuevo esfuerzo adicional, tanto para sus protagonistas como para sus lectoras. En un desplazamiento del "final feliz" que parecía anunciar ese encuentro de las dos mujeres tras la confesión y el posterior abandono del hogar conyugal por parte de Laura, surgen nuevas posiciones afectivas para ambas en esta etapa final. Lograda la recuperación física y psíquica por parte de Maritxu y tras la decisión de la vida en común, cuando las trabas anteriores parecían haberse solucionado y la felicidad parecía posible, asoma la ausencia de deseo por parte de Laura ("La ausencia de deseo. Rotunda. Incomprensible";

110). El brote de esta ausencia ya se anunciaba al conocerse la enfermedad: tras la primera visita al hospital, y en el regreso en coche, Maritxu acaricia la pierna de Laura, y así formula ésta sus pensamientos: "Pero sólo sentía entre las piernas —como un lugar ajeno— un roce desagradable, áspero. Y en la cabeza, entre los pensamientos, se me iban metiendo palabras injustas; verbos injustos: "hurgarme," dolorosos: "sobar" (34). Una vez más se advierte la correspondencia entre los vocablos y los sentimientos, que a pesar de reconocerse y comprenderse injustos asoman de acuerdo al sentir íntimo de la mujer.

En los encuentros amorosos entre las mujeres en la última parte del texto y ante la ausencia de deseo propio, Laura resuelve proporcionar el placer a Maritxu y olvidarse de sí misma, pero al fin esta ausencia le obsesiona, y abiertamente plantea la cuestión a su amante: "¿Cómo se le dice a alguien a quien has deseado, no te deseo? ¿Cómo se le dice a alguien a quien amas, no te deseo?" (111). Maritxu siempre ha exigido la precisión en las palabras y la formulación de los sentimientos, y ahora Laura de algún modo le devuelve la tarea al forzarle a articular la falta de deseo cuando el amor sigue presente. La respuesta de Maritxu constituye casi un tratado en sus definiciones en cuanto al amor, el placer y el deseo:

> —El amor no son palabras sueltas. El amor son palabras juntas, frases completas, sentidos, reglas convenidas. Y el placer, la técnica infalible, el camino marcado, tú lo has dicho. Como aprenderse unos pasos de baile. Pero el deseo, Laura, es otra cosa. Viene y se repite y se aparta y nos abandona y nos recupera, sin que lo entendamos, mejor dicho, aunque no lo entendamos. (113)

La absoluta necesidad de mantener el deseo vibrante y de oponerse a la rutina de la vida amorosa desprovista de él ya había sido formulada anteriormente por varios personajes. Laura se decanta por el presente de la felicidad, frente a los años de convivencia con Joaquín: "Elijo a Maritxu porque ella es el presente. Y la felicidad no se recuerda" (99). Isabel, la amiga de Laura envuelta en una relación heterosexual, de modo similar reivindica la necesidad de reconquistar el presente en todo momento: "No quiero sentir que lo hemos conseguido . . . No quiero follar ni una sola vez en mi vida por disponibilidad y por costumbre" (47). De igual modo Joaquín se debate entre la conveniencia de seguir al lado de Laura aceptando la posibilidad de que ella ame a los dos y la separación. Esta última opción viene motivada porque él tampoco puede aceptar la mentira de una relación basada en la rutina y no en el deseo:

> Porque es posible que me haya mentido. Que haya permanecido a mi lado por todas las demás malditas, despreciables razones que nada tienen que ver con el amor. Que haya fingido el placer y el deseo. Y suponerla mintiendo en eso —"la locura de tu cuerpo en mi cuerpo; insaciable de ti; desearte como estar en peligro, provocar el peligro, estar dispuesta"— es como tocar un hierro al rojo vivo. (73–74)

Lo que Joaquín no puede tolerar es la sospecha de que en las palabras de Laura que traslucían y traducían el deseo haya existido cualquier sombra de falsedad o simulación; esa posibilidad le hace reconsiderar el pasado y el presente, cuestionando la experiencia existencial a partir de la nueva revelación.

Volviendo al final de la narración, el desenlace de la historia en su última escena guarda una estrecha coherencia con situaciones y discursos anteriores, ya que se produce un encuentro sexual entre las mujeres en el desván en el que el deseo se recupera por parte de ambas.[11] Se rehuyen de este modo los finales fáciles o excesivamente centrados en la felicidad de la relación lesbiana. Este encuentro final no ha sido inmediato sino marcado en todo momento por la necesidad constante de re-evaluar el pasado y el presente de cada una de las protagonistas, y sólo en esa constante revisión y reconsideración de esa unión amorosa se anticipa el futuro de la pareja. La frase final de Maritxu: "—Soy tan feliz. Para finalmente ser tan feliz, más feliz que nunca, cuántos destrozos" (116), precisa el sentido del texto y de la vida como creación constante en cuya base se encuentran el conflicto y la dificultad. La felicidad, no obstante, es posible, y lejos de negarse a aceptar tal opción, el texto se abre a la posibilidad optimista de un mejor entendimiento entre los sujetos en un proceso continuo de producción y transformación.

Algunas reflexiones finales

Ha sido mi intención recoger en este proyecto una serie de lecturas y reflexiones en torno al concepto del desarrollo femenino en la novela española de este siglo. El gobierno franquista emprendió en la primera época la tarea de aleccionamiento de la mujer española por medio de un conjunto de principios reguladores del proceso vital y "experiencial" restringidos a sus supuestas capacidades de esposa y madre. Los textos que he escogido no pretenden en modo alguno constituirse como "modelos" del desarrollo femenino, ni en la literatura ni en la historia, de la misma manera en que mis lecturas tampoco se ofrecen como patrón definitivo de este género literario. Son, antes bien, modelos de la diferencia, diversas configuraciones subjetivas de cuatro protagonistas emplazadas en cada una de las seis décadas que han seguido a la de la guerra civil, y que tienen en común el haber compartido ese momento histórico-cultural bajo el gobierno de Franco y la realidad de la democracia que persiste en la actualidad. Las diversas modulaciones que adquiere la vida de cada una de ellas en estas narraciones —en términos de edad, proyecto nacional, orientación sexual, vida familiar, educación, y asuntos profesionales—, son la mejor prueba de la insuficiencia del intento institucional de presentar un modelo unilateral de desarrollo. Estas narraciones constituyen, ante todo, una significativa constatación de la diferencia.

En muchos casos las estrategias narrativas se ponen del lado de la de-formación física, psíquica y estilística como uno de los recursos que se rebela ante la estrechez de un modelo a todas luces insuficiente para el desarrollo de las mujeres. Frente al pretendido paraíso matrimonial creado por el discurso oficial franquista, se ofrecen en estos textos diversas opciones de desarrollo en la representación literaria: una joven sin preocupación ninguna en lo concerniente a su proyecto matrimonial (*Nada*); una mujer que mantiene su virginidad en la posición de la menopausia (*La playa de los locos*); una protagonista que comienza su proceso de recuperación psicológica después de dos matrimonios y después del crecimiento de sus dos hijos (*La plaça del Diamant*); dos mujeres a través de las cuales se lleva a cabo una reivindicación parcial del lesbianismo como opción amorosa y vital en los relatos de Riera; una mujer de mediana edad que adoptó la prostitución y la escritura como medios de vida, y dos mujeres que realizan la posibilidad virtual del lesbianismo anticipada en Riera.

Este panorama se aleja del modelo normativo propuesto y es en este sentido en el que las narraciones se rebelan contra el discurso oficial, ya que constituyen otra lectura de la realidad personal, familiar y social; un recuento de la historia marcado por la voz femenina, "(an)other side of the story." Esa otra cara de la historia se deja ver a través de la literatura por medio de ciertas estrategias narrativas que estas escritoras emplean certeramente a la hora de reivindicar nuevas opciones de desarrollo para la mujer. Los primeros cuatro textos no presentan un enfrentamiento abierto y claro con el sistema. Existe, por lo general, una dependencia fuerte del sistema patriarcal y del discurso y de la mirada del "Otro" (en su sentido más amplio) como moldeador y conformador del desarrollo. Las protagonistas se definen constantemente como seres en relación y sus actitudes y comportamientos se ven fuertemente influidos por la abrumadora presión de esos principios patriarcales, que con frecuencia ponen freno a sus precarios intentos de liberación. Rememorando desde el presente esas posibilidades de desarrollo perdidas y ya jamás recuperadas, resuenan en estas reflexiones ciertos ecos del concepto de la melancolía tal como quedó expuesto en el capítulo correspondiente a la novela de Soriano. La pérdida de ciertas opciones, tanto a nivel de formación vital como en lo relativo a la escritura sólo se compensa a través de éstas y otras bellas muestras literarias que ciertas escritoras nos dejaron. Difícilmente pudo constituirse la mujer como sujeto del discurso, de la historia o de su propia sexualidad en estas circunstancias. Las quejas, las protestas, la frustración y la impotencia asoman sus caras con frecuencia mediante gritos y silencios, imágenes y sueños, presencias y ausencias. El texto de Gómez Ojea deconstruye ese discurso patriarcal anterior, lo pone en evidencia y se aleja de modos de vida en los que persisten las huellas del régimen anterior, si bien constata la presencia de esas huellas a mediados de los ochenta en la sociedad española. La obra de Etxenike ofrece posibilidades de armonización, de un futuro de tolerancia en el que es posible la realización personal y la (precaria) felicidad.

Las diferencias entre las protagonistas vienen así mismo articuladas mediante diferencias de clase, de situación económica y social y de educación. Mientras que *Nada* y *La plaça del Diamant* describen la durísima situación de hambre y de pobreza creadas en Barcelona durante y después de la guerra, las narraciones de Soriano y de Riera se apartan de la presentación de la dura realidad social en términos económicos, y se decantan por una detallada exposición de los rasgos culturales y de los principios educativos que rigieron el desarrollo de sus protagonistas: cursos, canciones, lecturas, recitales, etc. Las variaciones en la lengua empleada para la escritura —castellano y catalán— y para el emplazamiento espaciotemporal elegidos en cada caso dan realce a las peculiaridades del desarrollo. *Los perros de Hécate* combina el fondo económico social con la presentación de la vida cultural y *Efectos secundarios,* en su economía lingüística, se centra en descripciones afectivas y emocionales interiorizadas sin atender demasiado a los aspectos externos.

La experiencia es en todos los casos un elemento clave en la presentación de cada personaje. Los epígrafes de varios de los textos, reivindican el poder de la experiencia en el momento previo a la apertura de la narración, otorgando así un nuevo comienzo a la lectura. En *Nada* se recoge un fragmento de un poema de Juan Ramón Jiménez que alude a la experiencia sensorial en términos que anticipan el cariz estilístico y literario de la obra de Laforet: el "gusto amargo" y el "tono discordante" reaparecen en el proceso vital de Andrea y en sus interconexiones con familiares y amigos. Surge de este modo la transgresión de ciertos principios del orden y de la normalidad que la prudencia aconsejaba no desairar. *La playa de los locos* se abre con unos versos de Vicente Aleixandre: "Heme aquí frente a tí, mar, todavía. . . ." Así se presenta la protagonista en la posición de la escritura, frente a ese mar que la ha acompañado a lo largo de la reflexión y rememoración anterior, y que se transforma finalmente en el receptor de esas memorias. La cita de Meredith: "My dear, these things are life," establece una conexión entre vida y literatura y anticipa la reivindicación de lo cotidiano que Rodoreda llevará a cabo en *La plaça del Diamant*. Parece contenerse en este epígrafe, además, el germen de la crítica que la escritora desarrollará en lo referente a la "cosificación" en un sentido doble: la pérdida del valor personal en tiempos de guerra, y la reducción hasta el vacío, la "limpieza" extrema de los objetos que provoca el pensamiento de la muerte y de la desaparición de la vida humana. Los epígrafes de los relatos de Riera funcionan como una suerte de advertencia previa acerca de la relevancia de la experiencia lesbiana y del poder del cambio y de la transformación. La cita que Etxenike recoge de David Leavitt alude a la relación entre las palabras *efectos* y *consecuencias*, lo que anticipa el valor que la escritora concede al poder de las palabras y a sus asociaciones. La terminología médica subyacente en el título "Efectos secundarios" se asocia a la afectividad de las relaciones, y ambas se combinan bellamente en esa expresión. En todos los casos se establecen puntos de unión entre obras y autores/as anteriores y el corpus propiamente dicho, por medio de estos momentos de intertextualidad que apuntan ya a la importancia que la experiencia adquiere en estas narraciones.

El rasgo fundamental que vincula estas novelas es, precisamente, la elección de una protagonista que crea su propio texto a través del recuento de su vida o de una etapa de ésta. En esos espacios textuales, de distinta extensión, las protagonistas articulan la expresión de los aspectos más íntimos de su experiencia por medio de la primera persona narrativa. Como ha señalado Joanne Frye, la necesidad de contar historias adquiere una doble importancia como recuento de la experiencia femenina y como exploración de nuevas fórmulas narrativas que logren, de algún modo, subvertir las fórmulas heredadas:

> In a novel of growing up female, the dual need of female narrative both to represent and to subvert, then, has double urgency: not only the need for a recharacterization of female experience but also the need for a reinterpretation of

> narrative to resist rather than confirm the socialization pro-
> cess. (77)

La expresión adquiere diversas formas: el recuento en *Nada;* la escritura epistolar en que se desnuda la intimidad de las protagonistas de los textos de Soriano y Riera; la narración más abarcadora de la vida de Natalia desde la adolescencia hasta la edad adulta por medio del monólogo interior; la desvergonzada e inconexa confesión de Tarsiana y la alternancia de voces que configura *Efectos secundarios.* En cada uno de estos textos se registra la presencia de un "yo" íntimo que actúa e interpreta desde una conciencia decididamente subjetiva. Esta presencia de la primera persona es propia de la novela de desarrollo femenina, ya que las narradoras sienten la necesidad del recuento subjetivo, de la recreación del sentimiento más íntimo y de la re-visión de lo vivido. Sin embargo, no resulta en absoluto inconcebible pensar en una novela de desarrollo a partir de la segunda o tercera persona narrativa. En ello se separa este género de la autobiografía, en la que la utilización de la primera persona está al servicio de la indagación en la naturaleza del mismo acto autobiográfico.

Si bien la dependencia del discurso del "Otro," y del discurso masculino en particular, es una presencia en varios de los textos, la persistencia del "yo" no es sino un intento de autoafirmación, por plasmar una experiencia y una identidad femeninas a través del recuento de una vida. Estos intentos resultan precarios e insuficientes en ciertos casos, pero crean las bases de una autoafirmación de la experiencia femenina que recogerá la nueva generación de escritoras españolas.

Nuevas propuestas narrativas han aparecido en el panorama de la literatura femenina en los últimos años. En la llamada "nueva narrativa española," escritoras como Adelaida García Morales, Rosa Montero, Almudena Grandes, Belén Gopegui, Olga Guirao, Lucía Etxebarria o Carmen Rigalt han configurado a las protagonistas de sus novelas como sujetos del discurso. Construyen de esta manera nuevos modelos de desarrollo que expresan la sexualidad y los sentimientos femeninos a través de una experiencia acorde con los nuevos tiempos de la transición y de la vida democrática en España. El concepto de desarrollo femenino tal como lo he venido definiendo se presta admirablemente al estudio de nuevos proyectos literarios feministas centrados en el momento actual. Este análisis se revela como tarea fundamental para comprender mejor los cambios sustanciales en ciertas formulaciones literarias de la vida de las mujeres; más aún en un momento en que, como afirma Fraiman, los modelos de desarrollo femeninos creados y transmitidos por los medios divulgativos en la prensa, la televisión y el cine, resultan francamente descorazonadores:

> Not surprising, then, that a casual glance at contemporary tales of development is likely to make a feminist cringe. Conduct books in glossy paperback instruct women how to dress for success, to love but not too much, and to expect certain things when they are expecting. The sexual scripts of romance novels, movies, and television reproduce the old dichotomized types: angelic, stay-at-home wife or horrendous fatal attraction. (145)

Si bien Fraiman se refiere a la sociedad y a la cultura norteamericana, y las españolas presentan una configuración particular, no hay duda que a través de la difusión extraordinaria que los medios de comunicación han alcanzado se trasladan o se reproducen estos estereotipos en muchos casos. La literatura femenina española contemporánea no responde por lo general a estos modelos basados en dualidades anacrónicas, sino que busca nuevas opciones de desarrollo propio para las mujeres. En la novelística más reciente se agudizan las contradicciones y lo femenino aparece frecuentemente como un lugar de confusión ideológica que no excluye la reivindicación de una nueva identidad femenina. He insistido particularmente en mi lectura en todos aquellos aspectos que indican un proceso vital que se desajusta o se rebela frente al modelo dominante y que proponen nuevas, complejas e incluso desconcertantes maneras de desarrollo. En estos términos discordantes y esperanzadores concibo el futuro de mis heroínas y el mío propio.

Notas

Introducción

1. Información extraída del libro de Todd Kontje *The German "Bildungsroman": History of a National Genre* 29. No es mi intención elaborar un estudio detallado sobre el nacimiento ni la evolución del género. Me remito para ello a los recientes trabajos de Kontje, Randolph Shaffner y Susan Fraiman, quienes proporcionan información detallada y completa acerca de la historia del término y de sus sucesivas reinterpretaciones en el campo de la teoría y la práctica literaria. Me limito ahora a señalar aquellos principios o consideraciones más relevantes para lo que concierne al corpus de novelas que analizo.

2. Entre otras: Franco Moretti en *The Way of the World* ve el *Bildungsroman* como la forma simbólica de la modernidad; Mikhail Bakhtin en *The Dialogic Imagination* pone el énfasis en la experiencia del héroe más que en una realidad predeterminada; Kontje en *Private Lives in the Public Sphere* ve el *Bildungsroman* en el contexto cambiante de las instituciones literarias y culturales en Alemania alrededor de 1800; David Roberts en *The Indirections of Desire* ve en el desarrollo de Meister la posibilidad de superación del complejo de Edipo, o Robert Tobin en "Healthy Families" analiza en el *Bildung* del mismo personaje la socialización de un joven que debe reprimir su homoeroticismo juvenil al entrar en contacto con una sociedad puramente heterosexual.

3. En parecidos términos, Martin Swales propone una relectura de los textos canónicos del *Bildungsroman,* e identifica el mérito artístico de estas novelas en la resistencia final que muestran al solucionar y resolver todos los conflictos. Explica la tensión existente en los textos entre el tiempo lineal y la actividad práctica, entre la infinita potencialidad de desarrollo del individuo y las limitaciones que la realidad impone, del siguiente modo:

> In terms of its portrayal of the hero, the *Bildungsroman* operates with a tension between a concern for the sheer complexity of individual potentiality on the one hand and a recognition on the other that practical reality—marriage, family, career— is a necessary dimension of the hero's self-realization. (29)

4. En obras de Dorothy Miller Richardson, Simone de Beauvoir, Doris Lessing y Christa Wolf.

5. Frances Burney, Jane Austen, Charlotte Brönte y George Eliot.

6. "Unbecoming" es un término que se opone al proceso lineal del desarrollo implícito, pero también a las connotaciones de lo conveniente, lo propio y decoroso latentes en "becoming" (véase Fraiman).

7. Me refiero a la literatura española en términos generales, si bien Mercè Rodoreda y Carme Riera escriben en catalán y se inscriben dentro de las culturas catalana y mallorquina respectivamente, y los relatos de Luisa Etxenike, nacida en San Sebastián, se han incluido en varias ocasiones en antologías de la llamada "literatura vasca." Sin embargo, hasta 1975 la realidad sociopolítica del estado español se impuso como norma a las otras nacionalidades de la Península, y por ello las incluyo dentro del epígrafe general de literatura española o literatura peninsular.

8. En 1945 publica Rosa Chacel *Memorias de Leticia Valle,* que se presta igualmente a un estudio interesante del proceso de desarrollo en la joven, expuesto en este caso a través de los signos de la ausencia y del silencio.

9. Estudiaré en detalle ese proceso censor en el segundo capítulo. En la década de los cincuenta se escriben una serie de novelas femeninas de desarrollo caracterizadas por los sentimientos de frustración, impotencia y enclaustramiento que reflejan la situación política del país en esos años y la difícil condición del desarrollo femenino en España.

10. Otras novelas de desarrollo femenino publicadas dentro de España en la década de los sesenta son: *La insolación* (1963) de Carmen Laforet, *Diario de una maestra* (1961) de Dolores Medio, *Tristura* (1960) de Elena Quiroga, y *Julia* (1968) de Ana María Moix. Estas novelas comienzan a mostrar ciertos indicios de apertura y de liberación para las protagonistas, pero por lo general el tono sigue siendo desalentador, predominando la queja ante una realidad que raramente permite otras opciones que las tradicionalmente adjudicadas a la mujer. En los años setentos se escriben los primeros indicios literarios de la transición política española y se muestran los efectos para la vida de las mujeres en los relatos de Riera mencionados y sobre todo en las novelas de Montserrat Roig, que retrata la experiencia femenina durante estos años con detallada precisión.

11. En las últimas décadas existe una extensa producción novelística femenina que expande y renueva el género de la narrativa de desarrollo. Cabe mencionar, entre otras, *El sur* de Adelaida García Morales (1985), *La isla de los perros* de Beatriz Pottecher (1994), *Malena es un nombre de tango* de Almudena Grandes (1994), *La hija del Caníbal* de Rosa Montero (1997), o *Mi corazón que baila con espigas* de Carmen Rigalt (1997). Sería un interesantísimo proyecto analizar estas más recientes novelas y atender a la evolución de esta narrativa de desarrollo en el período ya cercano al fin de siglo.

12. Véase asimismo la obra de Francisca López: *Mito y discurso en la novela femenina de posguerra en España* para un estudio interesante de la narrativa femenina española con una fuerte base histórica. También Andrés Sopeña Monsalve en *La morena de la copla* proporciona, en tono jocoso y hasta frívolo en ocasiones, datos de gran interés para la historia del feminismo español.

13. Teresa de Lauretis marca algunas pautas interesantes para el estudio de las configuraciones de subjetividad al definirlas en los términos siguientes: "patterns by which experiential and emotional contents, feelings, images, and memories are organized to form one's self-image, one's sense of self and others, and of our possibilities of existence" (*Feminist Studies* 5).

Capítulo uno
La impropiedad de lo extraño: el desarrollo femenino como creación en *Nada*

1. "Todo empezaba a ser extraño a mi imaginación" (13), "Al levantar los ojos vi que habían aparecido varias mujeres fantasmales" (15), "Empecé a ver cosas extrañas como los que están borrachos" (17–18), "Que no era natural aquello" (31), "[las fiebres] me dejaron una extraña y débil sensación de bienestar" (57), "Era un poco fascinante aquel contraste" (60), "en aquella extraña comida de Navidad" (75), "Todo resultaba tan asombroso que contribuyó a que yo lo achacara a trastornos de mi imaginación medio dormida" (88), "estaban en una edad tan extraña de su cuerpo como la adolescencia" (105), "Eres una 'peque' muy original" (117), "formábamos un grupo tan grotesco que algunas gentes volvían la cabeza a mirarnos" (109), "con una extraña mirada de angustia y temor" (123), "Hasta entonces no había sospechado que la comida pudiera ser algo tan bueno, tan extraordinario" (126), "La gente era, en verdad, grotesca" (175), "La noche de San Juan se había vuelto demasiado extraña para mí" (208), "Es curioso hasta qué punto pueden ser extraños dos seres que viven juntos y que no se entienden" (237–38), "¡Qué juego extraño!" (264), "una rabia inexplicable me venía de dentro" (266), entre otros.

2. Así describe Barry Jordan en "Looks That Kill" la mirada de Angustias: "[the gaze] . . . works in the service of regulating the family, especially the erotic relations of its members, and preserving order in behalf of the absent male head of the house" (85). En efecto, Andrea acusa a esa mirada de impedir su libre desarrollo: "Era aquello lo que me había ahogado al llegar a Barcelona, lo que me había hecho caer en la abulia, lo que marraba mis iniciativas: aquella mirada de Angustias" (99).

3. Entiende Jacques Lacan el estadio del espejo como una identificación en el sentido de la transformación que se produce en un sujeto cuando éste asume una imagen y este proceso manifiesta: "la matriz simbólica en la que el *yo* ["je"] se precipita en una forma primordial, antes de objetivarse en la dialéctica de la identificación con el otro y antes de que el lenguaje le restituya en lo universal su función de sujeto" (87). Jane Gallop critica en Lacan lo que ve como un intento de configuración de la identidad a través de un impulso totalizador (véase: "Where to Begin?" en *Reading Lacan*). Jenijoy LaBelle ha indicado que para muchas mujeres (y personajes femeninos en la ficción), la escena memorable del espejo no se produce necesariamente en la infancia, ni tampoco es necesariamente un incidente único: "Many characters experience a succession of 'primal' confrontations with the mirror at various stages in their development" (83). Luce Irigaray alude a esa superficie plana del espejo elegido por Lacan, que no refleja los órganos femeninos y que provoca sentimientos de fragmentación y marginalidad en las mujeres

(*Speculum de l'autre femme*). Todas estas revisiones feministas del estadio del espejo intentan combatir una situación que podría configurarse como excesivamente patológica a partir de las formulaciones de Lacan, debido a la permanencia de la fragmentación en muchos reflejos especulares femeninos, pero que tiene raíces y repercusiones diferentes, precisamente por la distinta configuración física y psicológica de la mujer.

4. Aplicaré este mismo esquema a la noción de la identidad, que se configura en la novela en términos muy similares a la descripción que hace de Lauretis de la identidad femenina como "[. . .] rewriting of self in relation to shifting interpersonal and political contexts" (*Feminist Studies* 9).

5. "Por primera vez sentí un anhelo real de compañía humana. Por primera vez sentía en la palma de las manos el ansia de otra mano que me tranquilizara. . ." (93), "Por primera vez me sentía suelta y libre en la ciudad, sin miedo al fantasma del tiempo" (113), "El día me había traído el comienzo de una vida nueva" (118), "Pensé que realmente estaba comenzando para mí un nuevo renacer" (126), "una nueva era" (142), "y aquel día yo había sentido como un presentimiento de otros horizontes" (214), "Era la primera vez que yo iba a una fiesta de sociedad" (217), "Era la primera vez que la había visto llorar" (261), "Empecé a mirar a mi amiga, viéndola por primera vez tal como realmente era" (267), entre otros.

6. Entre otras, las de Ruth El Saffar, Marsha Collins, Michael Thomas y Juan Villegas.

7. Tomo esta idea de Jaume Martí-Olivella, quien aplica los términos de Mary Daly a su estudio de *La plaça del Diamant* en: "The Witches' Touch: Towards a Poetics of Double Articulation in Rodoreda" (163). Me parece una idea extremadamente sugerente, si bien, como me sugirió Brad Epps, tal vez demasiado dogmática en la presentación de Daly, ya que presupone un pasado comunitario único e igual para todas las mujeres, independientemente de sus experiencias. No cabe ninguna duda que para ciertas mujeres la "herida" de la infancia ha sido mucho más intensa que para otras.

8. Robert Spires ha señalado las modificaciones de los juicios de Andrea en lo referente a sus valoraciones sobre Angustias, Román y Ena.

9. Por otra parte, estas afirmaciones de Jordan parecen estar en abierta contradicción con otras dentro del mismo artículo ("Looks That Kill"), en las que, frente a esa caracterización de la narradora como figura insustancial e incapacitada, dice: "In her capacity as a narrator, Andrea is in a position to re-capture her sense of selfhood, identity and completeness and finally regain creative control" (95).

10. Existe un estudio detalladísimo de este apartado en el artículo de Jordan "Looks That Kill." Aunque difiero en parte con las conclusiones de este crítico, refiero al/a la lector/a a toda la primera parte de su excelente análisis de la mirada de Andrea en su interacción con los otros personajes, y de la profunda relevancia de los actos visuales en *Nada*.

11. Entre las revisiones de este mismo artículo de Freud, merece la pena destacar las de Irigaray (*Ce sexe qui n'en est pas un*) y Shoshana Felman (*What Does a Woman Want?*). Ambas subrayan la negación de la posición de sujeto para la mujer en el estudio de Freud, que considera a la mujer como el objeto de deseo y de la misma pregunta, pero no como sujeto.

Capítulo dos
Amor y melancolía: *La playa de los locos* y el fantasma del fracaso

1. Manuel Abellán recoge la lista de preguntas que debía servir como pauta para los censores: "1) ¿Ataca al dogma? 2) ¿A la moral? 3) ¿A la Iglesia o a sus ministros? 4) ¿Al régimen y a sus instituciones? 5) ¿A las personas que colaboran o han colaborado con el régimen? 6) Los pasajes censurables ¿califican el contenido total de las obras? y 7) informe y otras observaciones" (19).

2. En ciertas formulaciones psicoanalíticas del proceso de envejecimiento femenino, el lenguaje parece transmitir cierta intolerancia hacia tal proceso, como ocurre con algunas declaraciones de Sigmund Freud. En una carta dirigida a Ernst Jones, afirma: "Young and old now appear to me to be the greatest opposites of which human life is capable." Y añade: "[. . .] an understanding between the representatives of each is impossible" (citado en Schur 406). Kathleen Woodward reproduce la carta que Freud envió a Minna, la hermana de su prometida Martha, refiriéndose a la madre de ambas en los siguientes términos:

> [. . .] capable of high accomplishments, without a trace of the absurd weaknesses of old women, but there is no denying that she is taking a line against us, like an old man. Because her charm and vitality have lasted so long, she still demands in return her full share of life —not the share of old age—and expects to be the center, the ruler, and end in itself. (*Aging and Its Discontents* 27)

Freud parece condenar a la madre por no aceptar su papel, por no resignarse al sacrificio de la pasividad y por no silenciar la expresión del deseo. Frente a esta caracterización freudiana de irreconciliación entre juventud y vejez, quiero referirme al principio de "tolerancia," que Melanie Klein propone como un avance psíquico en la maduración del individuo. La escisión es un mecanismo de defensa primario, incapaz de tolerar sentimientos de ambivalencia. Esta escisión está presente en la fantasía que tiene el niño de dos madres: una madre buena, a quien se ama, y una madre mala, a quien se odia. Klein interpreta como un signo de avance psíquico la síntesis de estas dos imágenes de amor y odio en una representación compleja. La falta de complicación y de ambigüedad en ciertas formulaciones psicoanalíticas marcadas por el rechazo y el aborrecimiento ante la vejez parecen presentar una similar falta de tolerancia. La protagonista de *La playa* participa de una similar intolerancia y rechazo hacia su propia configuración corporal, y me interesa analizar las causas y las repercusiones de tal actitud.

3. Freud siente una impresión enigmática ante la indeterminación que el objeto de la pérdida presenta en ocasiones: "Pero la inhibición melancólica nos produce una impresión enigmática, pues no podemos averiguar qué es lo que absorbe tan por completo al enfermo" (2092–93).

4. Páginas 17, 18 y 55 entre otras.

5. La continuación de la escritura del paisaje se centra en la arena y el mar, y similarmente agrupa deseos de posesión y pasividad entremezclados:

> La arena era pálida y fina, como lavada y cribada, y sin ninguna huella de ser vivo, parecía brindarme su desfloración deleitosa. El mar parecía casi inmóvil, expectante, felino, como dotado de una intención arteramente seductora; ronroneando apenas, me echaba su fuerte vaho —un aliento salitroso, casi viril—, mientras sus aguas venían a tenderse reiteradamente hacia mí, en una especie de rendida pleitesía, de acogida gozosa a mi hermosura. (*La playa* 80)

Los deseos de encuentro sexual reprimidos se verbalizan aquí explícitamente en ese salto final hacia la playa: "Yo no podía renunciar a la posesión recíproca: bastaba un solo salto, un salto loco para alcanzarla" (81).

6. Lacan y otros teóricos/as han subrayado la importancia del lenguaje como base del psicoanálisis a partir de Freud: "recordemos que el método instaurado por Breuer y por Freud fue, poco después de su nacimiento, bautizado por una de las pacientes de Breuer, Anna O., con el nombre de 'talking cure'" (Lacan 244); similarmente: "Freud's most important move, from this perspective, lies in the displacement from the 'look' to the 'voice,' from the visible to language. [. . .] Freud rejected the photographic techniques of Charcot in favor of the analytic session in which contact with the patient was achieved through speech, association, interpretation of linguistic lapses" (Mary Ann Doane 105). También dice Isolina Ballesteros: "En sus comienzos, el psicoanálisis se desarrolla esencialmente como 'talking cure.' El propósito era curar la sintomatología de la histérica a través del lenguaje. Freud usa el término 'traducción' para designar la función del psicoanálisis" (166n3). Ballesteros refiere al/a la lector/a al artículo de Dianne Hunter, "Hysteria, Psychoanalysis, and Feminism: The Case of Anna O."

7. Es significativo observar que ese joven puede haber estado muerto desde años atrás o seguir vivo en ese momento, ya que la ausencia de un "cuerpo" en el lenguaje para su representación acentúa su carácter de fantasma. En ese momento la protagonista decide "matarlo" y establecer, de este modo, una visión que podrá comenzar a orientarse hacia el futuro más que hacia el pasado.

Capítulo tres
El poder de la experiencia: la construcción de
la subjetividad en *La plaça del Diamant*

1. Si bien la necesidad de atender a los procesos discursivos e históricos que enmarcan la experiencia del sujeto es fundamental, como señala Joan Scott, es preciso señalar que ella en ningún momento alude a su propia posición como crítica o historiadora en todo este artículo: "Experience." De Lauretis muestra, por el contrario, su situación dentro de la crítica feminista y la configuración de su discurso a partir de estudios previos. Creo además que Scott, en toda justicia, debería citar también la revisión del término que propone de Lauretis en *Feminist Studies / Critical Studies: Issues, Terms and Contexts,* publicado en 1986, dos años después de *Alicia ya no*, ya que ambas obras son anteriores a su artículo, de 1991. En 1986, de Lauretis definía la experiencia como "configurations of subjectivity," y concluye: "[. . .] the relation of experience to discourse, finally, is what is at issue in the definition of feminism" (5), aludiendo al proceso discursivo mediante el cual se configura la subjetividad.

2. No veo ninguna razón por la cual no pudieran combinarse los análisis de identidad sexual y nacional; de hecho, creo que es en la combinación de tales factores donde se sitúa la configuración de la subjetividad en el texto. Si bien Joan Ramón Resina se opone a toda consideración del carácter "menor" de la escritura femenina —"It is not because her novels legitimize feminist dogmas that they can be said to manifest a deterritorialization of language" (227)—, creo que la condición de Rodoreda como una de las pocas mujeres escritoras de su tiempo caracteriza a su escritura como "menor" en la misma proporción que su exilio o su utilización del catalán.

3. Para un estudio del espacio urbano y doméstico como alegoría para expresar el impacto del exilio y de la alienación me remito al estudio de Enric Bou: "Exile in the City: Mercè Rodoreda's *La plaça del Diamant.*"

4. No voy a detenerme en este caso en la descripción de las distintas posiciones de la protagonista, ya que ha sido éste un tema ampliamente estudiado en los trabajos que mencioné anteriormente; entre otros, los de Kathleen Glenn, Kimberly Nance y Frances Wyers. A ellos me remito para una mejor comprensión del desarrollo argumental.

5. Señaló así mismo Roman Jakobson la dependencia del eje de la sustitución del código —del sistema lingüístico completo—, y la del eje de la combinación con respecto al contexto.

6. Tal vez sea pertinente referirme sucintamente al tratamiento que recibe la protagonista en la película dirigida por Francesc Bertriu, *La plaza del Diamante*, basada en la novela de Rodoreda. En esta adaptación cinematográfica la presencia de la opresión femenina queda velada: se presenta únicamente por medio del monólogo interior de Natalia que se escucha en ciertos momentos. La realidad política y social colectiva adquiere en la película mucha mayor entidad que la vida de la protagonista. La relación entre Natalia y Quimet se pinta con los tintes rosados de una romántica historia de amor, ausentes en el texto narrativo. Lea Ball ha estudiado algunas de estas diferencias en su artículo "El lenguaje de la división y el silencio en Rodoreda." Además de los elementos percibidos y señalados por Ball, habría que mencionar el distinto tratamiento que reciben en el filme escenas como la inicial del baile, el primer embarazo o el bombardeo de la ciudad. Las preocupaciones y sufrimientos de la protagonista en la novela se tornan en risas y miradas arrobadas dirigidas a Quimet en la película. La cinta que oprime la cintura de Natalia se transforma en "la rosa del amor" que vende la Señora Enriqueta, la figura deformada de su cuerpo durante el embarazo tan sólo es motivo de hilaridad al verse reflejada en el escaparate de una tienda, y el bombardeo que la protagonista sufre angustiada con sus hijos, se soporta mejor en la versión fílmica reconfortada por los besos de Quimet. Similarmente, los pósters y carteles que abren la película atienden más a la realidad nacional de la sociedad española que a la difícil situación de la mujer. Ball hace alusión a la ausencia de la voz femenina en la película, y concluye: "[. . .] Betriu mismo juega el papel patriarcal representado por Quimet, dividiendo la experiencia de Natalia y vaciándola de la esencia de sí misma" (98). Para un análisis más detallado véase mi artículo: "Traducciones y traiciones en *La plaza del Diamante*," y especialmente el estudio que con más cuidado y con más profundidad ha tratado este tema tanto a nivel fílmico como a nivel narrativo: el artículo de Patricia Hart titulado: "More Heaven and Less Mud: The Precedence of Catalan Unity over Feminism in Francesc Betriu's Filmic Vision of Mercè Rodoreda's *La plaça del Diamant*." El episodio de la cinta de goma en la cintura es certeramente analizado por Hart como uno de los numerosos momentos dolorosos y problemáticos de la novela que se embellecen o simplemente desaparecen al pasar a la pantalla, en un film "more systematically beautiful and nationalistic than the novel on which it is based" (58). Como concluye Hart, la novela de Rodoreda es un tesoro de una especie más oscura y más inquietante (58).

7. Glenn, Nance y Wyers han resaltado la alienación que el embarazo supone en sus respectivos estudios.

8. También en el episodio de las jícaras para el chocolate que compra Natalia. La reacción de Quimet es indirecta pero tajante. A través de la conversación con su amigo Cintet dice: "Ni a ella ni a mi no ens agrada la xocolata desfeta. Són ben bé ganes de pentinar el gat . . ." ("Ni a ella ni a mí nos gusta el chocolate hecho . . . mira que son ganas de perder el tiempo"). Natalia ya ha empezado a comprender este modelo que se le impone: "Va quedar ben entès que a mi, no m'agradava la xocolata desfeta" (57; "Quedó bien claro que a mí no me gustaba el chocolate hecho"; 44).

Capítulo cuatro
La seducción de la carta: el amor como principio de desarrollo en dos relatos de Carme Riera

1. Parece posible hablar ya de tres generaciones dentro del panorama de la novelística femenina de posguerra, de forma similar a la clasificación que Elaine Showalter hizo de la literatura inglesa escrita por mujeres en *A Literature of Their Own*. Elizabeth Ordóñez en *Voices of Their Own,* con claras resonancias de la obra de Showalter, establece tres generaciones de mujeres novelistas. Están, en primer lugar, las escritoras de las tres primeras décadas de la posguerra: Laforet, Soriano, Quiroga y Matute, quienes presentan respuestas tentativas a las demandas de un campo de discursos tradicionalmente falogocéntricos. Vendrían después las estrategias discursivas de figuras de transición como Martín Gaite, Alós y Tusquets, para llegar finalmente a las hijas más jóvenes: Riera, Gómez Ojea, Ortiz, Díaz-Más y García Morales. En los textos de estas últimas narradoras a una mayor experimentación formal se une un principio de autonomía en la proyección de ciertos rasgos intimistas caracterizadores de la identidad femenina. Se observa igualmente una mayor independencia en la exposición de tal identidad, que supera las fases anteriores de mera protesta o reflejo de la sociedad patriarcal. En términos generales parece aceptable el panorama presentado por Ordóñez, quien toma en consideración criterios formales e ideológicos.

2. El libro *Palabra de mujer* (1980), que recoge otra versión castellana de las dos narraciones escritas por Riera, lleva además el subtítulo *Bajo el signo de una memoria impenitente.* Aunque me baso en la traducción castellana de Luisa Cotoner, haré referencias ocasionales a este texto, ya que existen ciertas variantes significativas entre ambas versiones. Recientemente Glenn ha señalado con detalle las diferencias existentes entre las distintas versiones castellanas y catalanas en su artículo "Reading and Writing the Other Side of the Story in Two Narratives by Carme Riera" y a él me remito para mayor información en este punto.

3. Patricia Meyer Spacks utiliza términos franceses en un bello juego de palabras para describir el mismo fenómeno al estudiar las *Memoirs* de Fanny Hill: "The *lettre* becomes *l'être;* 'letter' becomes 'being': writing a letter signifies sexual desire, and it also plays out that desire" (en Goldsmith 140).

4. Epps insiste en la importancia de la presencia de los cuerpos y en el carácter a la vez corporal y divino del erotismo en este pasaje. A las múltiples ausencias y fragmentaciones recurrentes en los relatos, se opone este momento de pasión carnal:

> Yet what the flesh discerns is not its utter transparency or invisibility, not some dubious release through loss and disappearance. Instead, the body of the beloved retains a fleshy refuge, an intimate crevice or cleft (l'escletxa), which harbors the secret

pulse of being itself. In the fluid yet concentric movement from
sea to body to crevice, lesbian desire assumes proportions at
once almost mythic and divine. (326–27)

El papel terapéutico de la escritura, que ya fue mencionado en el capítulo referente a *La playa de los locos,* se renueva en este relato, y la
escritura de las cartas proporciona a la protagonista consuelo e incluso
fugaces momentos de felicidad.

5. Riera insiste en ésta y en otras narraciones en la naturaleza poco
fiable de la escritura, y de la carta en particular, para la transmisión del
sentimiento. En *Cuestión de amor propio,* la protagonista, Angela Cami-
nals, define la carta que está escribiendo como "este intermediario convencional" (12), y afirma: "Lo que escribo o digo es pálido reflejo de lo
que quiero expresar" (18). También existen referencias a la caligrafía
misma, que puede alumbrar o entorpecer la comprensión de la lectura.

6. La narradora alude al paso del tiempo y al engaño de los cosméti-
cos "aplicados meticulosamente a la cara durante los últimos veinte años"
(131).

7. Incluso la narradora del segundo relato se enfrenta a Riera para
reprocharle: "se ha identificado un poco demasiado con la historia"
(131).

8. Es oportuno señalar, no obstante, la amenaza que suponía cualquier
tipo de mujer que no se asimilaba al modelo femenino establecido. Todo
lo no reducible a la norma patriarcal se despreciaba bajo denominacio-
nes peyorativas tales como "mozos de cuadra," "marimachos," "mujeres como hombres," etc. (Véase Alcalde 119 y 140.) Geraldine Scanlon
recoge el siguiente discurso sobre el tipo de mujeres que no se adaptaba
a la norma: "Este feminismo moderno es símbolo de decadencia para
muchos pueblos y de ruinas fatales para muchas almas. La mujer
'suprarrealista' de hoy, de pelo corto, de falda corta, la mujer que juega,
bebe, fuma y no se escandaliza de nada, es de tristes y dolorosas consecuencias para la humanidad" (323).

9. No hay que olvidar tampoco el fenómeno de la censura, que fortificó
el discurso oficial dificultando la aparición de la sexualidad en la literatura. Como señala Abellán, uno de los criterios fijos de censura era el
siguiente: "Moral sexual entendida como prohibición de la libertad de
expresión que implicara, de alguna manera, un atentado al pudor y a las
buenas costumbres en todo lo relacionado con el sexto mandamiento y,
en estrecha unión con dicha moral, abstención de referencias al aborto,
homosexualidad y divorcio" (88–89).

Capítulo cinco
El cuerpo como inscripción: la (des)mitificación del desarrollo femenino en *Los perros de Hécate*

1. "10 1730 Devenir-Intenso, Devenir-Animal, Devenir-Impercepti-
ble . . ." (Deleuze y Guattari, *Mil mesetas* 239–315).

2. "Contrariamente a una estructura [. . .] el rizoma sólo está hecho de líneas: líneas de segmentaridad, de estratificación, como dimensiones, pero también línea de fuga o de desterritorialización como dimensión máxima según la cual, siguiéndola, la multiplicidad se metamorfosea al cambiar de naturaleza" (Deleuze y Guattari, *Mil mesetas* 25).

3. "Nada sabemos de un cuerpo mientras no sepamos lo que puede, es decir, cuáles son sus afectos, cómo pueden o no componerse con otros afectos, con los afectos de otro cuerpo, ya sea para destruirlo o para ser destruido por él, ya sea para intercambiar con él acciones y pasiones, ya sea para componer con él un cuerpo más potente" (Deleuze y Guattari, *Mil mesetas* 261).

4. Así expresa la protagonista, en términos generales, la interacción con sus visitas, fuentes de sus afectos: "Hasta mí llega cada día, traído en un bolso de cocodrilo, o en un capazo de campesina, o salido de unos labios, ya irónicos, ya temblorosos de irritación, un capítulo de la inagotable novela inmensa, tierna, violenta, cruel, anodina, apasionante, que es la vida humana" (34–35). Es en ese "cada día" en el que se inscribe el devenir de Tarsiana, en el contacto con las visitas, los recuerdos y las fantasías.

5. "Tuve suerte y jamás me quedé encinta" (30).

6. Véase el libro de Janine Chasseguet-Smirgel: *Éthique et esthétique de la perversion* para una revisión del análisis freudiano, y un estudio detallado de los "Tres ensayos" para la teoría de la perversión.

7. Menciona, entre otros/as al Marqués de Sade, Georges Bataille, Jean Genet, Roland Barthes, Phillipe Sollers, Julia Kristeva, Hélène Cixous y Monique Wittig como potenciadores de esa tradición libertina.

8. Sin embargo, en otros momentos, subraya Kristeva un modo de escape de esa autoridad simbólica y un acercamiento a otro tipo de causalidad: "And yet, through and with this desire, motherhood seems to be impelled *also* by a nonsymbolic, nonpaternal causality" ("Motherhood" 239). Esta causalidad la acerca a lo femenino, a la comunión con el cuerpo de la madre, y así se actualiza la faceta homoerótica de la maternidad.

9. Para un estudio detallado del motivo de la sangre en la novela, véase el excelente análisis de Ordóñez (*Voices of Their Own* 164–65). Una perversión similar de los modelos convencionales se opera a través de lo abyecto. Kristeva muestra la amenaza que la sangre menstrual supone para la relación entre los sexos en el colectivo social (*Pouvoirs* 86), y sin embargo, en *Los perros* la sangre se hermana con los numerosos abortos practicados por diversas mujeres que ponen fin de este modo al resultado del acto sexual. En otros momentos de la novela ciertas mujeres beben grandes cantidades de sangre o de carne cruda, pervirtiéndose de este modo los hábitos alimentarios supuestamente femeninos. La sangre adquiere un valor redentor en la siguiente cita, que invierte el modelo eclesiástico de la limpieza de los pecados mediante el bautismo; la madrina de Tarsiana le reprocha: "—Eres una pequeña embrutecida por la religión apostólica, a causa del bautismo y la comunión . . . Necesitarías un baño de sangre pagana para lavarte" (183).

10. Ordóñez se ocupa con más detalle de esta cuestión en *Voices of Their Own* 168–69, y a su estudio me remito para un estudio más completo.

11. Son muy frecuentes estos pasajes en los que Tarsiana describe el gozo y el placer, y hasta el número de orgasmos que antiguos amantes de diversas razas y estamentos sociales le depararon.

12. "Acabo de hacerla feliz: le compré la carta. Aunque de sobra sé que es falsa, que ella misma la escribió la noche pasada, que la metió en el sobre de siempre, en el que introduce sus nocturnas creaciones literarias. Me las vende y le pago bien por ellas" (139).

13. Si en el nivel de contenido se rechazan los modelos de desarrollo tradicionales, en lo formal se aprecia una similar preocupación a través de un abandono de la escritura realista. Aparece una sucesión de imágenes de orientación surrealista en la que las cosas hablan y los objetos mudan su apariencia (páginas 11, 39, 65 y 182, entre otras). El aspecto físico de una persona puede alterarse de forma inverosímil (65), y los personajes del pasado resurgen y se instauran en el presente. Los juegos del lenguaje también contribuyen a escapar de la norma formal y de la seriedad de la escritura realista, y algunos personajes reciben nombres burlescos y hasta infantiles como "Juliana la Marrana, Cara de Huevo, Ojos de Rana" (50).

Capítulo seis
El (re)conocimiento del cuerpo y el placer del lenguaje: *Efectos secundarios*

1. En términos muy similares se refiere Rosi Braidotti a la noción del cuerpo y a la necesaria interacción entre diversas categorías: "The body, or the embodiment, of the subject is to be understood as neither a biological nor a social category but rather as a point of overlapping between the physical, the symbolic, and the sociological" (4).

2. Así expresa Elizabeth Meese el encuentro en la ausencia: "The pleasure in/for writing as engagements stands in for other pleasures—a kiss or an embrace; perhaps just a touch . . . So when the lover is no longer or not even there, the writer returns to writing, the engagement I can produce when the lover and my love for her are nothing other but are at least no less than a memory" (19).

3. Entrevista, Rodríguez, y Ortiz 379.

4. Para su definición de facialidad a partir de la teoría desarrollada por Gilles Deleuze and Félix Guattari, véase especialmente el primer capítulo del estudio de Camilla Griggers, *Becoming-Woman,* titulado "The Despotic Face of White Femininity."

5. Como indica Griggers, su intención no es criticar a las mujeres que deciden llevar a cabo la reconstrucción, sino más bien insistir en la importancia política del cáncer de pecho como epidemia social: "To the extent that reconstructive breast surgery serves not only a therapeutic function for the mastectomized woman but also a *signatory* function that helps to 'normalize' this state of the epidemic, it is the latest new territory, the most recent symptom, and the last site of breakdown of the despotic face of white femininity" (34–35).

6. Al contemplar a Laura tras despertar de la operación, Maritxu equipara la sensación de su cuerpo disminuido con la hermosura del cuerpo entero de su amante, y siente la desproporción de tal situación: "Y luego la odié porque el primer pensamiento recuperado fue el cuerpo y ella estaba intacta y era hermosa. y luego la odié porque el segundo pensamiento recuperado fue el del amor por ella, imprescindible, amenazado, y ella estaba intacta y era hermosa" (83).

7. Lo primero, nuevamente, es la contemplación y la aprehensión visual de la herida en el espejo, que se describe de la siguiente forma: "La mujer se desnuda delante del espejo y se toca el vientre, la cara, el pecho, de nuevo el vientre. Ella es esa mujer pasándose una mano temblorosa por la cara y un pecho, agolpando de pronto todos los pensamientos en una marca horrible, como de un latigazo, de aquí hasta aquí . . . Estoy rota; desgarrada, vaciándome" (88).

8. También en el terreno físico se describe ese "ajustamiento" al cambio y hasta llega a olvidarse progresivamente la presencia de la herida, empequeñeciéndose de ese modo el lugar que la marca de la enfermedad ha dejado en el sujeto y proporcionando nuevos espacios para el desarrollo de la libido:

—Siento movimientos en mi cuerpo —suele decir— como si se ajustara.

—La herida está cambiando —suele decir— se encoge, fíjate, se retira.

—A veces me miro desnuda en el espejo y no la noto. Sólo me acuerdo cuando empiezo a vestirme. Si no fuera por este sujetador ridículo.

—Me conformo —suele decir— con la inclusión de la palabra muerte en el vocabulario cotidiano. (110)

9. También el resto de los personajes aceptan la normalidad de la situación, y así, por ejemplo, cuando se produce la operación, la madre de Laura colabora con el cuidado de los hijos, en una formulación que presupone el conocimiento de la relación: "Y mi madre, para protegerme, se ocupó de mis hijos. —Dejádmelos a mí durante unos días. Estaréis más tranquilos" (47).

10. Afirma Etxenike: "Lo más fácil hubiera sido que él decidiera no amar más a su mujer porque le parecía repugnante que su mujer fuera lesbiana; pues no. Quería que los personajes estuvieran al límite, porque es la pasión o son esos acontecimientos centrales de la vida los que te sitúan en la frontera" (Rodríguez, y Ortiz 381).

197

11. Así se describe este momento: "¿Por qué ahora?" pregunta Maritxu, y responde Laura: "Porque has subido al desván al amanecer. Porque no quieres rendirte. Y sobre todo, porque no vas a dejar que yo me rinda" (116). Esta escena final es consecuente con opiniones expresadas anteriormente por Laura que reivindicaban la felicidad del presente.

Bibliografía

Abel, Elizabeth, Marianne Hirsch, y Elizabeth Langland, eds. *The Voyage In: Fictions of Female Development.* Hanover: UP of New England, 1983.

Abellán, Manuel. *Censura y creación literaria en España (1939–1976).* Barcelona: Península, 1980.

Agamben, Giorgio. *Stanzas: Word and Phantasm in Western Culture.* Trad. Ronald L. Martínez. Minneapolis: U of Minnesota P, 1993.

Aguado, Neus. "Carme Riera or the Suggestive Power of Words." *Catalan Writing 6.* Barcelona: Institució de les Lletres Catalanes, 1991.

———. "Epístolas de mar y sol: entrevista con Carme Riera." *Quimera* 105 (1991): 32–37.

Alborg, Concha. *Cinco figuras en torno a la novela de posguerra.* Madrid: Libertarias, 1993.

———. "Conversación con Elena Soriano." *Revista de estudios hispánicos* 23.1 (1989): 115–26.

———. "Una revalorización de la trilogía *Mujer y hombre* de Elena Soriano." *La escritora hispánica.* Ed. Nora Erro-Orthmann, y Juan Cruz Mendizábal. Miami: Universal, 1990. 17–25.

Alborg, Juan Luis. *Hora actual de la novela española I.* Madrid: Taurus, 1963.

Albrecht, Jane W., y Patricia V. Lunn. "*La plaça del Diamant* i la narració de la consciéncia." *Homenatge a Josep Roca Pons.* Ed. Jane Albrecht. Bloomington: Indiana UP, 1991. 59–65.

———. "*La plaça del Diamant:* Linguistic Cause and Literary Effect." *Hispania* 75.3 (1992): 492–99.

Alcalde, Carmen. *La mujer en la Guerra Civil Española.* Madrid: Ed. Cambio 16, 1976.

Aler Gay, Maribel. "La mujer en el discurso ideológico del catolicismo." *Nuevas perspectivas sobre la mujer: actas de las primeras jornadas de investigación interdisciplinaria.* Madrid: Seminario de Estudios de la Mujer, 1981. 232–48.

Alvarez, Blanca. "Mercè Rodoreda, un diamante oculto en la plaza." *Los cuadernos del Norte* 3.11–16 (1982): 34–37.

Alvarez Palacios, Fernando. *Novela y cultura española de posguerra.* Madrid: Edicusa, 1975.

Amorós, Andrés. *Introducción a la novela contemporánea.* Salamanca: Anaya, 1966.

Bibliografía

Amrine, Frederick. "Rethinking the *Bildungsroman*." *Michigan Germanic Studies* 13 (1987): 119–39.

Arnau, Carme. *Introducció a la narrativa de Mercè Rodoreda: el mite de la infantesa*. Barcelona: Edicions 62, 1979.

———. "La obra de Mercè Rodoreda." *Cuadernos hispanoamericanos* 383 (1982): 239–57.

Atencia, María Victoria. *El vuelo*. Málaga: Litoral, 1997.

Bakhtin, Mikhail. *The Dialogic Imagination: Four Essays*. Trad. Caryl Emerson y Michael Holquist. Austin: U of Texas P, 1981.

———. *Teoría y estética de la novela*. Madrid: Taurus, 1989.

Ball, Lea. "El lenguaje de la división y el silencio en Rodoreda." *Cine-Lit: Essays on Peninsular Film and Fiction*. Portland: Portland State U, 1992. 92–98.

Ballesteros, Isolina. *Escritura femenina y discurso autobiográfico en la nueva novela española*. New York: Lang, 1994.

Bart, Pauline B. "Depresión en mujeres de mediana edad." *Mujer, locura y feminismo*. Ed. Carmen Sáez. Madrid: Dédalo, 1979. 87–113.

Barthes, Roland. *Camera Lucida: Reflections on Photography*. Trad. Richard Howard. New York: Hill, 1981.

———. *Fragmentos de un discurso amoroso*. México: Siglo XXI, 1991.

Baudrillard, Jean. *De la seducción*. Madrid: Cátedra, 1986.

———. *La transparencia del mal*. Trad. Joaquín Jordá. Barcelona: Anagrama, 1991.

Beauvoir, Simone de. *Le deuxième sexe*. Paris: Gallimard, 1949.

———. *La vieillesse*. Paris: Gallimard, 1970.

Beck, Mary Ann, ed. *The Analysis of Hispanic Texts: Current Trends in Methodology*. New York: Bilingual, 1976.

Beddow, Michael. *The Fiction of Humanity: Studies in the Bildungsroman from Wieland to Thomas Mann*. Cambridge: Cambridge UP, 1982.

Bergmann, Emilie. "Letters and Diaries as Narrative Strategies in Contemporary Catalan Women's Writing." *Critical Essays on the Literatures of Spain and Spanish America*. Ed. Luis T. González del Valle, y Julio Baena. Boulder: Society of Spanish and Spanish American Studies, 1991. 19–29.

———. "Reshaping the Canon: Intertextuality in Spanish Novels of Female Development." *Anales de la literatura española contemporánea* 12.1–2 (1987): 141–56.

Bersani, Leo. *A Future for Astyanax: Character and Desire in Literature.* New York: Columbia UP, 1984.

Bieder, Maryellen. "The Woman in the Garden: The Problem of Identity in the Novels of Mercè Rodoreda." *Actes del Segon Colloqui d'Estudis Catalans a Nord America.* Barcelona: L'Abadia de Monserrat, 1982. 253–64.

Bordo, Susan. "The Body and the Reproduction of Femininity." *Writing on the Body: Female Embodiment and Feminist Theory.* New York: Columbia UP, 1997. 90–110.

Boss, Judith. "The Season of Becoming: Ann Maxwell's *Change.*" *Science Fiction Studies* 12.1 (1985): 51–65.

Bou, Enric. "Exile in the City: Mercè Rodoreda's *La plaça del Diamant.*" McNerney, y Vosburg 31–41.

Braendlin, Bonnie H. "Alther, Atwood, Ballantyne, and Gray: Secular Salvation in the Contemporary Feminist *Bildungsroman.*" *Frontiers: A Journal of Women Studies* 4.1 (1979): 18–22.

———. "New Directions in the Contemporary *Bildungsroman:* Lisa Alther's *Kinflicks.*" *Women and Literature* 1 (1980) 160–71.

Braidotti, Rosi. *Nomadic Subjects: Embodiment and Sexual Difference in Contemporary Feminist Theory.* New York: Columbia UP, 1994.

Brown, Joan L., ed. *Women Writers of Contemporary Spain: Exiles in the Homeland.* Newark: U of Delaware P, 1991.

Buckley, Jerome Hamilton. *Seasons of Youth: The "Bildungsroman" from Dickens to Golding.* Cambridge: Harvard UP, 1974.

Busquets, Loreto. "El mito de la culpa en *La plaza del Diamante.*" *Cuadernos hispanoamericanos* 420 (1985): 117–40.

Butler, Judith. *Gender Trouble: Feminism and the Subversion of Identity.* New York: Routledge, 1990.

———. "Performative Acts and Gender Constitution: An Essay in Phenomenology and Feminist Theory." Bordo 401–17.

———. "Variations on Sex and Gender: Beauvoir, Wittig and Foucault." *Feminism as Critique: On the Politics of Gender.* Ed. Seyla Benhabib, y Drucilla Cornell. Minneapolis: U of Minnesota P, 1987. 128–42.

Callejo, Alfonso. "Corporeidad y escaparates en *La plaza del Diamante* de Mercè Rodoreda." *Bulletí de la NACS* 16 (1983): 14–17.

Capel Martínez, Rosa María. *La educación y el trabajo femenino en España: 1900–1930.* Madrid: Ministerio de Cultura, 1982.

———, ed. *Ordenamiento jurídico y realidad social de las mujeres s. XVI a XX.* Madrid: UAM, 1986.

Caputi, Jane E. "Beauty Secrets: Tabooing the Ugly Woman." *Forbidden Fruits: Taboos and Tabooism in Culture.* Ed. Ray Browne. Bowling Green: Bowling Green UP, 1984. 36–56.

Carbonell, Neus. "In the Name of the Mother and the Daughter: The Discourse of Love and Sorrow in Mercè Rodoreda's *La plaça del Diamant.*" McNerney, y Vosburg 17–30.

Chasseguet-Smirgel, Janine. *Éthique et esthétique de la perversion.* Seyssel: Champ Vallon, 1984.

Chodorow, Nancy. *Feminism and Psychoanalytic Theory.* New Haven: Yale UP, 1989.

———. *The Reproduction of Mothering: Psychoanalysis and the Sociology of Gender.* Berkeley: U of California P, 1978.

Cixous, Hélène. "The Laugh of the Medusa." Trad. Keith Cohen y Paula Cohen. *Signs* 1 (Verano 1976): 24–37.

Clarasó, Mercè. "The Angel of Vision in the Novels of Mercè Rodoreda." *Bulletin of Hispanic Studies* 57 (1980): 143–52.

Classen, Albrecht. "Female Epistolary Literature from Antiquity to the Present: An Introduction." *Studia Neophilologica* 60.1 (1988): 3–13.

Colaizzi, Giulia, ed. *Feminismo y teoría del discurso.* Madrid: Cátedra, 1990.

Collins, Marsha S. "Carmen Laforet's *Nada:* Fictional Form and the Search for Identity." *Symposium* 38 (1984–85): 298–310.

Dalsimer, Katherine. *Female Adolescence: Psychoanalytic Reflections on Literature.* New Haven: Yale UP, 1986.

Daly, Mary. *Gyn/Ecology: Metaethics of Radical Feminism.* Boston: Beacon, 1978.

Davies, Ian. "Reading History: The Postmodernist Position in Fiction since Spain's Transition." Diss. U. of Wisconsin-Madison, 1994. *DAI* (1994).

De Lauretis, Teresa. *Alicia ya no: feminismo, semiótica, cine.* Trad. Silvia Iglesias Recuero. Madrid: Cátedra, 1992.

———. *Feminist Studies / Critical Studies: Issues, Terms, and Contexts.* Bloomington: Indiana UP, 1986.

———. *Technologies of Gender: Essays on Theory, Film and Fiction.* Bloomington: Indiana UP, 1987.

Deleuze, Gilles. *Différence et répétition.* Paris: PUF, 1969.

———. *Proust y los signos.* Trad. Francisco Monge. Barcelona: Anagrama, 1972.

Deleuze, Gilles, y Félix Guattari. *Kafka: Toward a Minor Literature.* Trad. Dana Polan. Minneapolis: U of Minnesota P, 1986.

———. *Mil mesetas: capitalismo y esquizofrenia.* Trad. José Vázquez Pérez. Valencia: Pre-Textos, 1994.

De Nora, Eugenio. "Carmen Laforet." *Novela española contemporánea: (1939–1967).* Madrid: Gredos, 1975. 102–10.

Derrida, Jacques. "La loi du genre / The Law of Genre." *Glyph: Textual Studies* 7 (1980): 176–232.

———. *Positions.* Trad. Alan Bass. Chicago: U of Chicago P, 1981.

Díaz, Lola. "Entrevista: Elena Soriano." *Cambio 16* 743 (24 de febrero 1986): 106–09.

Diccionario de la lengua española. Real Academia Española. Madrid: Espasa-Calpe, 1984.

Di Febo, Giuliana. *Resistencia y movimiento de mujeres en España 1936–1976.* Barcelona: Icaria, 1979.

Doan, Laura, ed. *Old Maids to Radical Spinsters: Unmarried Women in the Twentieth-Century Novel.* Urbana: U of Illinois P, 1991.

Doane, Janice, y Devon Hodges. *From Klein to Kristeva: Psychoanalysis and the Search for the "Good Enough" Mother.* Ann Arbor: U of Michigan P, 1992.

Doane, Mary Ann. "Veiling over Desire: Close-ups of the Woman." *Feminism and Psychoanalysis.* Ed. Richard Feldstein, y Judith Roof. Ithaca: Cornell UP, 1989. 105–41.

DuPlessis, Rachel Blau. *Writing beyond the Ending: Narrative Strategies of Twentieth-Century Women Writers.* Bloomington: Indiana UP, 1985.

DuQuesne, Terence. *Sappho of Lesbos: The Poems: A New Translation.* Thame: Darengo, 1990.

Durán, María Angeles, José Antonio Rey, y Mar de Fontcuberta, eds. *Literatura y vida cotidiana: seminario de estudios de la mujer.* Zaragoza: Servicio de Publicaciones de la Universidad Autónoma de Madrid y Secretariado de Prensa de la Universidad de Zaragoza, 1987.

Edwards, Lee R. *Psyche as Hero: Female Heroism and Fictional Form.* Middletown, CT: Wesleyan UP, 1984.

El Saffar, Ruth. "Structural and Thematic Tactics of Suppression in Carmen Laforet's *Nada.*" *Symposium* 28 (1974): 119–29.

Encinar, Angeles. "Mercè Rodoreda: hacia una fantasía liberadora." *Revista canadiense de estudios hispánicos* 11.1 (1986): 1–10.

Eoff, Sherman. "*Nada* by Carmen Laforet: A Venture in Mechanistic Dynamics." *Hispania* 35 (1952): 207–11.

Epps, Brad. "Virtual Sexuality: Lesbianism, Loss and Deliverance in Carme Riera's *Te deix, amor, la mar com a penyora.*" *Essays on Gay and Lesbian Writing in Hispanic Studies.* Ed. Emilie Bergmann, y Paul Julian Smith. Durham: Duke UP, 1995. 317–45.

Etxenike, Luisa. *Efectos secundarios.* Vitoria, Esp.: Bassarai, 1996.

Falcón, Lidia. "La dictadura heterosexual." *Poder y libertad* (Junio 1980): 51–54.

Feal Deibe, Carlos. "*Nada* de Carmen Laforet: la iniciación de una adolescente." *The Analysis of Hispanic Texts: Current Trends in Methodology.* Ed. Mary Ann Beck. New York: Bilingual, 1976. 221–41.

Felman, Shoshana. *Jacques Lacan and the Adventure of Insight: Psychoanalysis in Contemporary Culture.* Cambridge: Harvard UP, 1987.

———. *What Does a Woman Want? Reading and Sexual Difference.* Baltimore: Johns Hopkins UP, 1993.

Felski, Rita. "The Novel of Self-Discovery: Integration and Quest." *Beyond Feminist Aesthetics: Feminist Literature and Social Change.* Cambridge: Harvard UP, 1989. 122–53.

Folguera, Pilar, ed. *El feminismo en España: dos siglos de historia.* Madrid: Iglesias, 1988.

Formanek, Ruth, ed. *The Meanings of Menopause: Historical, Medical, and Clinical Perspectives.* Hillsdale, NJ: Analytic, 1990.

Forrest, Gene Steven. "El diálogo circunstancial en *La plaza del Diamante.*" *Revista de estudios hispánicos* 12 (1978): 15–24.

Foster, David William. "*Nada* de Carmen Laforet (ejemplo de neoromance en la novela contemporánea)." *Revista hispánica moderna* 32 (1966): 43–55.

Foucault, Michel. *History of Sexuality. Vol. I.* Trad. Robert Hurley. New York: Vintage, 1980.

Fraiman, Susan. *Unbecoming Women: British Women Writers and the Novel of Development.* New York: Columbia UP, 1993.

Freud, Sigmund. *Obras completas.* Madrid: Biblioteca Nueva, 1973.

Frye, Joanne S. *Living Stories, Telling Lives: Women and the Novel in Contemporary Experience.* Ann Arbor: U of Michigan P, 1986.

Frye, Northrop. *Anatomy of Criticism: Four Essays.* Princeton: Princeton UP, 1971.

Fuderer, Laura Sue. *The Female "Bildungsroman" in English: An Annotated Bibliography of Criticism.* New York: MLA, 1990.

Fuss, Diana. *Essentially Speaking: Feminism, Nature and Difference.* New York: Routledge, 1989.

Gallego Méndez, María Teresa. *Mujer, falange y franquismo.* Madrid: Taurus, 1983.

————. "Notas sobre el poder, la socialización política y la mujer (La Sección Femenina de Falange)." *Nuevas perspectivas sobre la mujer: actas de las primeras jornadas de investigación interdisciplinaria.* Madrid: Seminario de Estudios de la Mujer, 1981. 42–49.

Gallop, Jane. *The Daughter's Seduction: Feminism and Psychoanalysis.* Ithaca: Cornell UP, 1982.

————. *Intersections: A Reading of Sade with Bataille, Blanchot, and Klossowski.* Lincoln: U of Nebraska P, 1981.

————. *Reading Lacan.* Ithaca: Cornell UP, 1985.

García Nieto, M. Carmen, ed. *La palabra de las mujeres: una propuesta didáctica para hacer historia (1931–1990).* Madrid: Popular, 1991.

García Viñó, Manuel. *Novela española actual.* Madrid: Prensa Española, 1975.

Ginsberg, Elaine. "The Female Initiation Theme in American Literature." *Studies in American Fiction.* 3.1 (1971): 27–37.

Glenn, Kathleen. "Animal Imagery in *Nada.*" *Revista de estudios hispánicos* 11 (1977): 381–94.

————. "Authority and Marginality in Three Contemporary Spanish Narratives." *Romance Languages Annual* 2 (1990): 426–30.

————. "Las cartas de amor de Carme Riera: el arte de seducir." *Discurso femenino actual.* San Juan: U de Puerto Rico, 1995. 53–68.

————. "*La plaza del Diamante:* The Other Side of the Story." *Letras femeninas* 12.1–2 (1986): 60–68.

————. "Reading and Writing the Other Side of the Story in Two Narratives by Carme Riera." *Catalan Review* 7.1 (1993): 51–62.

Gohlman, Susan A. *Starting Over: The Task of the Protagonist in the Contemporary "Bildungsroman."* New York: Garland, 1990.

Goldsmith, Elizabeth, ed. *Writing the Female Voice: Essays on Epistolary Literature.* London: Printer, 1989.

Gómez Ojea, Carmen. *Los perros de Hécate.* Barcelona: Grijalbo, 1985.

González, Anabel. *El feminismo en España, hoy.* Madrid: Zero, 1979.

González del Valle, Luis, y Julio Baena, eds. *Critical Essays on the Literatures of Spain and Spanish America.* Boulder, CO: Society of Spanish and Spanish American Studies, 1991.

Grieve, Patricia. "Building Christian Narrative: The Rhetoric of Knowledge, Revelation and Interpretation in *Libro de Apolonio.*" *The Book and the Magic of Reading Medieval Literature.* Ed. Albrecht Classen. Garland Medieval Casebook 24. Forthcoming.

Griggers, Camilla. *Becoming-Woman.* Minneapolis: U of Minnesota P, 1997.

Gross, Elizabeth. "The Body of Signification." *Abjection, Melancholia, and Love: The Work of Julia Kristeva.* New York: Routledge, 1990. 80–103.

Grosz, Elizabeth. *Volatile Bodies: Toward a Corporeal Feminism.* Bloomington: Indiana UP, 1994.

Hart, Patricia. "More Heaven and Less Mud: The Precedence of Catalan Unity over Feminism in Francesc Betriu's Filmic Version of Mercè Rodoreda's *La plaça del Diamant.*" McNerney, y Vosburg 42–60.

Heller, Dana A. *The Feminization of Quest-Romance: Radical Departures.* Austin: U of Texas P, 1990.

Herzberger, David K. *Narrating the Past: Fiction and Historiography in Postwar Spain.* Durham: Duke UP, 1995.

Hirsch, Marianne. "The Novel of Formation as Genre: Between Great Expectations and Lost Illusions." *Genre* 12.3 (1979): 293–311.

Howe, Susanne. *Wilhelm Meister and His English Kinsmen: Apprentices to Life.* New York: Columbia UP, 1930.

Huf, Linda. *A Portrait of the Artist as a Young Woman.* New York: Ungar, 1985.

Hunter, Dianne. "Hysteria, Psychoanalysis, and Feminism: The Case of Anna O." *The (M)Other Tongue: Essays in Feminist Psychoanalytic Interpretation.* Ed. Shirley Nelson Garne et al. Ithaca: Cornell UP, 1985. 89–119.

Huston, Nancy. "The Matrix of War: Mothers and Heroes." *The Female Body in Western Culture: Contemporary Perspectives.* Ed. Susan Suleiman. Cambridge: Harvard UP, 1985. 119–36.

Hutcheon, Linda. *A Poetics of Postmodernism: History, Theory, Fiction.* New York: Routledge, 1988.

Ibáñez, Jesús. "Tiempo de postmodernidad." *La polémica de la posmodernidad.* Ed. José Tono Martínez. Madrid: Libertarias, 1986. 27–66.

Ilie, Paul. "Dictatorship and Literature: The Model of Francoist Spain." *Ideologies and Literature* 17.4 (1983): 238–55.

———. *Literature and Inner Exile: Authoritarian Spain 1939–75.* Baltimore: Johns Hopkins UP, 1980.

Irigaray, Luce. *Ce sexe qui n'en est pas un.* Paris: Minuit, 1977.

———. *Speculum de l'autre femme.* Paris: Minuit, 1974.

Jakobson, Roman. *Selected Writings.* The Hague: Mouton, 1971.

Jardine, Alice. *Gynesis: Configurations of Woman and Modernity.* Ithaca: Cornell UP, 1985.

Jay, Karla, and Joanne Glasgow, eds. *Lesbian Texts and Contexts: Radical Revisions.* New York: New York UP, 1990.

Johnson, Roberta. *Carmen Laforet.* Twayne's World Authors Series 601. Boston: Twayne, 1981.

———. "Voice and Intersubjectivity in Carme Riera's Narratives." González del Valle, y Baena 153–59.

Jones, Ann Rosalind. "Writing the Body: Toward an Understanding of *l'Écriture féminine.*" *The New Feminist Criticism: Essays on Women, Literature and Theory.* Ed. Elaine Showalter. New York: Pantheon, 1985. 361–77.

Jones, Margaret E. W. "Dialectical Movement as Feminist Technique in the Works of Carmen Laforet." *Studies in Honor of Gerald E. Wade.* Ed. Sylvia Bowman et al. Madrid: Porrúa Turanzas, 1979. 109–20.

———. "Las novelistas españolas ante la crítica." *Letras femeninas* 9.1 (1983): 22–34.

Jordan, Barry. "Laforet's *Nada* as Female *Bildung?*" *Symposium* 46.2 (1992): 105–18.

———. "Looks That Kill: Power, Gender and Vision in Laforet's *Nada.*" *Revista canadiense de estudios hispánicos* 17.1 (1992): 79–104.

———. *Writing and Politics in Franco's Spain.* London: Routledge, 1990.

Jost, François. "La tradition du *Bildungsroman.*" *Comparative Literature* 21 (1969): 97–115.

Kaminsky, Amy K. *Reading the Body Politic: Feminist Criticism and Latin American Women Writers.* Minneapolis: U of Minnesota P, 1993.

Kauffman, Linda. *Discourses of Desire: Gender, Genre and Epistolary Fictions.* Ithaca: Cornell UP, 1986.

Keller, Barbara. *Woman's Journey toward Self and Its Literary Exploration.* Berne: Lang, 1986.

Klein, Melanie. *The Writings of Melanie Klein.* London: Hogarth, 1975.

Kontje, Todd. *The German "Bildungsroman": History of a National Genre.* Columbia: Camden, 1993.

———. *Private Lives in the Public Sphere: The German "Bildungsroman" as Metafiction.* University Park: Penn State UP, 1992.

Kristeva, Julia. "Motherhood according to Giovanni Bellini." *Desire in Language: A Semiotic Approach to Literature and Art.* Ed. Leon S. Roudiez. Trad. Thomas Gora, Alice Jardine, y Leon S. Roudiez. New York: Columbia UP, 1980. 237–70.

———. *Pouvoirs de l'horreur: Essai sur l'abjection.* Paris: Seuil, 1980.

———. *Soleil noir: Dépression et mélancolie.* Paris: Gallimard, 1987.

Kronik, John W. "*Nada* y el texto axfisiado: proyección de una estética." *Revista Iberoamericana* 116–17 (1981): 195–202.

Labanyi, Jo. *Myth and History in the Contemporary Spanish Novel.* Cambridge: Cambridge UP, 1989.

Labanyi, Jo, y Helen Graham, eds. *Spanish Cultural Studies: An Introduction.* Oxford: Oxford UP, 1995.

La Belle, Jenijoy. *Herself Beheld: The Literature of the Looking Glass.* Ithaca: Cornell UP, 1988.

Labovitz, Esther Kleinbord. *The Myth of the Heroine: The Female "Bildungsroman" in the Twentieth Century: Dorothy Richardson, Simone de Beauvoir, Doris Lessing, Christa Wolf.* New York: Lang, 1986.

Lacan, Jacques. *Escritos I.* México: Siglo XXI, 1971.

Laforet, Carmen. *Mis páginas mejores.* Madrid: Gredos, 1956.

———. *Nada.* 1945. Barcelona: Destino, 1991.

Lechte, John. "Art, Love, and Melancholy in the Work of Julia Kristeva." *Abjection, Melancholia, and Love: The Work of Julia Kristeva.* New York: Routledge, 1990. 24–41.

Levine, Linda G. "The Censored Sex: Woman as Author and Character in Franco's Spain." *Women in Hispanic Literature: Icons and Fallen Idols.* Berkeley: U of California P, 1983. 289–315.

———. "The Female Body as Palimpsest in the Works of Carmen Gómez-Ojea, Paloma Día-Mas, and Ana Rossetti." *Indiana Journal of Hispanic Literatures* 2.1 (Otoño 1993): 181–203.

Levine, Linda Gould, y Gloria Feiman Waldman. *Feminismo ante el franquismo: entrevistas con feministas de España.* Miami: Universal, 1980.

Libro de Apolonio. Ed. Carmen Monedero. Madrid: Castalia, 1987.

Lichtman, Susan A. *Life Stages of Woman's Heroic Journey.* Lewiston: Mellen, 1991.

Lipovetsky, Gilles. *La tercera mujer.* Trad. Rosa Alapont. Barcelona: Anagrama, 1999.

López, Francisca. *Mito y discurso en la novela femenina de posguerra en España.* Madrid: Pliegos, 1995.

Lucarda, Mario. "Mercè Rodoreda y el buen salvaje." *Quimera* 62: 34–39.

Lucio, Francisco. "La soledad, tema central de los últimos relatos de Mercè Rodoreda." *Cuadernos hispanoamericanos* 242 (1970): 455–68.

Lyotard, Jean François. *La condición postmoderna.* Madrid: Cátedra, 1984.

MacKinnon, Catharine A. "Feminism, Marxism, Method and the State: An Agenda for Theory." *Feminist Theory: A Critique of Ideology.* Ed. Nannerl O. Keohane et al. Chicago: U of Chicago P, 1981–82. 1–30.

McNerney, Kathleen, y Nancy Vosburg, eds. *The Garden across the Border: Mercè Rodoreda's Fiction.* London: Associated UP, 1994.

Mann, Patricia. *Micro-Politics: Agency in a Postfeminist Era.* Minneapolis: U of Minnesota P, 1994.

Manteiga, Roberto, Carolyn Galerstein, y Kathleen McNerney, eds. *Feminine Concerns in Contemporary Spanish Fiction by Women.* Potomac, MD: Scripta Humanística, 1988.

Martin, Emily. *The Woman in the Body: A Cultural Analysis of Reproduction.* 1987. Boston: Beacon, 1992.

Martínez Cachero, José María. *La novela española entre 1936 y 1980.* Madrid: Castalia, 1985.

Martín Gaite, Carmen. *Desde la ventana.* Madrid: Espasa- Calpe, 1987.

———. *Entre visillos.* Barcelona: Destino, 1983.

———. *Usos amorosos de la posguerra española.* Barcelona: Anagrama, 1987.

Martí-Olivella, Jaume. "Homoeroticism and Specular Transgression in Peninsular Feminine Narrative." *España contemporánea* 5.2 (1992): 17–25.

———. "The Witches' Touch: Towards a Poetics of Double Articulation in Rodoreda." *Catalan Review* 11.2 (1987): 159–69.

Matute, Ana María. *Los Abel.* Barcelona: Destino, 1971.

———. *Los hijos muertos.* Barcelona: Planeta, 1970.

Matute, Ana María. *Pequeño teatro.* Barcelona: Planeta, 1954.

Mayans Natal, María Jesús. *Narrativa feminista española de posguerra.* Madrid: Pliegos, 1991.

Meese, Elizabeth A. *(Sem)Erotics: Theorizing Lesbian: Writing.* New York: New York UP, 1992.

Miles, David. "The *Pícaro*'s Journey to the Confessional: The Changing Image of the Hero in the *Bildungsroman.*" *PMLA* 89.5 (1974): 980–90.

Miller, D. A. *Narrative and Its Discontents: Problems of Closure in the Traditional Novel.* Princeton: Princeton UP, 1981.

Mirabet i Mullol, Antoni. *Homosexualidad hoy.* Barcelona: Hender, 1985.

Mitchell, Juliet, ed. *The Selected Melanie Klein.* New York: Free, 1986.

Moi, Toril. *Teoría literaria feminista.* Trad. Amaia Bárcena. Madrid: Cátedra, 1988.

Moix, Ana María. "Las virtudes peligrosas." *Doce relatos de mujeres.* Ed. Ymelda Navajo. Madrid: Alianza, 1982.

Moller Soler, María Lourdes. "El impacto de la guerra civil en la vida y obra de tres novelistas catalanas: Aurora Bentrana, Teresa Pàmies y Mercè Rodoreda." *Letras femeninas* 12.1–2 (1986): 34–44.

Moretti, Franco. *The Way of the World: The "Bildungsroman" in European Culture.* London: Verso, 1987.

Morgan, Ellen. "Humanbecoming: Form and Focus in the Neo-Feminist Novel." *Images of Women in Fiction: Feminist Perspectives.* Ed. Susan Koppelman. Bowling Green: Bowling Green U Popular P, 1972. 183–205.

Munt, Sally, ed. *New Lesbian Criticism: Literary and Cultural Readings.* New York: Columbia UP, 1992.

Nance, Kimberly. "Things Fall Apart: Images of Disintegration in Mercè Rodoreda's *La plaça del Diamant.*" *Hispanófila* 34.2 (1991): 67–76.

Nash, Mary. "Experiencia y aprendizaje: la formación histórica de los feminismos en España." *Historia social* 20 (1994): 152–72.

———. *Mujer, familia y trabajo en España 1875–1936.* Barcelona: Anthropos, 1983.

Navajas, Gonzalo. "La microhistoria y Cataluña en *El carrer de las Camelias.*" *Hispania* 74.4 (1991): 848–59.

———. *Teoría y práctica de la novela posmoderna*. Barcelona: Ed. del Mall, 1987.

Nichols, Geraldine C. *Des/cifrar la diferencia (Narrativa femenina de la España contemporánea)*. Madrid: Siglo XXI, 1992.

———. *Escribir, espacio propio: Laforet, Matute, Moix, Tusquets, Riera y Roig por sí mismas*. Minneapolis: Ideologies and Literature, 1989.

———. "Exile, Gender and Mercè Rodoreda." *Modern Language Notes* 101.2 (1986): 405–17.

———. "Sex, the Little Girl and Other Mésalliances in Rodoreda and Laforet." *Anales de la literatura española contemporánea* 12.1–2 (1987): 123–40.

———. "Stranger Than Fiction: Fantasy in Short Stories by Matute, Rodoreda, Riera." *Monographic Review / Revista Monográfica* 4 (1988): 33–42.

Núñez, Antonio. "Encuentro con Elena Soriano." *Ínsula: Revista de letras y ciencias humanas* 41 (1986): 1–14.

Ordóñez, Elizabeth. "*L'écriture feminine* and the New Narrative by Women." *Anales de la literatura española contemporánea* 12.1–2 (1987): 45–58.

———. "*Nada:* Initiation into Burgeois Patriarchy." Beck 61–78.

———. "*Los perros de Hécate* as a Paradigm of Narrative Defiance." *Anales de la literatura española contemporánea* 13.1–2 (1988): 71–81.

———. "Reading Contemporary Spanish Narrative by Women." *ALEC* 7.2 (1982): 237–51.

———. *Voices of Their Own: Contemporary Spanish Narrative by Women*. Lewisburg: Bucknell UP, 1991.

Ortega, José. "Mujer, guerra y neurosis en dos novelas de M. Rodoreda." Pérez, *Novelistas femeninas* 71–83.

Pérez, Janet. "Contemporary Spanish Women Writers and the Feminized Quest-Romance." *Monographic Review / Revista Monográfica* 8 (1992): 36–46.

———. *Contemporary Women Writers of Spain*. Boston: Twayne, 1988.

———. "Functions of the Rhetoric Silence in the Contemporary Spanish Literature." *South Central Review* 1 (1984): 108–30.

———. *Novelistas femeninas de la postguerra española*. Madrid: Porrúa, 1983.

Pérez-Firmat, Gustavo. "Carmen Laforet: The Dilemma of Artistic Vocation." Brown 426–41.

Bibliografía

Peri Rossi, Cristina. *La nave de los locos*. Barcelona: Seix Barral, 1984.

Pope, Randolph. "Mercè Rodoreda's Subtle Greatness." Brown 116–35.

Porrúa, María del Carmen. "Tres novelas de la guerra civil." *Cuadernos hispanoamericanos* 473–74 (1989): 45–57.

Pratt, Annis, y Barbara White. "The Novel of Development." *Archetypal Patterns in Women's Fiction*. Bloomington: Indiana UP, 1981. 13–37.

Quiroga, Elena. *La careta*. Barcelona: Noguer, 1955.

———. *La enferma*. Barcelona: Noguer, 1962.

Racionero, Luis. "Entrevista con Carmen Riera: cada vez tenemos menos imaginación." *Quimera* 9–10 (1981): 14–16.

———. "La maniera gentil de Carmen Riera." *Quimera* 9–10 (1981): 12–13.

Resina, Joan Ramón. "The Link in Consciousness: Time and Community in Rodoreda's *La plaça del Diamant*." *Catalan Review* 2.2 (1987): 225–46.

Rich, Adrienne. "Compulsory Heterosexuality and Lesbian Existence." *Blood, Bread and Poetry: Selected Prose: 1979–1985*. New York: Norton, 1986. 23–75.

Rich, Cynthia. "Aging, Ageism and Feminist Avoidance." *Knowing Women: Feminism and Knowledge*. Ed. Helen Crowley, y Susan Himmelweit. Padstow, Austral.: TJ, 1992. 55–57.

Riddle, María del Carmen. *La escritura femenina en la postguerra española*. New York: Lang, 1995.

Riera, Carme. *Cuestión de amor propio*. Barcelona: Tusquets, 1987.

———. "Grandeza y miseria de la epístola." *El oficio de narrar*. Ed. Marina Mayoral. Madrid: Cátedra, 1989. 147–58.

———. *Jo pos per testimoni les gavines*. Barcelona: Laia, 1977.

———. "Literatura femenina: ¿un lenguaje prestado?" *Quimera* 18 (1982): 9–12.

———. *Palabra de mujer (Bajo el signo de una memoria impenitente)*. Barcelona: Laia, 1980.

———. *Qüestió d'amor propi*. Barcelona: Laia, 1987.

———. *Te deix, amor, la mar com a penyora*. Barcelona: Laia, 1975.

———. *Te dejo el mar*. 1975, 1977. Trad. Luisa Cotoner. Madrid: Espasa-Calpe, 1991.

Roberts, David. *The Indirections of Desire: Hamlet in Goethe's "Wilhelm Meister."* Heidelberg: Winter, 1980.

Rodoreda, Mercè. *Espejo roto.* Trad. Pere Gimferrer. Barcelona: Seix Barral, 1978.

———. *La plaça del Diamant.* Barcelona: Club Editor, 1962.

———. *La plaza del Diamante.* Trad. Enrique Sordo. Barcelona: Edhasa, 1982.

———. *The Time of the Doves.* Trad. David H. Rosenthal. New York: Taplinger, 1981.

Rodríguez, María Pilar. "Experiencia, literatura y cine: traducciones y traiciones en *La plaza del Diamante.*" *Anuario de cine y literatura en español* 1 (1995): 111–20.

———. "La (otra) opción amorosa: *Te dejo, amor, la mar como una ofrenda,* de Carme Riera." *Confluencia* 11.2 (Primavera 1996): 39–56.

Rodríguez, María Pilar, y Cristina Ortiz. "Efectos secundarios: literatura y vida: entrevista con Luisa Etxenike." *Letras peninsulares* 10.2–3. (Otoño 1998): 371–83.

Rodríguez Puértolas, Julio. *Literatura fascista española I: Historia.* Madrid: Akal, 1986.

Rogers, Judy R. *The Evolution of the "Bildungsroman."* Diss. U of North Carolina at Chapel Hill 1973. Ann Arbor, MI: UMI, 1973.

Roig, Montserrat. "El aliento poético de Mercé Rodoreda." *Los hechiceros de la palabra.* Barcelona: Martínez Roca, 1975. 51–64.

———. *Dime que me quieres aunque sea mentira.* Trad. Antonia Picazo. Barcelona: Península, 1993.

Roof, Judith. "The Match in the Crocus: Representations of Lesbian Sexuality." *Discontented Discourses.* Ed. Marleen Barr, y Richard Feldstein. Champaign: U of Illinois P, 1989. 100–16.

Rosowski, Susan J. "The Novel of Awakening." *Genre* 12 (1979): 313–32.

Ross, Andrew. *No Respect: Intellectuals and Popular Culture.* New York: Routledge, 1989.

Rubin, Gayle. "The Traffic of Women: Notes on the 'Political Economy' of Sex." *Toward an Anthropology of Women.* Ed. Rayna R. Reiter. New York: Monthly Review, 1975. 157–210.

Russ, Joanna. "Anomalousness." *How to Suppress Women's Writing.* Austin: U of Texas P, 1983.

Russo, Mary. "Female Grotesques: Carnival and Theory." De Lauretis, *Feminist Studies* 213–29.

Said, Edward. *Beginnings: Intention and Method.* New York: Basic, 1975.

Sammons, Jeffrey. "The Mystery of the Missing *Bildungsroman* or: What Happened to Wilhelm Meister's Legacy?" *Genre* 14 (1981): 229–46.

Scanlon, Geraldine M. *La polémica feminista en la España contemporánea (1864–1974)*. Madrid: Siglo XXI, 1976.

Scarlett, Elizabeth. *Under Construction: The Body in Spanish Novels*. Charlotteville: UP of Virginia, 1994.

Schiesari, Juliana. *The Gendering of Melancholia: Feminism, Psychoanalysis and the Symbolics of Loss in Renaissance Literature*. Ithaca: Cornell UP, 1992.

Schur, Max. *Freud: Living and Dying*. New York: International UP, 1972.

Schyfer, Sara. "The Fragmented Family in the Novel of Contemporary Spanish Women." *Perspectives in Contemporary Literature* 31 (1977) 23–29.

———. "The Male Mystique in Carmen Laforet's *Nada*." Pérez, *Novelistas femeninas* 85–93.

Scott, Joan W. "Experience." *Feminists Theorize the Political*. Ed. Judith Butler, y Joan Scott. New York: Routledge, 1992. 22–40.

———. *Gender and the Politics of History*. New York: Columbia UP, 1988.

Servodidio, Mirella. "Spatiality in *Nada*." *Anales de la narrativa española contemporánea* 5 (1980): 57–72.

Shaffner, Randolph. *The Apprenticeship Novel: A Study of the "Bildungsroman" as a Regulative Type in Western Literature with a Focus on Three Classic Representatives by Goethe, Maugham, and Mann*. New York: Lang, 1984.

Showalter, Elaine. *A Literature of Their Own: British Women Novelists from Bronte to Lessing*. Princeton: Princeton UP, 1977.

Smith, John H. "Sexual Difference, *Bildung* and the *Bildungsroman*." *Michigan Germanic Studies* 13 (1987): 206–25.

Sobejano, Gonzalo. *Novela española de nuestro tiempo (en busca del pueblo perdido)*. Madrid: Prensa Española, 1975.

Sopeña Monsalve, Andrés. *La morena de la copla*. Barcelona: Grijalbo Mondadori, 1996.

Soriano, Elena. *Literatura y vida. I. Artículos y ensayos breves*. Barcelona: Anthropos, 1992.

———. *La playa de los locos*. 1955. Barcelona: Argos Vergara, 1984.

———. *Testimonio materno*. Barcelona: Plaza y Janés, 1985.

———. *La vida pequeña: cuentos de antes y de ahora*. Barcelona: Plaza y Janés, 1989.

Spacks, Patricia M. *The Adolescent Idea: Myths of Youth and the Adult Imagination.* New York: Basic, 1981.

———. *The Female Imagination.* New York: Knopf, 1975.

Spires, Robert C. "La experiencia afirmadora de *Nada.*" *La novela española de posguerra.* Madrid: Cupsa, 1978. 51–73.

———. "*Nada* y la paradoja de los signos negativos." *Siglo XX/20th Century* 3.1–2 (1985–86): 31–33.

Suleiman, Susan R., ed. *The Female Body in Western Culture: Contemporary Perspectives.* Cambridge: Harvard UP, 1986.

———. "Histoires I: La structure d'apprentissage." *Le roman à these ou l'autorité fictive.* Paris: PUF, 1983.

Swales, Martin. *The German "Bildungsroman" from Wieland to Hesse.* Princeton: Princeton UP, 1978.

Thomas, Michael. "Symbolic Portals in Laforet's *Nada.*" *Anales de la novela de posguerra* 3 (1978): 57–74.

Tierno Galván, Enrique. *Leyes políticas españolas fundamentales (1808–1978).* Madrid: Tecnos, 1979.

Tobin, Robert. "Healthy Families: Medicine, Patriarchy, and Heterosexuality in 18th–Century German Novels." *Impure Reason: Dialectic of Enlightenment in Germany.* Ed. Daniel Wilson. Detroit: Wayne State UP, 1993. 242–59.

Traba, Marta. "Hipótesis sobre una escritura diferente." *Quimera* 13 (Noviembre 1981): 9–11.

Tsuchiya, Akiko. "The Paradox of Narrative Seduction in Carmen Riera's *Cuestión de amor propio.*" *Hispania* 75.2 (1992): 281–86.

Vattimo, Gianni. *En torno a la posmodernidad.* Barcelona: Anthropos, 1994.

———. *The Transparent Society.* Baltimore: Johns Hopkins UP, 1989.

Vidal, Hernán, ed. *Cultural and Historical Grounding for Hispanic and Luso-Brazilian Feminist Literary Criticism.* Minneapolis: Ideologies and Literature, 1989.

Villegas, Juan. "*Nada* de Carmen Laforet o la infantilización de la aventura legendaria." *La estructura mítica del héroe en la novela del siglo XX.* Barcelona: Planeta, 1973. 177–201

Weedon, Chris. *Feminist Practice and Poststructuralist Theory.* Cambridge: Blackwell, 1997.

White, Barbara A. *Growing Up Female: Adolescent Girlhood in American Fiction.* Westport: Greenwood, 1985.

Wigley, Mark. "Untitled: The Housing of Gender." *Sexuality and Space.* Ed. Beatriz Coromina. Princeton: Princeton Architectual, 1999. 326–89.

Woodward, Kathleen. *Aging and Its Discontents. Freud and Other Fictions*. Bloomington: Indiana UP, 1991.

———. "The Mirror Stage of Old Age." *Memory and Desire: Aging-Literature-Psychoanalysis*. Ed. Kathleen Woodward, y Murray M. Schwartz. Bloomington: Indiana UP, 1986. 97–113.

Wyers, Frances. "A Woman's Voices: Mercè Rodoreda's *La plaça del Diamant*." *Kentucky Romance Quarterly* 30.3 (1983): 301–09.

Yalom, Marilyn. *Maternity, Mortality, and the Literature of Madness*. University Park: Pennsylvania State UP, 1985.

Zatlin, Phyllis. "La aparición de nuevas corrientes femeninas en la novela española de posguerra." *Letras femeninas* 9.1 (1983): 35–42.

———. "Passivity and Immobility: Patterns of Inner Exile in Postwar Spanish Novels Written by Women." *Letras femeninas* 14.1–2 (1988): 3–9.

Zimmerman, Bonnie. "What Has Never Been: An Overview of Lesbian Feminist Literary Criticism." *Feminist Studies* 6.1 (1980): 1–25.

Índice alfabético

Índice alfabético

PURDUE STUDIES IN ROMANCE LITERATURES

 Purdue University Press
West Lafayette, Indiana
For more information, call
(800) 933-9637.